A CAÇADA REAL

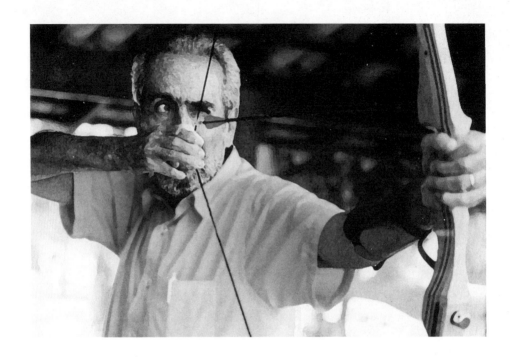

O Arqueiro

GERALDO JORDÃO PEREIRA (1938-2008) começou sua carreira aos 17 anos, quando foi trabalhar com seu pai, o célebre editor José Olympio, publicando obras marcantes como *O menino do dedo verde*, de Maurice Druon, e *Minha vida*, de Charles Chaplin.

Em 1976, fundou a Editora Salamandra com o propósito de formar uma nova geração de leitores e acabou criando um dos catálogos infantis mais premiados do Brasil. Em 1992, fugindo de sua linha editorial, lançou *Muitas vidas, muitos mestres*, de Brian Weiss, livro que deu origem à Editora Sextante.

Fã de histórias de suspense, Geraldo descobriu *O Código Da Vinci* antes mesmo de ele ser lançado nos Estados Unidos. A aposta em ficção, que não era o foco da Sextante, foi certeira: o título se transformou em um dos maiores fenômenos editoriais de todos os tempos.

Mas não foi só aos livros que se dedicou. Com seu desejo de ajudar o próximo, Geraldo desenvolveu diversos projetos sociais que se tornaram sua grande paixão.

Com a missão de publicar histórias empolgantes, tornar os livros cada vez mais acessíveis e despertar o amor pela leitura, a Editora Arqueiro é uma homenagem a esta figura extraordinária, capaz de enxergar mais além, mirar nas coisas verdadeiramente importantes e não perder o idealismo e a esperança diante dos desafios e contratempos da vida.

Rhys Bowen

A CAÇADA REAL

Mais um mistério da Espiã da Realeza

Título original: *Royal Flush*

Copyright © 2009 por Janet Quin-Harkin
Copyright da tradução © 2022 por Editora Arqueiro Ltda.

Todos os direitos reservados. Nenhuma parte deste livro pode ser utilizada ou reproduzida sob quaisquer meios existentes sem autorização por escrito dos editores.

tradução: Cláudia Mello Belhassof
preparo de originais: Dafne Skarbek
revisão: Juliana Souza e Suelen Lopes
projeto gráfico: Natali Nabekura
diagramação: Miriam Lerner | Equatorium Design
capa: Rita Frangie
imagem de capa: John Mattos
adaptação de capa: Gustavo Cardozo
impressão e acabamento: Lis Gráfica e Editora Ltda.

CIP-BRASIL. CATALOGAÇÃO NA PUBLICAÇÃO
SINDICATO NACIONAL DOS EDITORES DE LIVROS, RJ

B782c

Bowen, Rhys
    A caçada real / Rhys Bowen ; tradução Cláudia Mello Belhassof. - 1. ed. - São Paulo : Arqueiro, 2022.
    272 p. ; 23 cm. (A espiã da realeza ; 3)

    Tradução de: Royal flush
    Sequência de: O caso da princesa da Baviera
    ISBN 978-65-5565-360-1

    1. Ficção inglesa. I. Belhassof, Cláudia Mello. II. Título. III. Série.

22-77972
                        CDD: 813
                        CDU: 82-3(73)

Gabriela Faray Ferreira Lopes - Bibliotecária - CRB-7/6643

Todos os direitos reservados, no Brasil, por
Editora Arqueiro Ltda.
Rua Funchal, 538 – conjuntos 52 e 54 – Vila Olímpia
04551-060 – São Paulo – SP
Tel.: (11) 3868-4492 – Fax: (11) 3862-5818
E-mail: atendimento@editoraarqueiro.com.br
www.editoraarqueiro.com.br

Dedico este livro a Merion Webster Sauer e a seu filho, Lee, que foram temporariamente elevados à nobreza. Meus agradecimentos, como sempre, a John e Jane pelas maravilhosas dicas e críticas, e a Jackie Cantor e Meg Ruley por tornarem minha vida de escritora tão fácil, agradável e divertida.

Nota da autora

Embora pessoas reais passeiem por estas páginas, *A caçada real* é uma obra de ficção. Balmoral é retratado com precisão, mas, caso você tente encontrar o Castelo de Rannoch no mapa, saiba que ele só existe na minha imaginação. E devo dizer que tomei algumas liberdades em relação à estrada que vai de Balmoral ao Castelo de Rannoch. Não há de fato uma rota direta operante, mas eu criei uma através das montanhas para atender às necessidades da história.

Um

Rannoch House
Belgrave Square, Londres
12 de agosto de 1932

ACREDITO QUE NÃO EXISTA NA TERRA NENHUM lugar mais desagradável do que Londres durante uma onda de calor. Devo fazer uma ressalva e confessar que nunca subi o rio Congo até o Coração das Trevas com Joseph Conrad nem atravessei o Saara de camelo. No entanto, as pessoas que se aventuram por essas paragens contam no mínimo com o desconforto. É tão raro o clima de Londres ficar apenas um pouquinho quente que sempre somos surpreendidos. O metrô se transforma em uma boa imitação do infame Buraco Negro de Calcutá, e o cheiro de axilas suadas, a centímetros do rosto das pessoas, é devastador.

Você pode estar se perguntando se os membros da família real costumam andar de metrô. A resposta é: claro que não. Meus parentes austeros, o rei Jorge V e a rainha Maria, só deviam ter uma vaga ideia do que era o metrô. Mas sou apenas a trigésima quarta na linha de sucessão ao trono e, provavelmente, a única da minha família que no momento estava sem um tostão e tentando sobreviver em Londres sem criados. Creio que deva me apresentar antes de continuar. Meu nome completo é lady Victoria Georgiana Charlotte Eugenie de Glen Garry e Rannoch. Minha avó, a julgar pelas fotografias antigas que vi, era a menos bonita das muitas filhas da rainha Vitória. Mas essas fotos antigas sempre fazem as pessoas parecerem meio ranzinzas, não é? De qualquer maneira, sem propostas de kaisers ou de reis, ela foi arranjada com um duque escocês e viveu no Castelo de Rannoch, no canto mais remoto da Escócia, até morrer de ar fresco e tédio.

Meu irmão, Binky, é o atual duque. Ele também está praticamente sem um tostão, porque nosso pai perdeu a última parte da fortuna da família na quebra da bolsa de 1929, antes de ir para o brejo cometer suicídio com um tiro e deixar para Binky pesados impostos sobre a herança. Pelo menos Binky tem a propriedade com a casa de fazenda e a caça, as aves e a pesca, então não está exatamente morrendo de fome. Eu tenho vivido à base de feijão enlatado, torradas e chá. Fui criada sem nenhuma habilidade além de um francês razoável, andar equilibrando um livro na cabeça e saber onde alocar um bispo à mesa de jantar. Nenhum possível empregador se interessaria por isso, mesmo que fosse adequado para alguém da minha posição conseguir um emprego comum. Eu tentei uma vez – o balcão de cosméticos da Harrods. Durei impressionantes quatro horas.

Para piorar, a Inglaterra está passando por uma depressão terrível. Basta ver em qualquer esquina aqueles homens miseráveis com placas que dizem ACEITO QUALQUER TRABALHO para saber que as coisas estão péssimas para a maioria da população. Mas não para as pessoas da minha classe social. Para a maior parte delas, a vida continua igual, com iates no Mediterrâneo e festas extravagantes. Elas nem devem imaginar que o país está mal das pernas.

Então agora você sabe por que não há um Bentley com motorista estacionado em frente à Rannoch House, a casa da nossa família na Belgrave Square, em Londres, e por que não tenho dinheiro nem para andar de táxi. Mesmo assim, eu costumo evitar o metrô. Para uma garota criada no campo, entrar naquele buraco sempre foi motivo de pavor – e mais ainda desde que quase fui empurrada nos trilhos por um homem que estava tentando me matar.

Mas, no momento, eu não tinha escolha. O centro de Londres estava tão insuportável e sufocante que decidi visitar meu avô, que mora em Essex, nos arredores da cidade, e a District Line era a melhor maneira de se chegar lá. Ah, e acho melhor esclarecer que não estou falando do meu avô que era duque escocês, cujo fantasma é famoso por tocar gaita de foles nas muralhas da nossa casa ancestral, o Castelo de Rannoch, em Perthshire, Escócia. Estou falando do meu avô por parte de mãe, que não é da realeza, e sim um ex-policial que mora em uma modesta casa geminada com anões de jardim.

Por falar na minha mãe, ela era atriz e também conhecida por não se manter em casamento nenhum. Ela largou meu pai quando eu tinha apenas 2 anos para se envolver com um jogador de polo argentino, depois com um piloto de rali de Monte Carlo e agora estava com um milionário texano do petróleo. Suas façanhas românticas tiveram lugar no mundo inteiro, ao passo que a filha nem sequer se aventurava nesse sentido.

Depois que ela fugiu, fui criada no Castelo de Rannoch e bem longe do lado materno da família, como você pode imaginar. Por isso acabei conhecendo meu avô só há pouco tempo, e realmente o adoro. Ele é a única pessoa no mundo com quem posso ser eu mesma. Pela primeira vez sinto que tenho uma família de verdade!

Para minha grande decepção, meu avô não estava em casa. Nem a viúva da casa ao lado, com quem ele passou a ter uma amizade bastante próxima. Se vovô tivesse telefone, eu podia ter me poupado da viagem. Mas esse novo meio de comunicação ainda não havia chegado aos confins de Essex. Eu estava ali no jardim, sob o olhar de desaprovação dos anões, sem saber o que fazer, quando um homem idoso passou com um cachorro idoso na coleira. Ele me olhou e balançou a cabeça.

– Ele não está mais aí, moça.

– E ele foi para onde? – perguntei, preocupada, enquanto imagens de hospitais ou coisa pior passaram pela minha cabeça. A saúde do vovô não estava muito boa nos últimos tempos.

– Para Clacton.

Eu não tinha a menor ideia do que era Clacton nem de como se chegava lá.

– Para Clacton? – repeti, esperançosa.

Ele assentiu.

– É. Excursão do clube dos trabalhadores. A vizinha foi com ele.

O homem me deu uma piscadela cúmplice. Soltei um suspiro de alívio. Uma excursão. Provavelmente para a praia. Então pelo visto até meu avô estava conseguindo escapar do calor. Eu não tinha escolha a não ser pegar o trem de volta para a cidade. Todos os meus amigos haviam deixado Londres e ido para suas propriedades no campo, para iates ou para o continente, e ali estava eu, morta de calor e cada vez mais abatida em um vagão cheio de corpos suados.

O que eu estou fazendo aqui?, perguntei a mim mesma. Eu não tinha nenhuma habilidade, nenhuma esperança de conseguir um emprego e nenhuma ideia do que fazer em seguida. Ninguém com bom senso e dinheiro ficava em Londres no mês de agosto. Quanto a Darcy, o indomável filho de um nobre irlandês que eu considerava meu namorado… bem, ele não me dava notícias desde o desaparecimento e suposto retorno para casa, na Irlanda, para se recuperar do tiro que levou. Isso pode ser verdade, mas também pode não ser. Com Darcy, nunca se sabe.

É claro que eu posso voltar para a Escócia, pensei enquanto o ar no metrô ia ficando mais sufocante. A lembrança do vento frio varrendo o lago e das correntes de ar igualmente frias varrendo os corredores do Castelo de Rannoch era muito tentadora enquanto eu subia a escada rolante da estação St. James, enxugando sem sucesso as gotas de suor que escorriam pelo meu rosto. E, sim, eu sei que damas não suam, mas algo semelhante a uma cachoeira escorria pelo meu rosto.

Eu estava prestes a correr para casa, na Belgrave Square, fazer a mala e pegar o próximo trem para Edimburgo quando lembrei por que tinha ido embora do castelo. A resposta era Fig, minha cunhada, a atual duquesa – uma mulher mesquinha, crítica e horrível em todos os aspectos. Fig deixou bem claro que eu era um fardo, que não era mais desejada no Castelo de Rannoch e que ela me alimentava com desgosto. Então, quando comparei o calor e a solidão em Londres a Fig, o calor venceu.

Só mais duas semanas, disse a mim mesma enquanto caminhava pelo Hyde Park até minha casa. Eu havia sido convidada para ir à Escócia dali a duas semanas, não para minha casa ancestral, mas para Balmoral. O rei e a rainha já tinham ido para o castelo escocês deles, a poucos quilômetros do nosso, a tempo do Glorioso Décimo Segundo, o dia de agosto em que oficialmente começa a temporada de caça a perdizes. Eles iam ficar lá por um mês, atirando e perseguindo qualquer coisa com pele ou penas, e esperavam que os diversos parentes se hospedassem junto deles durante pelo menos uma parte do período. A maioria das pessoas tentava evitar, pois achava difícil suportar o som da gaita de foles ao amanhecer, o vento que descia sibilando pela chaminé, as danças tradicionais das Terras Altas e o papel de parede xadrez. Eu estava habituada a tudo isso. Era igualzinho ao Castelo de Rannoch.

Animada com a bela perspectiva de ar fresco das Terras Altas em um futuro não muito distante, abri caminho entre as pessoas deitadas no Green Park. Parecia o dia seguinte a uma batalha terrível – com cadáveres seminus espalhados por toda parte. Contudo, eram apenas os funcionários dos escritórios de Londres aproveitando o clima ao máximo e tomando sol sem camisa. Era uma visão assustadora – os corpos listrados de branco e vermelho, dependendo de quais partes tinham sido expostas ao sol. Eu estava no meio do parque quando as pessoas começaram a se mexer. Percebi que o sol tinha desaparecido e, bem na hora em que olhei para cima, soou um estrondo sinistro de trovão.

O céu escureceu rapidamente quando as nuvens de tempestade se juntaram. Aqueles que antes estavam pegando sol vestiram a camisa às pressas e procuraram abrigo. Eu também comecei a me apressar, mas não fui rápida o suficiente. Sem nenhum aviso, as torneiras celestes se abriram e a chuva caiu de uma vez. As garotas corriam gritando para se proteger embaixo das árvores, o que não era muito inteligente, dada a aproximação das trovoadas. O granizo ricocheteava nas trilhas. Não fazia sentido eu procurar um lugar coberto. Já estava ensopada até a alma e minha casa estava a poucos minutos de distância. Então corri com o cabelo grudado no rosto, o vestido de verão colado no corpo, até subir cambaleando os degraus da Rannoch House.

Se eu estava me sentindo triste antes, agora estava no fundo do poço. O que mais podia dar errado? Eu tinha ido para Londres cheia de esperança e empolgação, e nada parecia estar dando certo. Então eu me vi no espelho do corredor e me encolhi, horrorizada.

– Olhe só para você! – falei em voz alta. – Está parecendo um pinto molhado. Se a rainha te visse agora...

Aí comecei a rir. E ri o caminho todo até o banheiro, onde tomei um demorado banho de banheira. Quando me sequei, já estava me sentindo quase bem outra vez. Eu não ia passar outra noite triste e sozinha na Rannoch House tendo apenas o rádio como companhia. Alguém além de mim devia estar em Londres. E é claro que pensei em Belinda na mesma hora. Ela era uma dessas pessoas que nunca ficam em um lugar por muito tempo. Tinha sido vista pela última vez fugindo para uma vila na Itália, mas havia uma chance de já ter se cansado dos italianos e voltado para casa.

Procurei meu vestido de verão menos amarrotado (já fazia algum tempo que eu não dispunha de uma criada para passar minhas roupas, e não tinha a menor ideia de como fazer isso sozinha), escondi os cabelos molhados sob um discreto chapéu clochê e fui para o chalé de Belinda em Knightsbridge. Ao contrário de mim, Belinda recebera uma herança quando fez 21 anos. Isso permitiu que ela comprasse um chalezinho e tivesse uma criada. Além disso, o custo de vida dela era praticamente nulo, dado o tempo que passava na casa (sem falar na cama) dos outros.

A tempestade passara, deixando o ar do fim de tarde um pouco mais fresco, mas ainda abafado. Abri caminho entre poças e evitei os táxis que espirravam água na rua. Eu estava na entrada do chalé quando ouvi um ronco de motor atrás de mim. Percebi uma forma escura e lustrosa vindo na minha direção e só tive tempo de me jogar para o lado quando uma motocicleta quase me atropelou. Ela passou por uma enorme poça, lançando um monte de água lamacenta em mim.

– Que isso? – tentei gritar por cima do barulho enquanto a motocicleta seguia para o chalé sem reduzir a velocidade.

Fui atrás dela, fervendo de raiva, sem parar para pensar se os motociclistas poderiam ser ladrões de banco ou bandidos fugindo da polícia. A motocicleta derrapou até parar mais perto do chalé, então dois homens vestidos com jaquetas e capacetes de couro e óculos de proteção começaram a desmontar.

– Que porcaria vocês têm na cabeça? – perguntei quando me aproximei deles, com a raiva ainda me cegando para o fato de que eu estava sozinha em uma ruela com dois sujeitos visivelmente antissociais. – Vejam só o que fizeram. Estou encharcada!

– É, parece que você se molhou um pouco – disse o primeiro motociclista e, para me irritar mais ainda, começou a rir.

– Não tem graça nenhuma! – vociferei. – Você destruiu um vestido ótimo, e o meu chapéu…

A pessoa que estava na garupa desceu e estava tirando o capacete.

– Não tem graça mesmo, Paolo.

A voz era de uma mulher. Ela tirou o capacete e os óculos de proteção com um floreio, sacudindo os cabelos escuros e curtos.

– Belinda! – exclamei.

Chalé de Belinda Warburton-Stoke
Knightsbridge, Londres
12 de agosto de 1932

BELINDA ARREGALOU OS OLHOS AO ME RECONHECER.

– Georgie! Ai, meu Deus, coitadinha. Olhe só para você. Paolo, você quase afogou a minha melhor amiga.

O motociclista já tinha tirado o capacete e se revelou um homem lindo, do tipo latino, com olhos escuros brilhantes e cabelos pretos exuberantes.

– Me desculpe – disse ele. – Não vi você. Por causa das sombras, entendeu? E estávamos indo bem rápido. – Ele falava com um evidente sotaque, e também com certo polimento da rígida educação inglesa.

– Paolo adora tudo o que é rápido – comentou Belinda, olhando para ele com adoração.

Passou pela minha mente a ideia de que ela devia se encaixar nesse critério. Ligeira e livre, essa era Belinda.

– Acabamos de chegar de Brooklands – continuou ela. – Paolo está treinando para uma corrida. E ele também sabe pilotar aviões. Prometeu me levar para voar um dia desses.

– Você precisa me apresentar, Belinda – disse Paolo –, depois convidar sua amiga para entrar, oferecer uma bebida para acalmar os ânimos e dar uma limpadinha nela.

– Claro, querido – respondeu Belinda. – Georgie, este é Paolo.

O homem virou aqueles incríveis olhos escuros para mim.

– Georgie? Esse nome é masculino, não?

– É apelido de Georgiana – expliquei.

– Ah, verdade, acho que é melhor eu fazer uma apresentação formal – disse Belinda. – Este é o conde Paolo di Marola e Martini. Paolo, esta é minha querida amiga lady Georgiana de Glen Garry e Rannoch.

Paolo voltou outra vez aquele olhar devastador para mim.

– Você é irmã do Binky? – perguntou ele.

– Sou. Como você conhece o Binky?

– Estudamos juntos por um ano. Foi um ano terrível – respondeu Paolo. – Meu pai queria me transformar em um cavalheiro inglês civilizado. Não conseguiu. Eu odiei. Todos aqueles banhos frios e jogos de rúgbi violentos. Por sorte eles me expulsaram por beliscar o traseiro das criadas.

– É. Isso é a sua cara – disse Belinda. Ela abriu a porta da frente e nos conduziu para dentro. – Florrie – chamou ela –, eu preciso que você prepare um banho agora mesmo. – Ela se virou para mim. – Eu te convidaria para sentar, só que estragaria meu sofá. Mas pode beber alguma coisa. Paolo, prepare uma bebida bem forte para ela.

– Infelizmente, eu tenho que ir, *cara mia* – retrucou Paolo. – Vou deixar vocês duas fofocarem. Mas hoje à noite vamos dançar, *sì?* Também posso levar você ao Crockford's para jogar um pouco e depois a uma boate, se quiser.

– Eu adoraria – falou Belinda –, mas infelizmente estarei ocupada hoje à noite.

– Ah, não – rebateu Paolo. – Telefone para quem quer que seja e diga que seu primo que você não vê há muito tempo acabou de chegar à cidade, que sua irmã teve bebê ou que você está com catapora.

– Admito que fico muito tentada a fazer isso – disse Belinda. – Mas não posso voltar atrás agora. Não quero deixar ninguém arrasado.

– É outro homem? – indagou Paolo, com os olhos brilhando.

– Não crie minhocas na sua cabeça – disse Belinda.

– Minhocas? Que minhocas?

Belinda deu uma risadinha.

– É uma expressão, querido. Significa que você não deve se preocupar.

– Essas expressões são muito bobas – desdenhou Paolo. – Por que eu não deveria me preocupar, se você marcou um encontro com outro homem?

– Não seja bobo. É claro que eu não marquei um encontro com outro homem. Tenho que fazer um favor ao meu irmão e distrair um velho americano que quer comprar um dos cavalos de corrida dele.

– E você não pode cancelar para ficar comigo? – Paolo se aproximou galantemente e passou a ponta dos dedos na bochecha dela.

Percebi que Belinda estava amolecendo.

– Não, eu não posso decepcionar o meu irmão.

– Vou ficar arrasado – lamentou Paolo. – Em sofrimento absoluto. Assim vou achar que você não me ama de verdade.

Por que os homens nunca dizem coisas assim para mim?, pensei.

– Olha, acabei de ter uma ideia brilhante! – Belinda se virou para mim. – Georgie pode ir no meu lugar, não é, querida?

– Ah, sim – falei com amargura. – Com certeza estou vestida da forma ideal para distrair um americano.

– É só às oito e meia, querida – acrescentou Belinda –, e você pode tomar um banho aqui e usar o que quiser do meu guarda-roupa. Minha criada vai ajudá-la a se vestir, não vai, Florrie? – Ela se virou para a criada, que estava parada ao pé da escada.

Ninguém esperou a moça responder.

– Esplêndido! – disse Paolo, batendo palmas. – Então *arrivederci*, senhoritas, e venho buscá-la às nove, *cara mia*.

– Não venha de motocicleta, Paolo – pediu Belinda. – Eu me recuso a ficar empoleirada em uma garupa com o meu traje de festa.

– Empoeirada? Você acha que minha moto vai sujar sua roupa?

– Empoleirada, querido. Outra palavra para sentar.

– Essa língua é boba demais   disse Paolo. Ele fez uma reverência para mim. – *Arrivederci*. Até a próxima, lady Georgiana. – E foi embora.

– Belinda – falei quando ela se virou para mim com um sorriso enorme. – Você é muito descarada. Como é que eu vou conseguir distrair esse americano? Eu não sei quase nada sobre cavalos de corrida, e ele está esperando encontrar alguém como você.

– Não seja boba, querida. – Belinda colocou uma mão reconfortante no meu braço e me guiou em direção à escada. – Na verdade, ele não veio comprar cavalos de corrida. O homem trabalha com petróleo ou alguma coisa assim. Eu o conheci no Crockford's ontem à noite e concordei em me encontrar com ele porque o pobrezinho está na cidade a trabalho e odeia jantar sem companhia. Mas é claro que eu não podia dizer isso ao Paolo. Ele é muito ciumento.

– Então sua ideia é que eu vá no seu lugar encontrar um americano desconhecido que vai ficar decepcionado por eu não ser você e que deve estar esperando mais do que um jantar.

– Ora, que absurdo! – Tínhamos chegado ao banheiro, de onde saía vapor. – Ele é do Meio-Oeste, e o único risco que você corre é de morrer de tédio. Ele vai ficar muito impressionado quando descobrir que está jantando com a prima do rei. E você vai ter um jantar agradável com bons vinhos. Estou fazendo um favor a você, na verdade.

Eu ri.

– Belinda, quando foi que você fez um favor a alguém? Você é uma das maiores manipuladoras do mundo.

– Você deve estar certa. – Suspirou. – Mas pode fazer isso por mim? – Ela quase me arrastou no fim da escada.

Eu suspirei.

– Acho que sim. O que eu tenho a perder?

– Não sei. O que você tem a perder? – Ela me lançou um olhar inquisidor. Fiquei ruborizada. – Não me diga que ainda não teve essa experiência! Georgiana, não acredito. Na última vez que vi você e Darcy, os dois pareciam tão íntimos!

– Na última vez que o vi eu também achei que estávamos íntimos – falei, sentindo uma nuvem de tristeza se aproximando. – Mas, como você deve lembrar, ele estava no hospital na época. Fraco e se recuperando do tiro. Depois que teve alta, foi para a Irlanda, para se restabelecer em casa, e essa foi a última vez que o vi. Não recebi sequer um cartão-postal.

– Acho que ele não é do tipo que escreve cartões-postais – disse Belinda. – Não se preocupe, ele vai aparecer de novo, como um filho pródigo. Darcy é tão oportunista quanto eu. Deve estar hospedado em algum iate na Riviera Francesa.

Eu mordi o lábio, um mau hábito que minha governanta, a Srta. MacAlister, tinha tentado tirar, mas nunca conseguiu.

– O problema é que eu vou para a Escócia em breve. Isso significa que vou passar o verão inteiro sem vê-lo.

– Você devia ter ido para a cama com ele quando teve a chance – repreendeu Belinda. – Homens como Darcy não ficam esperando para sempre.

– Eu sei. O problema foi a minha criação. Todos aqueles ancestrais fazendo a coisa certa. Fiquei pensando em Robert Bruce Rannoch, que se manteve firme na batalha de Culloden e lutou sozinho até ser esquartejado.

– Eu não consigo entender o que isso tem a ver com a entrega da sua virgindade, querida.

– É o dever, acho. Um Rannoch nunca foge do dever.

– E você acha que é seu dever ficar virgem até se casar ou morrer?

– Na verdade, não. Parece uma bobagem quando você coloca dessa forma. É que fico imaginando minha mãe pulando de uma cama para outra durante toda a vida, e eu não queria ser assim.

– Mas pense no quanto ela se divertiu. E em todas aquelas roupas adoráveis que adquiriu pelo caminho.

– Eu não sou como ela. Devo ter puxado a minha bisavó, a rainha Vitória. Quero encontrar um homem para amar e me casar. E não me importo nem um pouco com roupas.

– Dá para ver. – Belinda me analisou de um jeito crítico. Depois se virou para a criada, que estava pacientemente parada com os braços cheios de toalhas. – Ajude lady Georgiana a tirar essas roupas molhadas e sujas, Florrie. E depois leve tudo para lavar e traga um roupão para ela.

Eu me permiti ser despida e me acomodei na banheira enquanto Belinda se empoleirava na borda.

– O que você achou do Paolo? – perguntou ela. – Ele não é divino?

– Totalmente divino. Vocês se conheceram na Itália?

– Ele se hospedou na mesma *villa* que eu. – Ela fez uma pausa dramática. – Com a noiva.

– Com a noiva? Belinda, como você pôde?

– Não se preocupe, querida. Lá não é como aqui. Eles são católicos, sabia? Ele está noivo dessa garota há pelo menos dez anos. Ela é muito correta e passa metade do tempo ajoelhada, rezando o terço, mas isso deixa os familiares dele felizes, sabendo que Paolo vai acabar se casando com alguém como eles. Enquanto isso… – Belinda me deu um sorriso malicioso.

Eu me senti meio estranha, deitada em uma banheira de água quente enquanto Belinda ficava sentada na borda, mas ela parecia achar isso muito normal.

– Como nos velhos tempos, não é, querida? – comentou ela. – Lembra das conversas que tínhamos no banheiro da escola?

Dei um sorriso.

– Lembro. Era o único lugar em que ninguém nos ouvia.

– E o que você tem feito? – perguntou ela. – Como está indo seu negócio de faxina?

– Não é um negócio de faxina, Belinda. É uma agência de serviços domésticos. Eu preparo a casa das pessoas para a chegada delas. Não esfrego o chão nem nada do tipo.

– E seus parentes do palácio ainda não descobriram?

– Não, graças a Deus. Mas, em resposta à sua primeira pergunta, não está indo bem. Faz semanas que ninguém me contrata.

– Ah, mas não teria como ser diferente. – Belinda esticou as pernas compridas. – Ninguém vem para Londres no verão. Qualquer um que possa fugir daqui faz isso.

Assenti.

– A impressão que tenho é que sou a única pessoa que ainda está na cidade. Até meu avô foi fazer uma excursão em Clacton.

– E como você está se virando?

– Não muito bem – respondi. – Estou à base de chá e torradas. Vou ter que tomar alguma atitude em breve, senão precisarei entrar nas filas dos refeitórios populares.

– Não seja boba, querida. Você poderia ser convidada para várias casas de campo, se quisesse. Deve ser a solteirona mais cobiçada do país, sabia?

– Eu não sou sociável como você, Belinda. E não saberia como me convidar para a casa de alguém.

– Eu cuido da parte do convite, se você quiser.

Sorri.

– A questão é que eu simplesmente não gosto de viver às custas das pessoas.

– Bem, você sempre pode voltar para o Castelo de Rannoch.

– Já pensei nisso, o que mostra o meu nível de desespero. Mas se é para escolher entre conviver com Fig e passar fome, acho que a segunda opção vence.

Ela me olhou preocupada.

– Minha pobre e doce Georgie: sem trabalho, sem amigos e sem sexo. Não me admira que você esteja meio tristinha. Precisamos animá-la. Você vai fazer uma bela refeição hoje à noite, claro, e amanhã pode ir comigo para Croydon.

– Croydon? Isso deveria me animar?

– O aeródromo, querida. Vou ver o novo avião do Paolo. Ele pode até nos levar para voar.

Depois de constatar a imprudência de Paolo na motocicleta, eu não estava com muita vontade de voar no avião dele, mas consegui sorrir.

– Excelente – respondi.

Pelo menos seria melhor do que ficar em casa.

Três

Rannoch House
13 de agosto de 1932
Tempo ainda abafado

Às dez horas da manhã seguinte, Belinda apareceu na minha porta, parecendo revigorada. Estava deslumbrante com uma calça de linho branco e uma blusa listrada de preto e branco. O conjunto era adornado por um elegante chapéu pillbox preto. Ninguém jamais imaginaria que ela provavelmente passara a noite fora.

– Preparada? – perguntou ela, lançando um olhar crítico para meu vestido de verão e o chapéu clochê, do qual a maior parte da lama tinha sido removida. – Tem certeza que essa roupa é adequada para voar de cabeça para baixo?

– Acho que vou deixar o voo de cabeça para baixo só para você – falei. – E também não tenho nenhuma calça além das que uso em casa, na Escócia, e elas fedem a cavalo.

– Nós vamos ter que fazer alguma coisa em relação ao seu guarda-roupa, querida. – Belinda tentou alisar os vincos do meu vestido de algodão. – Que pena sua mãe ser tão pequena, senão você podia ficar com tudo que ela deixou.

– Ela se ofereceu para me comprar roupas novas várias vezes, mas você sabe como é. Acaba se esquecendo e vai embora de novo. Além disso, acho que eu não me sentiria confortável aceitando o dinheiro do namorado alemão dela.

– Ela ainda está com aquele industrial musculoso, então?

– Foi o que eu soube na última vez. Mas isso foi um mês atrás. Quem sabe?

Belinda deu uma risadinha. Fechei a porta da frente e a segui até um táxi que estava esperando.

– Então me conte, estou morrendo de curiosidade sobre a noite passada – disse ela enquanto o táxi partia. – Como foi seu jantar com o Sr. Hambúrguer?

– Schlossberger – corrigi. – Hiram Schlossberger, de Kansas City. Foi exatamente como você previu. Ele ficou bastante intimidado pelas minhas conexões com a realeza e ficava me chamando de "Vossa Alteza" mesmo quando insisti que era apenas "milady" e que não precisávamos ser tão formais. Ele foi muito simpático, na verdade, mas também muito chato. Ficou mostrando fotos da esposa, dos filhos, do cachorro e até mesmo das vacas do rancho dele.

– Mas você conseguiu fazer uma boa refeição?

– Sim, deliciosa. Mas o Sr. Schlossberger não ficou feliz. Ele torceu o nariz para o *foie gras* e o bisque de lagosta e disse que só queria mesmo um belo bife. Depois ele reclamou do tamanho. Parece que nos Estados Unidos os bifes são tão grandes que ultrapassam as bordas do prato.

– Meu Deus, isso é meia vaca. Mas você deve ter tomado um espumante decente, espero.

Fiz que não com a cabeça.

– Ele não bebe. Lei Seca, sabe?

– Que ridículo. Todo mundo sabe que a Lei Seca existe, mas bebe mesmo assim. Menos ele, ao que parece. O que você bebeu?

Fiz uma careta.

– Limonada. Ele pediu para nós dois.

Belinda tocou meu braço.

– Minha querida, sinto muito. Na próxima vez que eu mandar um dos meus homens para você, vou dar um jeito de ele não beber limonada.

– Na próxima vez? – questionei. – Você costuma fazer isso?

– Ah, com certeza, querida. Só assim para conseguir uma refeição decente às vezes. E, se você parar para pensar, eu estou prestando um serviço público. Esses pobres homens vêm a Londres para fazer negócios e não conhecem ninguém para acompanhá-los. Eles ficam encantados quando são vistos com uma jovem da sociedade que pode lhes mostrar como se comportar. O Sr. Hambúrguer vai se gabar de você por anos, tenho certeza.

Descemos do táxi na estação Victoria e logo nosso trem estava bufando ao longo das partes mais sombrias do sul de Londres a caminho de Croydon. Belinda começou uma longa descrição da *villa* na Itália. Eu a ouvia, mas também estava um pouco dispersa enquanto olhava pela janela para aqueles jardins tristes com varais de roupa. Uma ideia estava germinando na minha mente. Todos aqueles homens que Belinda tinha mencionado – em Londres a negócios, sozinhos e tendo que comer sem companhia. E se eu começasse a cobrar para fornecer uma charmosa companhia de impecável pedigree social – em outras palavras, *moi* – para jantar ou dançar? Seria melhor do que organizar casas. Na pior das hipóteses, me impediria de passar fome. Na melhor, poderia se tornar um grande sucesso e eu conseguiria comprar roupas decentes e me inserir na sociedade com uma frequência um pouco maior.

Eu nunca tinha ido ao aeródromo de Croydon e fiquei surpresa com a movimentação e os prédios novinhos em folha. Quando o táxi se aproximou de uma pista arborizada, um grande biplano rugiu sobre a nossa cabeça e pousou na pista. Eu nunca vira um avião de verdade pousar tão perto e foi impressionante quando o grande pássaro tocou a pista, quicou algumas vezes e depois seguiu como uma máquina terrestre. Para mim, era incrível que uma coisa tão grande e de aparência tão desajeitada pudesse voar.

Enquanto caminhávamos até o prédio branco novo em estilo art déco do terminal, o avião veio rugindo na nossa direção, as hélices girando, fazendo um barulho insuportável. Fiz uma pausa para observar a escada sendo levada até ele e os passageiros desembarcando um a um.

– É um Heracles da Imperial Airways que acabou de chegar de Paris – comentou alguém atrás de mim.

Tudo parecia muito glamouroso e fantástico. Tentei me imaginar entrando naquela cápsula pequena e sendo levada pelo mundo sobre as nuvens. Minhas únicas viagens ao exterior tinham sido atravessando o canal da Mancha até a Suíça em um trem desconfortável.

– O clima não parece muito promissor, não é? – disse Belinda, espantando os mosquitos que dançavam na nossa cara. – Parece que vai trovejar de novo.

O tempo estava mesmo muito abafado e desagradável.

– Onde vamos encontrar o Paolo? – perguntei.

– Ele está perto dos hangares.

Belinda seguiu para a parte mais desmantelada do aeroporto, pontuada por barracões e prédios maiores que abrigavam aviões. Localizamos Paolo ao lado de uma aeronave nova e reluzente que parecia incrivelmente frágil, mas fiquei aliviada quando ele nos cumprimentou dizendo:

– Desculpem, mas infelizmente não poderemos voar hoje à tarde. O pessoal da meteorologia avisou que teremos outra tempestade.

– Ah, que pena, depois de termos vindo até aqui… – lamentou Belinda. – Eu estava tão ansiosa para voar!

– Você não ia gostar de ser sacudida como um drinque, *cara mia*, e, além disso, não ia dar para ver nada através das nuvens. Sem contar que ainda poderia ser atingida por um raio.

– Nesse caso – Belinda ainda estava fazendo beicinho –, é melhor você nos levar para um belo almoço para compensar nossa decepção. Estamos morrendo de fome.

– Tem um restaurante no terminal de passageiros – disse Paolo. – Não posso garantir a qualidade da comida, mas vocês podem comer e ver aviões chegando de todas as partes do mundo. É um belo espetáculo.

– Está bem. Acho que vai servir. – Belinda encaixou um braço no dele e o outro no meu. – Vamos lá, Georgie. Vamos fazer esse homem pagar por não conseguir providenciar um bom clima?

– O clima britânico é difícil de controlar – reclamou Paolo. – Mas, se estivéssemos na Itália, eu conseguiria garantir um tempo bom. Na Inglaterra sempre chove.

– Nem sempre. Dois dias atrás você estava reclamando que estava quente e ensolarado demais – retrucou Belinda.

Passamos pelo prédio cintilante novo, caminhando pelo chão de mármore. Olhei fascinada para o mural que decorava a parede. Ele retratava todos os fusos horários do mundo. Já era noite na Austrália. Senti uma pontada de inquietação. Tantas partes do mundo esperando para serem exploradas e o mais longe que eu tinha ido era a Suíça – tudo sempre muito seguro e limpo.

O almoço foi uma bela surpresa, com um filé de linguado bem cozido e morangos com creme de sobremesa. Enquanto tomávamos o café, eu olhava pela janela com uma atenção extasiada, tentando não notar Belinda e Paolo dividindo pedaços de morango de um jeito bem erótico. Eu já tinha visto nuvens de tempestade se transformando em uma grande massa de escuridão, então não fiquei surpresa com o primeiro trovão. As pessoas que estavam na pista correram para se abrigar quando a chuva começou. Os motoristas se apressaram a colocar capas nos automóveis abertos.

– Bem, isso acabou com os voos de hoje – comentou Paolo. – Espero que pare antes de eu ter que voltar para Londres. Andar de motocicleta no meio de uma tempestade não é minha ideia de diversão.

– Você pode ser atingido por um raio – disse Belinda. – Achei que você adorasse o perigo.

– Perigo, *sì*. Ficar encharcado, não.

– Você vai ter que deixar a motocicleta aqui e voltar de trem conosco – sugeriu Belinda.

– Mas eu não consigo chegar à casa onde estou hospedado sem a motocicleta – comentou ele. – Você tem alguma sugestão de lugar para passar a noite?

Claro que ele sabia muito bem a resposta.

– Deixe-me pensar – respondeu Belinda.

Eu me virei, desejando não fazer papel de vela outra vez. Então alguém gritou:

– Vejam só! Tem um avião tentando pousar.

Olhei para o aguaceiro e achei que tinha conseguido distinguir uma mancha bem preta contra as nuvens escuras.

– A pessoa deve ser louca para tentar pousar nessa condição – disse outra pessoa. – Ela vai morrer.

Todos correram para as janelas a fim de observar o espetáculo. Dava para ver a minúscula máquina balançando de um lado para outro, desaparecendo na nuvem em um minuto e reaparecendo no próximo. Então a aeronave entrou em uma grande massa de escuridão. Um relâmpago fulgurou. Um trovão rugiu. Não havia mais nenhum sinal do avião. De repente, ouvimos aplausos. A pequena aeronave saiu da nuvem poucos metros acima da pista e pousou, deixando um rastro de borrifos.

Todo mundo correu para fora do restaurante. Nós fomos atrás, empolgados, e ficamos sob a lona enquanto o avião vinha na nossa direção. Era um biplano, pouco maior do que um brinquedo de criança.

– É um Gypsy Moth – constatou Paolo. – Cockpit aberto, sabe? Eu não teria coragem de pousar um Moth nessa tempestade.

O avião parou. O piloto saiu do cockpit traseiro e desceu para receber aplausos e vivas. Então tirou o capacete e a multidão arquejou. Era uma mulher com impressionantes cabelos ruivos.

– É Ronny! – exclamou Paolo, abrindo caminho pela multidão.

– Ronny? Parece uma garota – falei.

– Veronica Padgett, querida. – Belinda estava seguindo Paolo no meio da multidão. – Você sabe, a famosa aviadora. Ela acabou de estabelecer o recorde de voo solo de Londres à Cidade do Cabo.

A piloto agora estava entrando no prédio, aceitando graciosamente os aplausos e os parabéns enquanto se movia pela multidão.

– Ronny, que belo feito! – gritou Paolo quando ela passou por nós.

A mulher levantou o olhar, viu Paolo e abriu um grande sorriso.

– Ora, ora, Paolo. Aposto que você não conseguiria fazer isso.

– Ninguém em sã consciência teria tentado isso, Ronny. Você é completamente maluca.

Ela riu. Foi uma risada espontânea.

– Você deve ter razão. Eu disse isso a mim mesma muitas vezes na última meia hora.

– De onde você veio? – perguntou Paolo.

– Não vim de muito longe. Vim da França. Eu sabia que não devia ter decolado, mas não queria perder uma festa hoje à noite. Mas foi tudo muito louco. Não dava para ver nada, as malditas linhas ferroviárias na França sumiram, tinha uma neblina sobre o canal e eu acabei entrando de cabeça nesse mau tempo horrível. Fui sacudida para todos os lados. Quase botei o café da manhã para fora enquanto minha bússola brincava comigo. Eu não fazia ideia de onde ficava a porcaria da pista. Meu Deus, foi muito divertido.

Olhei espantada para ela. Seu rosto brilhava de empolgação.

– Venham, vamos sair desse clima infernal – sugeriu ela, levantando a gola da jaqueta de piloto quando outro trovão soou e o vento fustigou o aeródromo.

Quando nos posicionamos atrás de Ronny, Belinda deu um tapinha no ombro de Paolo.

– Você está pensando em nos apresentar ou quer ficar com ela só para você? – perguntou ela.

Paolo deu uma risada meio nervosa.

– Desculpe, eu já devia ter feito isso. Ronny, estas são minhas amigas Belinda Warburton-Stoke e Georgiana Rannoch. Meninas, esta é Ronny Padgett.

Eu vi os olhos de Ronny se arregalarem.

– Rannoch? Algum parentesco com os duques?

– O último foi meu pai; o atual é meu irmão – respondi.

– Meu Deus! Então somos quase vizinhas. A casa da minha família não fica muito longe de vocês no rio Dee.

– Sério? É incrível nunca termos nos encontrado.

– Eu não vou muito para lá – disse ela. – Quieto demais para o meu gosto. E eu sou um pouco mais velha que você. Quando fui enviada para o internato, você ainda devia estar engatinhando. E eu saí de casa de vez quando fiz 16 anos. Não queria ser apresentada à sociedade e toda aquela bobagem. Desde então, nunca mais fiquei em um lugar só por muito tempo. Acho que eu nasci com um desejo incontrolável de viajar. Você vai muito para lá?

– Tenho que ir para a Escócia daqui a algumas semanas, mas não para o Castelo de Rannoch, se eu puder evitar. Não é o lugar mais animado do mundo hoje em dia. Vou a Balmoral para a caça de perdizes.

– Para matar todas aquelas pobres aves indefesas – corrigiu Ronny. – É uma barbárie, se pensarmos bem. Mas, por Deus, como é divertido, não é? Deve estar no sangue, não acha?

– Acho que sim – concordei. – Eu adoro caçar, mas sempre fico com pena das coitadas das raposas quando elas são despedaçadas. Não sou uma atiradora muito boa, então não sinto tanta pena das perdizes. E são aves absurdamente tolas.

Ronny riu de novo.

– São mesmo. Talvez nos encontremos em algum momento. Se eu estiver por lá, você pode atirar comigo na propriedade.

Notei que Belinda estava fazendo beicinho. Ela estava acostumada a ser o centro das atenções.

Belinda puxou o braço de Paolo.

– Depois da peripécia que Ronny acabou de realizar, o mínimo que você pode fazer é convidá-la para tomar champanhe – disse ela.

– Belinda, às vezes eu acho que você acredita que eu só sirvo para mantê-la abastecida com champanhe e caviar – comentou Paolo.

– De jeito nenhum, você também serve para outras coisas. – Ela deu um sorriso lânguido para ele.

Notei o olhar demorado que os dois trocaram. Em seguida, ele se virou para Ronny.

– Fui instruído a oferecer um champanhe para você se o bar daqui tiver uma garrafa decente. Vamos?

Ronny olhou ao redor e depois riu outra vez.

– Por que não? Só se vive uma vez, não é? E eu nunca fui de recusar um champanhe decente. – Ela andou na nossa frente, atravessando a multidão e entrando no salão principal do prédio. – Vocês não viram a minha criada, não é? – perguntou ela, os olhos vasculhando a multidão. – Uma mocinha tímida. Parece que está sempre achando que as pessoas mordem. Falei para me encontrar aqui com o vestido que pretendo usar hoje à noite. Acho bom ela aparecer, senão estou arruinada. Não posso ir a uma festa vestida assim.

Abrimos caminho em direção ao bar, mas não vimos nenhum sinal de uma criada.

– Ela deve estar me esperando no hangar, onde graças a Deus deixei o carro. Pelo menos vai estar seco.

– Você tem um automóvel? – perguntou Paolo, olhando para ela com interesse. – Alguma chance de me dar uma carona para a cidade?

– Desculpe, meu amigo. Estou indo para os confins de Sussex. Não posso ajudar.

– Que pena… – lamentou Paolo. – Eu vim de motocicleta e detesto ficar molhado. Agora não tenho escolha a não ser deixar essa máquina descapotada aqui e voltar para Londres de trem.

– Nossa, que sacrifício, hein? – disse Belinda de um jeito curto e grosso.

Ele apoiou o braço no ombro dela.

– Eu não quis dizer isso, *mi amore*. Eu só quis dizer que, quando estiver em Londres, não terei nenhum meio de transporte além daqueles táxis horríveis que se arrastam mais devagar que besouros. Tenho certeza de que Ronny dirige maravilhosamente rápido.

– É verdade, meu amigo – disse ela e riu de novo.

Estávamos entrando no bar quando uma jovem gritou:

– Srta. Padgett! – Ela veio na nossa direção, cambaleando com uma grande mala. Seu rosto estava vermelho, e ela estava claramente nervosa. – Ah, Srta. Padgett, sinto muito pelo atraso. Começou a trovejar quando eu estava a caminho da estação e tive que procurar um lugar para me abrigar. A senhora sabe que eu tenho um medo mortal de trovões. Espero não ter causado nenhum inconveniente.

– Claro que causou – repreendeu Ronny. – Você não consegue chegar na hora certa em lugar nenhum, mas desta vez está com sorte. Fui sequestrada para beber champanhe, então corra até o automóvel e me espere lá.

– O automóvel?

– Está no hangar. Você sabe. Número 23? Você já esteve lá. Onde eu guardo o Moth. – Ela se virou para nós. – Céus, é como falar com uma porta. Imagino que você tenha criadas eficientes, lady Georgiana.

– Por favor, me chame de Georgie, como todo mundo – pedi. – E não, no momento estou sem criados. Eu me mudei para Londres há pouco tempo e, sinceramente, ainda estou me virando sozinha.

– Que ideia esplêndida – disse Ronny. – Sabe, Mavis, lady Georgiana é filha de um duque e consegue se virar sem ninguém. Então acho bom você tomar jeito, senão eu posso seguir o exemplo dela. Uma nova era está surgindo.

Paolo estava conversando com o barman, e houve um estalo satisfatório quando a rolha saiu voando de uma garrafa de Bollinger.

– Pode ir, então – disse Ronny para a sofrida Mavis, que agora estava olhando para mim de um jeito fascinado. – Pegue minha mala e me espere com ela no carro. Ah, e veja se consegue abrir a capota. Não queremos nos molhar.

Mavis tentou fazer uma reverência e saiu cambaleando. Enquanto ela se afastava, a voz clara de Ronny ecoou pelo saguão de mármore.

– Eu a demitiria em um piscar de olhos, mas sei que não ia achar muito divertido lavar e passar roupas.

Quatro

Rannoch House
13, 14 e 15 de agosto de 1932
Chuva

– Então, o que você achou da Ronny? – perguntou Belinda no caminho para casa.

– Interessante. Autêntica.

– Ela é bem independente, não é? – comentou Belinda. – É bastante determinada, mas não se importa com o que diz ou quem insulta. – Ela se virou para Paolo, que estava largado no banco junto à janela. – Eu vi que você ficou hipnotizado por ela.

– Ela me impressiona e me diverte – disse ele –, mas, quanto ao resto, ela tem o apelo de um prato de espaguete à bolonhesa.

– Não sei… espaguete pode ser muito sexy, se a pessoa comer nua. – Belinda lançou um olhar provocante para ele.

Paolo riu.

– Belinda, você é a mulher mais desavergonhada que eu conheço. Angelina rezaria uma dúzia de aves-marias se um pensamento desses passasse pela cabeça dela.

– É por isso que sou uma companhia melhor do que ela – respondeu Belinda. – Admita que você se diverte mais quando está comigo.

– Claro que sim, mas acho que você não vai ser uma esposa adequada para ninguém.

Observei os dois enquanto o trem seguia em direção à estação Victoria. Percebi que Belinda ia acabar como minha mãe, pulando de cama em cama com uma devassidão alegre. O pensamento parecia causar uma preocupação maior em mim do que nela.

Eles me levaram até a Rannoch House e depois desapareceram, provavelmente para uma noite de pecado. Eu também não dormi muito. A tempestade deixara o ar pegajoso e, mesmo com as janelas abertas, estava quente demais para dormir. Fiquei acordada, ouvindo os sons da cidade, e me peguei pensando em Belinda e Paolo. Como seria passar a noite nos braços de um homem? Meus pensamentos evidentemente se voltaram para um homem específico. O que será que ele estaria fazendo agora? Será que ainda estava de fato se recuperando na casa da família na Irlanda ou estava em outro lugar, com outra pessoa? No caso de Darcy, era impossível saber.

Quando o conheci, pensei que ele fosse um playboy oportunista, um irlandês desregrado, vivendo do charme e da inteligência. Mas agora eu desconfiava que ele era mais do que tinha me dito. Na verdade, achava que podia ser algum tipo de espião. A mando de quem, ainda era um mistério, mas com certeza não trabalhava para os comunistas. Ele tinha levado um tiro quase fatal para salvar o rei e a rainha.

Eu só queria saber onde ele estava. Queria ter coragem de aparecer na porta dele, mas temia o que poderia encontrar. Quando se tratava de homens, eu não tinha confiança – provavelmente porque o único homem que eu tinha conhecido até os 18 anos era o meu irmão.

Acabei adormecendo e acordei com o som do cavalo do leiteiro e o barulho das garrafas. O ar esfriara durante a noite, e o cheiro doce de rosas e madressilvas vinha flutuando dos jardins no meio da praça. Saí da cama me sentindo energizada e renovada, e o clima sombrio do dia anterior tinha desaparecido com o ar da noite. Minha natureza é tal que nunca consigo ficar no fundo do poço por muito tempo. E hoje eu tinha uma tarefa pela frente, uma que poderia me proporcionar uma renda esplêndida num futuro próximo.

Eu me sentei à escrivaninha e redigi um anúncio para o *Times*. Quando terminei, fiquei bem satisfeita e quis mostrá-lo a Belinda, mas eu sabia que não devia perturbá-la antes das onze horas, ainda mais quando possivelmente ela não estava sozinha. Assim, fiz uma versão caprichada e a entreguei no escritório do *Times*. Achei que a garota que fez o recibo olhou para mim de um jeito estranho e me perguntei se ela tinha me reconhecido. Fotos minhas aparecem vez ou outra na revista *Tatler*, já que a imprensa me considera uma jovem elegível de bom pedigree. (Mal sabem eles como andam as contas bancárias dos Rannoch.)

– Tem certeza que é isso que a senhorita quer dizer? – perguntou ela.

– Tenho certeza, sim, obrigada.

– Está bem. – Ela pegou meu dinheiro. – O anúncio vai sair pela primeira vez no jornal de amanhã e vai ser publicado até a senhorita nos mandar interromper.

– Ótimo – falei.

Ela ainda estava me encarando quando saí do escritório.

Cheguei em casa cheia de expectativa e vasculhei meu armário em busca de roupas de festa adequadas para a cidade. Por sorte, eu tivera uma criada por uma semana inteira no início do verão. Nesse período, ela lavou e passou minhas roupas boas, de modo que meus vestidos de noite não estavam tão amassados quanto as roupas do dia a dia. Eu me sentei diante do espelho e experimentei prender o cabelo no topo da cabeça. (Desastre. Fiquei parecendo a Medusa.) Então peguei a tesoura e cortei as pontas na esperança de transformá-lo em um corte curto para cabelo liso, do tipo que Belinda usava. Mais uma vez, não foi exatamente um sucesso. Agora, tudo que eu tinha a fazer era esperar.

Na manhã seguinte, saí correndo para comprar o *Times* assim que a banca abriu, e lá estava ele entre outros anúncios na primeira página. *Veio a trabalho e está sozinho na cidade? O Serviço de Acompanhantes Coronet pode fazer sua noite ficar divertida. Nossas garotas de alto padrão são as companheiras ideais para embelezar seu jantar e sua dança.* Precisei dar um número de telefone, claro, e não tive escolha a não ser dar o número da Rannoch House. Eu só esperava que ninguém o reconhecesse e contasse a Binky ou a Fig. Mas refleti que não estava fazendo nada de errado. Afinal, o Sr. Hiram Schlossberger tinha aproveitado cada minuto da minha companhia na outra noite. Então por que outros cavalheiros não poderiam pagar por esse privilégio?

A ideia claramente não foi boba, pois recebi o primeiro telefonema naquela mesma tarde. O homem tinha um nítido sotaque do norte do país, mas isso não seria um empecilho. Pensei em todos aqueles ricos donos de usinas e pessoas que diziam coisas como "Onde tem lama, tem ouro". Mesmo que a conversa e os modos do homem fossem grosseiros, ele ia pagar bem. O homem me perguntou o preço, o que nenhum aristocrata faria, e gaguejou um pouco quando eu disse cinco guinéus.

– Isso não é nada barato – afirmou ele. – Ela tem que ser muito boa.

– É a melhor de todas – respondi. – Uma garota de alta classe e de uma boa família. O senhor vai ficar encantado com ela.

– Espero que sim – disse ele. – Mande-a me encontrar no clube Rendez-vous, atrás da Leicester Square. É perto de onde estou hospedado.

– Está bem. E que horas devo dizer para ela ir?

– Umas dez horas?

Abaixei o bocal. Pelo horário, não seria um jantar. Nem um teatro. Uma ceia em uma boate, talvez? Depois dança, apostas, talvez um cabaré? Meu coração disparou com a expectativa. Esse era o tipo de vida com o qual eu sonhava: ficar na rua até tarde com jovens brilhantes, voltar para casa ao amanhecer.

Passei um tempo ridiculamente longo me preparando, tomando um banho quente e tentando passar maquiagem, uma coisa que eu nunca aprendi a fazer bem. Mas, quando me olhei no espelho, fiquei satisfeita com os sedutores lábios vermelhos, apesar de o rímel preto nos cílios não combinar com meu cabelo louro-avermelhado nem com a cor da minha pele e de o vestido não ser tão justo quanto eu gostaria. O traje tinha sido feito pela esposa do guarda-caça para minha temporada. Era cópia de um vestido que eu tinha visto em uma revista e amado, mas de alguma forma a combinação das habilidades de costura da Sra. MacTavish com meu tafetá não me deu a mesma aparência da garota com uma piteira na boca e enrolada em um drapeado delicado na foto da *Harper's Bazaar*. Mas era o melhor que eu podia fazer, e eu parecia limpa e respeitável.

Meu coração bateu descontrolado no táxi durante todo o caminho. Passamos pelas luzes brilhantes da Leicester Square com suas marquises de teatro e multidões agitadas e finalmente paramos em uma rua lateral escura.

– Tem certeza que é aqui, senhorita? – perguntou o taxista com a voz preocupada.

Eu não tinha certeza. Parecia muito escuro e abandonado. Mas então vi um letreiro piscando acima de uma porta. Clube Rendez-vous.

– É aqui mesmo – falei. – Muito obrigada.

– A senhorita está indo se encontrar com alguém, espero – disse ele enquanto eu pagava.

– É, vou me encontrar com um jovem. Não se preocupe, eu vou ficar bem. – Exibi o que esperava ser um sorriso confiante.

O táxi acelerou, me deixando sozinha na rua deserta. Tinha chovido de novo, e o letreiro vermelho piscante se refletia nas poças enquanto eu atravessava a rua. Abri a porta e me vi diante de um lance de escadas em direção a um porão. A música me envolveu – o lamento de um saxofone e uma batida pesada. Segurei o corrimão enquanto descia os degraus. Quer dizer que uma boate de verdade era assim? Eu nunca tinha estado em um lugar como aquele. A escada era íngreme e exibia um carpete gasto. Na tentativa de parecer glamourosa, eu havia colocado meu único par de sapatos de salto alto. Ainda não mencionei que consigo ser bem desajeitada em momentos de estresse. No meio do caminho, meu calcanhar ficou preso em um pedaço puído do carpete. Eu me inclinei para a frente, agarrei o corrimão e acabei deslizando pelo último degrau, chegando no fim da escada de um jeito meio humilhante enquanto me chocava com uma palmeira em um vaso. Eu me apressei para me endireitar antes que alguém visse essa entrada singular. Eu estava numa espécie de antessala escura com uma escrivaninha e uma cadeira antigas felizmente desocupadas. O espaço era separado da área principal por uma fileira de palmeiras em vasos, uma das quais, graças a mim, agora estava desfolhada. Um homem estava saindo da boate por trás das palmeiras. Ele cambaleava um pouco, como se estivesse bêbado, e se assustou quando desci a escada caindo em direção a ele.

– Vou lhe dar um conselho, menina – disse o homem com a voz engrolada, acenando um dedo para mim. – Não beba mais hoje à noite. Você já bebeu o suficiente. Confie em mim, eu sei. – Ele passou cambaleando por mim e subiu a escada.

Eu me recompus, alisei a saia e ajeitei o cabelo antes de entrar na boate. O local era mal iluminado, com velas em mesinhas, e a única luz mais forte vinha do palco, onde uma garota dançava.

– Posso ajudá-la, senhorita? – Um homem de pele marrom-clara, com a barba por fazer e usando um smoking, apareceu ao meu lado.

– Vou encontrar uma pessoa aqui – falei. – Sr. Crump.

– Ah. Entendi. – Ele me lançou alguma coisa entre um sorriso irônico e um olhar malicioso. – O Sr. Crump está esperando. Naquela mesa à direita, nos fundos.

O homem levantou o olhar quando eu me aproximei dele e ficou em pé.

– Sr. Crump? – falei, estendendo a mão. – Minha agência me enviou. Acompanhantes Coronet.

Era um sujeito corado e inchado, com um bigode que ele devia achar elegante, mas que mais parecia um ouriço empoleirado no lábio superior. Além disso, ele estava vestindo um terno diurno comum e uma gravata bem chamativa. Eu o observei me dando uma olhada demorada.

– Você é mais jovem do que eu imaginava. E está vestindo mais roupas do que eu esperava.

– Posso garantir que tenho idade suficiente para ser uma companhia perfeita para o senhor – falei. – Sou educada e bem viajada.

Ele deu um sorriso sarcástico.

– Não estou planejando interrogá-la sobre seus conhecimentos geográficos. – Então ele percebeu que nós dois ainda estávamos de pé. – Quer uma bebida antes de irmos?

– Seria ótimo. Eu gostaria de champanhe, se eles tiverem. – Sentei à mesa.

– Mas que chatice – murmurou ele. – Vocês, garotas de Londres, têm gostos muito caros.

Percebi que ele estava bebendo uma cerveja. O homem chamou um garçom, e uma garrafa de champanhe foi trazida à mesa.

– Espero que o senhor se junte a mim – falei, me sentindo envergonhada por ele ter comprado uma garrafa inteira quando eu só queria uma taça.

– Por que não? Vai nos ajudar a relaxar, não é? – disse ele, me dando uma piscadela.

A garrafa foi aberta com um estalo satisfatório. Duas taças foram servidas. Tomei um gole e depois levantei a taça para ele.

– Saúde. Um brinde a uma noite adorável para nós dois.

Notei que ele engoliu em seco. Na verdade, parecia até que ele estava suando.

– Imagino que você queira receber adiantado, não é?

– Ah, não acho que seja necessário – respondi. – Mas espero o pagamento no fim da noite.

– Qual é o plano, então? Voltamos para o meu hotel ou você tem algum lugar para receber clientes nas proximidades? Eu sei que devia ter perguntado isso por telefone, mas foi tudo de última hora, não foi? Na verdade, eu nunca teria pensado nisso se não tivesse visto o anúncio hoje de manhã. Não costumo fazer essas coisas.

Eu estava tentando assimilar o que ele dissera quando o ritmo da música acelerou. Houve gritos e assobios vindos do salão. Olhei para o palco. A garota ainda estava dançando, mas de repente percebi que ela estava quase sem roupa. Enquanto eu encarava com um horror fascinado, ela abriu um leque de penas de avestruz que segurou diante de si e, ao som de um rufar final de tambores, tirou o sutiã e o jogou nas primeiras filas da plateia.

De repente, a ficha caiu. *Meu hotel ou você tem algum lugar?*

– Espere – falei. – O que o senhor espera de mim?

– Só o de sempre, querida – respondeu ele. – O mesmo que você faz com todos os homens. Nada muito bizarro.

– Acho que deve haver algum engano. Somos um serviço respeitável de acompanhantes. Nós fornecemos garotas como companhias para jantar, ir ao teatro, não esse tipo de coisa que o senhor obviamente tem em mente.

– Não banque a recatada comigo, querida – disse ele. As palavras estavam arrastadas o suficiente para eu perceber que o homem estava bebendo havia algum tempo. Ele estendeu a mão e segurou meu braço. – O que você está tentando fazer, aumentar o preço? Eu não nasci ontem, sabia? Vamos lá, beba o seu espumante e vamos para o meu hotel, senão você vai tentar começar a me cobrar por hora.

Tentei me levantar.

– Infelizmente, houve um terrível mal-entendido. Acho melhor eu ir embora.

Ele apertou meu braço com mais força.

– Qual é o problema, garota, você não gostou de mim ou o quê? Minha grana não é boa o suficiente para você? – O sorriso tinha desaparecido. Ele estava soprando um bafo de cerveja na minha cara. – Agora ou você vem comigo como uma boa menina ou sabe o que eu vou fazer? Vou mandar prendê-la por prostituição.

Ele se levantou e tentou me arrastar.

– Me solte, por favor – falei. Percebi que as pessoas nas mesas ao redor estavam nos olhando. – Me deixe ir e vamos esquecer isso tudo.

– Não vamos, não – rebateu ele. – Eu tive que pagar por uma garrafa de champanhe. E nós tínhamos um acordo, sua agência e eu. Fizemos um negócio, e Harold Crump não trata bem pessoas que tentam desfazer combinados. Agora pare de bancar a dama certinha e venha comigo.

– O senhor não ouviu a jovem? Ela não vai com o senhor – disse uma voz atrás de mim.

Reconheci a voz e me virei para ver Darcy O'Mara ali parado, incrivelmente elegante em um smoking branco com gravata-borboleta, com o indisciplinado cabelo preto penteado, exceto por um cacho rebelde que caía na testa. Foi difícil me controlar para não me jogar nos braços dele.

– E quem é você, se intrometendo assim? – quis saber o Sr. Crump, tentando intimidar Darcy até descobrir que era bem mais baixo.

– Digamos que eu seja o empresário dela – disse Darcy.

– O cafetão dela, você quer dizer.

– Pode chamar do que quiser – respondeu Darcy –, mas houve um engano. Ela nem devia ter sido enviada hoje à noite. Nossa agência só atende clientes do mais alto escalão social. Temos uma garota nova atendendo o telefone e ela não fez o senhor passar pelo nosso processo padrão de verificação. E, agora que vi seu comportamento, acredito que não podemos permitir que uma das nossas garotas vá a qualquer lugar com o senhor. O senhor simplesmente não atende ao nosso padrão. Falando sem rodeios, é vulgar demais.

– Bem, eu nunca… – balbuciou o Sr. Crump.

– E agora não vai mais – retrucou Darcy. – Venha, Arabela. Vamos embora.

– Ei, e o meu champanhe? – exigiu o Sr. Crump.

Darcy enfiou a mão no bolso e jogou uma nota de uma libra sobre a mesa. Em seguida, pegou meu braço e quase me arrastou escada acima.

– O que diabos você acha que estava fazendo? – perguntou quando saímos na rua. Os olhos dele estavam em chamas e, por um instante terrível, achei que ele poderia me bater.

– Aquele idiota entendeu tudo errado. – Eu estava quase chorando. – Eu anunciei meus serviços como acompanhante. Ele deve ter entendido outra coisa. Ele achou que eu era… você sabe… uma garota de programa.

– Você anunciou seus serviços como acompanhante? – Os dedos de Darcy ainda estavam enterrados no meu braço.

– É, eu coloquei um anúncio no *Times* e dei o nome de Acompanhantes Coronet.

Darcy ficou atônito.

– Minha querida mocinha ingênua, até você deve ter percebido que as palavras "serviço de acompanhante" são um jeito educado de insinuar uma coisa um pouquinho mais sórdida, não? É claro que ele achou que tinha contratado uma garota de programa. Ele teve todo o direito de pensar assim.

– Eu não tinha a menor ideia – retruquei. – Como é que eu poderia saber?

– Você deveria ter suspeitado quando viu a boate. Garotas requintadas não vão a lugares como aquele, Georgiana.

– E você? O que estava fazendo lá? – indaguei, meu alívio agora se transformando em raiva. – Você sai da minha vida, nem se preocupa em escrever. E agora eu encontro você em um lugar como aquele. Não é à toa que não esteja interessado em mim. Eu não costumo tirar a roupa na frente de um monte de homens.

– Quanto ao que eu estava fazendo lá… – murmurou ele. Achei que eu tinha percebido um breve sorriso em seu rosto. – Eu tinha que encontrar um homem para falar de um cachorro. E posso garantir que não me dei ao trabalho de olhar para o que estava acontecendo no palco. Já vi coisa muito melhor e de graça. Quanto ao meu desaparecimento e ao fato de eu não ter entrado em contato, sinto muito. Tive que ir para o exterior com alguma pressa. Voltei ontem. E você tem muita sorte de eu ter voltado, senão ainda estaria tentando lutar contra aquele troglodita.

– Eu ia acabar dando um jeito – falei com raiva. – Você não precisa surgir do nada e me resgatar sempre, sabia?

– Parece que eu preciso, sim. Não é seguro que você tenha permissão para sair sozinha pela cidade. Venha. Vamos para Leicester Square, onde podemos achar um táxi para levá-la para casa.

– E se eu não quiser ir para casa?

– Você não tem escolha, milady. O que sua família ia pensar se você fosse fotografada por algum jornalista de passagem saindo de uma sórdida boate londrina de striptease? Agora vamos.

Ele me empurrou pela calçada até achar um táxi.

– Leve esta jovem para a Belgrave Square – instruiu ele com uma voz autoritária que eu nunca tinha ouvido, e então me enfiou no táxi. – E tire aquele anúncio do *Times* amanhã de manhã bem cedo, ouviu?

– A vida é minha. Você não manda em mim – retruquei porque achei que ia chorar a qualquer momento. – Você não é meu dono.

– Não – disse ele, olhando para mim de um jeito demorado. – Mas eu me importo com você, apesar de tudo. Agora vá para casa, tome uma xícara de chocolate e vá para a cama. Sozinha.

– Você não vai comigo? – Minha voz tremeu um pouco.

– Isso é um convite? – perguntou ele, a irritação desaparecendo por um segundo antes de voltar, e disse: – Infelizmente eu ainda tenho que fechar um negócio. Mas espero que nos encontremos em alguma ocasião futura em um lugar mais adequado.

Então ele se inclinou para dentro do táxi, segurou meu queixo, me puxou para perto e me beijou na boca com força. Depois Darcy bateu a porta do táxi, e eu fui levada para casa.

Cinco

Rannoch House
16 de agosto de 1932
Clima mais ameno, mais normal
A turbulência interna não está nem um pouco mais amena

Consegui chegar em casa sem chorar no caminho. Mas, assim que fechei a porta da frente, as lágrimas começaram a escorrer. Não eram só o medo e a vergonha do que aconteceu e do que poderia ter acontecido, era a percepção de que eu havia perdido Darcy de vez. Fui para o quarto e deitei na cama em posição fetal, desejando estar em algum lugar seguro, com alguém que me amasse, e chegando à triste conclusão de que, além do meu avô, eu não tinha ninguém com quem pudesse contar de verdade.

Acordei com o som de batidas distantes. Levei um tempo para perceber que alguém estava dando pancadas na minha porta da frente. Eram apenas nove horas. Vesti o roupão e desci com cautela, imaginando quem poderia ser a uma hora daquelas. Com certeza não era Belinda. Por um instante, fiquei com a esperança de que fosse Darcy, vindo se desculpar pelo comportamento grosseiro na noite anterior. Mas, quando abri a porta, havia um jovem policial parado.

– Fui enviado pela Scotland Yard para falar com lady Georgiana Rannoch – informou ele, olhando para meu traje de dormir e para meu cabelo bagunçado. – Ela pode me receber?

– Eu sou lady Georgiana – respondi. – Posso perguntar quem exatamente o enviou e do que se trata?

– Sir William Rollins gostaria de falar com milady.

– Sir William Rollins?

Ele assentiu.

– Vice-comissário.

– E por que sir William deseja falar comigo?

– Não sei dizer, milady. Ele não confia essas informações a policiais comuns. Só me disseram para vir buscá-la, e eu vim. Agora, se milady puder se apressar e se vestir, ele não gosta de esperar.

Tentei pensar em uma resposta arrasadora. Afinal, ele estava falando com a filha de um duque e prima em segundo grau do rei. Abri a boca para dizer que, se sir William Rollins quisesse falar comigo, ele poderia vir à Rannoch House. Mas não consegui fazer as palavras saírem. Na verdade, minhas pernas estavam um pouco bambas quando voltei para o andar de cima. O que afinal a Scotland Yard poderia querer comigo? Não só a Scotland Yard, mas alguém de um cargo espantosamente alto. Nas minhas negociações anteriores com a Polícia Metropolitana, tive que lidar com um inspetor bastante insolente e um inspetor-chefe muito bajulador. Estava claro que isso era algo mais sério, mas eu não conseguia pensar no que... a menos que... Eles não podiam ter descoberto sobre a noite anterior, não é? E, mesmo que tivessem, eu não tinha feito nada fora da lei... tinha?

Peguei o primeiro vestido que encontrei no armário e que passaria por apresentável, dei uma arrumada no cabelo, escovei os dentes e joguei água no rosto. Então desci de novo para enfrentar o que quer que fosse. Achei difícil respirar quando a viatura me levou em direção a Whitehall e entrou no pátio da Scotland Yard. Alguém segurou a porta para mim, e eu tentei entrar com a cabeça erguida, mas tropecei no capacho e quase voei pelo saguão. (Mais uma vez, aquela tendência à falta de jeito em momentos de estresse, infelizmente.)

O mais humilhante foi que um policial de rosto juvenil me segurou e me salvou de bater em uma divisória de vidro.

– Está ansiosa para ser presa, senhorita? – perguntou ele, abrindo um sorriso atrevido.

Tentei lançar um olhar que faria justiça à minha bisavó quando ela pronunciava as palavras "Isso não tem a menor graça", mas também não consegui fazer meu rosto obedecer.

– Por aqui, Vossa Senhoria – disse minha escolta original, me conduzindo a um elevador que parecia levar uma eternidade para subir.

Percebi que eu estava prendendo a respiração, mas, quando chegamos ao quinto andar, tive que soltá-la. Por fim, o elevador parou. O policial abriu a porta sanfonada que dava para um corredor deserto, no fim do qual ele apertou um botão. Uma porta se abriu e entramos em um escritório onde duas jovens estavam ocupadas datilografando. Era diferente da minha experiência anterior com a Scotland Yard. Para começar, o chão era acarpetado, e pairava no ar um cheiro forte e herbáceo de tabaco para cachimbo.

– Lady Georgiana para sir William – informou o jovem policial.

Uma das moças se levantou da mesa.

– Por aqui, por favor. Me sigam.

A moça parecia e soava como o ideal da eficiência. Aposto que nunca tropeçou em um tapete na vida.

Ela me levou por outro corredor e deu batidinhas em uma porta.

– Entre! – gritou uma voz.

– Lady Georgiana, sir William – disse a mulher com sua voz eficiente.

Eu entrei. A porta se fechou. O cheiro de cachimbo vinha de um homem grande e corado que estava atrás da mesa. Ele mal cabia em uma grande cadeira de couro, com o cachimbo preso entre os dentes. Quando entrei, ele o tirou da boca e ficou segurando com uma das mãos. Se eu tinha resumido a datilógrafa a uma palavra (eficiente), também poderia fazer o mesmo com ele: poderoso. As sobrancelhas ferozes e a expressão que indicava que ele não gostava de ser contrariado (e raramente deveria ser) deixavam isso claro.

– Lady Georgiana. Que bom que milady veio tão rápido. – Ele estendeu a mão carnuda.

– Eu tinha escolha? – perguntei, e ele riu com vontade, como se eu tivesse feito uma boa piada.

– Eu não vou algemá-la. Por favor. Sente-se.

Eu me sentei.

– O senhor poderia me dizer o que eu estou fazendo aqui?

– Milady não tem a menor ideia?

– Não. Por que eu teria?

Sir William se recostou, me encarando do outro lado da grande mesa de mogno.

– Acabei de receber uma notícia perturbadora – disse ele. – Nossa equipe fica de olho nos jornais em busca de atividades potencialmente ilegais e antissociais. Quando apareceu um anúncio ontem em nada menos que o *Times*, eles verificaram o número de telefone fornecido. Ficaram muito surpresos quando descobriram que o número era da sua residência em Londres. Um telefone de propriedade do duque de Glen Garry e Rannoch. Na mesma hora, chegamos à conclusão de que havia um erro de impressão no jornal e entramos em contato com o *Times* para dizer isso a eles. Fomos então informados de que não havia nenhum erro de impressão.

Ele fez uma pausa. As sobrancelhas intimidadoras se contraíram com vida própria, como dois camarões.

– Então pensei que seria bom nós dois termos uma conversa para resolver esse assunto antes que ele se espalhe. Milady gostaria de esclarecer as coisas?

Eu continuava fascinada com as sobrancelhas dele enquanto desejava que o chão se abrisse e me engolisse.

– Foi um erro hediondo – expliquei. – Eu só queria iniciar um pequeno serviço de acompanhantes.

– Serviço de acompanhantes? – As sobrancelhas deram um salto.

– Não é o que o senhor está pensando. Trata-se de garotas bem-criadas que estariam disponíveis para fazer companhia a homens que não gostam de jantar ou ir ao teatro sozinhos. Nada mais. Talvez as minhas palavras tenham sido inadequadas.

Ele balançou a cabeça, rindo.

– Ah, meu Deus. As palavras não poderiam ter sido mais óbvias nem se milady tivesse escrito "Ligue para Fifi para uma boa hora de diversão". Mas devo dizer que estou aliviado por milady ainda não estar exercendo a profissão mais antiga do mundo.

Dava para sentir meu rosto ardendo com o constrangimento.

– De jeito nenhum. E garanto que vou tirar o anúncio agora de manhã.

– Isso já foi feito, minha querida – respondeu ele. – Mas, no futuro, devo alertá-la para ser um pouco mais prudente se quiser começar um negócio.

Verifique com alguém mais velho e que conheça melhor o mundo para não cometer mais erros embaraçosos, está bem?

– Vou fazer isso – assegurei. – Me desculpe. A intenção foi mesmo inocente. Eu sou uma jovem tentando ganhar a vida como todo mundo nesta cidade. Achei que tinha encontrado um nicho em potencial e corri para ocupá-lo.

– Eu ficaria com profissões mais aceitáveis no futuro. Tudo que tenho a dizer é que milady tem sorte de nosso homem ter visto esse anúncio tão rápido. Milady pode imaginar como a imprensa sensacionalista iria se divertir se tivesse descoberto isso primeiro? A rameira da realeza? A Casa da Mãe Georgiana?

Ele me viu estremecer a cada um dos epítetos. A diversão dele era evidente.

– Eu já disse que não vai se repetir – falei. – E felizmente a imprensa não me descobriu.

– Mesmo assim – continuou ele devagar –, acho que seria sensato se milady deixasse a cidade imediatamente. Pegue o próximo trem para sua casa na Escócia, que tal? E aí, caso algum abelhudo se depare com o jornal de ontem e resolva ligar para o número, perceberá que a Rannoch House estava vazia e fechada durante o verão e que houve um engano. Vamos pedir ao *Times* para eles dizerem que o número de telefone foi erro deles.

Sir William me olhou com curiosidade. Eu não pude fazer nada além de concordar com um aceno de cabeça. Ele obviamente não tinha ideia de que ir para casa na Escócia significava praticamente enfrentar um dragão, uma cunhada que ia querer saber por que eu tinha aparecido na porta dela sem avisar. Mas o que ele sugeriu fazia sentido. Comecei a me levantar, achando que o interrogatório tinha acabado. Sir William levou o cachimbo à boca e deu uma longa tragada.

– Mais uma coisinha – acrescentou ele. – Por acaso milady conhece uma mulher chamada Mavis Pugh?

– Nunca ouvi falar.

– Certo. Ontem à noite uma jovem foi encontrada morta em uma estrada perto do aeródromo de Croydon. Parece que ela foi atropelada por um veículo em alta velocidade… uma motocicleta, possivelmente. Nós achamos que foi só um acidente trágico. A estrada era arborizada e sombreada, e o acidente aconteceu logo depois de uma curva fechada. Talvez ela tenha saído da calçada de repente e o responsável não a tenha visto. Mas ele também não parou para relatar o caso. E não encontramos nenhuma testemunha.

Me esforcei para manter uma expressão atenciosa mas desinteressada. Tentei não deixar Paolo vir à minha mente.

– Sinto muito por ela, mas não sei o que isso tem a ver comigo – falei. – Posso garantir que nunca andei de moto na vida e não estava nem perto do aeródromo de Croydon ontem à noite, como o dono de uma boate de má reputação pode confirmar.

– Ninguém está sugerindo que milady estava – retrucou ele. – Eu perguntei porque a bolsa dela foi jogada do outro lado da estrada com o impacto. Parte do conteúdo acabou na vala, inclusive uma carta inacabada, aparentemente para milady. Quem escreveu usou uma tinta barata e a maior parte foi apagada pela água, mas conseguimos ler "Lady Georgiana" e as palavras "Irmão mais velho, o duque de…".

– Que curioso – comentei.

– Então, se não conhece essa mulher, ficamos nos perguntando por que ela escreveria para milady. – Os olhos dele não desgrudaram dos meus nem por um instante. Apesar da idade, e ele devia ter mais de 50 anos, os olhos do homem eram extraordinariamente brilhantes e vivos. – Ficamos pensando, por exemplo, se ela tinha a intenção de chantageá-la.

– Em troca do quê? Meu irmão e eu estamos praticamente sem um tostão. Ele, pelo menos, é dono da propriedade. Eu não tenho nada.

– As classes mais baixas não pensam assim. Para eles, todos os aristocratas são ricos.

– Posso garantir que não estou sendo chantageada por ninguém. Essa mulher fazia parte de algum grupo criminoso?

– Não – respondeu ele. – Ela era uma criada pessoal.

Nesse momento, uma lembrança se agitou em minha mente enquanto eu juntava as palavras "Mavis" e "criada pessoal".

– Espere – falei. – Por acaso ela trabalhava para Veronica Padgett, a famosa piloto?

– Ahá! – Ele deu um sorriso presunçoso. – Então milady a conhece?

– Eu a encontrei uma vez, há alguns dias, no aeródromo de Croydon.

Ela foi encontrar a patroa para lhe entregar algumas roupas de festa. A Srta. Padgett ficou zangada com seu atraso. Ela me usou de exemplo. Disse que eu era lady Georgiana e conseguia viver sem uma criada, então ela estava pensando em fazer o mesmo, de modo que essa jovem soube meu nome. Mas eu não me comuniquei diretamente com ela.

– Milady está dizendo que a patroa estava zangada com ela? Talvez Mavis estivesse escrevendo para pedir um emprego.

– É possível. Mas eu tive a sensação de que a Srta. Padgett só estava provocando a moça, não ameaçando demiti-la de verdade. O que foi que ela falou da situação?

– Ficou bem angustiada, na verdade. Ela estava em uma festa no campo em Sussex e tinha deixado a criada em Londres. Não tinha ideia do que a Srta. Pugh poderia estar fazendo perto do aeródromo, já que a patroa não planejava voltar a Londres tão cedo e não deu nenhuma instrução à criada para deixar a residência.

– Eu gostaria de poder ajudá-lo, sir William, mas, como acabei de dizer, não tive nenhuma interação com essa pessoa.

– Milady é amiga da Srta. Padgett?

– Não. Eu só a encontrei uma vez e foi por acaso. Ela pousou o avião dela no aeródromo de Croydon quando eu estava passeando por lá com amigos. Ela conhecia uma pessoa do nosso grupo e fomos beber uma taça de champanhe enquanto ela esperava a criada.

– Entendi – sibilou ele. Houve uma longa pausa. – Foi só uma infeliz coincidência, mas é uma sorte milady estar saindo de Londres, senão isso pode se transformar em outro rastro de escândalo que simplesmente não podemos permitir.

– Isso é tudo? – perguntei.

Senti meus nervos prestes a explodir. Sinceramente, eu não tinha feito nada de errado e estava começando a me sentir como se fosse uma prisioneira no banco dos réus esperando a pena de morte.

Ele assentiu.

– É, parece que isso é tudo. – Sir William olhou o relógio de pulso. – Se corrermos até King's Cross, milady ainda consegue pegar o Flying Scotsman de hoje. Ele sai às dez horas, não é?

– O Flying Scotsman de hoje? – Eu o encarei boquiaberta. – Vou precisar de um tempo para fazer as malas. Não posso simplesmente me levantar e ir para a Escócia.

– Peça à sua criada para fazer isso para milady, e ela pode ir em um trem mais tarde. Com certeza a maior parte das suas roupas está no Castelo de Rannoch, não?

Agora eu estava envergonhada *e* irritada.

– Diferente do que a maioria pensa, nem todos os aristocratas são ricos o suficiente para ter um vasto guarda-roupa. As poucas peças de roupa que tenho estão comigo em Londres.

– Mas milady pode ficar sem elas até hoje à noite. Vou pedir para meu funcionário passar pela Belgrave Square para que milady possa dar instruções à sua criada e pegar alguns artigos de higiene pessoal.

– Eu estou sem serviçais no momento – lembrei a ele.

– Nenhuma criada? Milady está morando sozinha na Rannoch House? – O comportamento dele deu a entender que ele de fato achava que eu estava operando a casa de reputação suspeita.

– Eu não tenho dinheiro para pagar nenhum criado – expliquei. – É por isso que estou tentando encontrar um trabalho.

– Ai, ai. – Ele tossiu, constrangido, e bateu o cachimbo no cinzeiro. – E suponho que não posso esperar que milady viaje em um trem parador para Edimburgo, e o Pullman noturno para Glasgow também não serve, certo?

– Não consigo fazer uma conexão fácil em Glasgow. Acho difícil que nosso motorista possa me encontrar lá – expliquei.

– Muito bem, então é melhor que seja amanhã. Vou pedir para minha secretária reservar seu assento. E não posso ser mais enfático ao insistir que milady não fale com ninguém até lá.

– Imagino que o senhor queira que eu telefone para o meu irmão para avisá-lo de que estou indo, certo? – perguntei.

– Não se preocupe, isso já foi resolvido – disse ele.

Eu me senti ruborizar de novo, imaginando o que havia sido dito. Será que ficaria claro para todos que eu tinha sido mandada para casa em desgraça como uma colegial travessa? Sir William se levantou.

– Muito bem, é melhor milady ir. Não atenda o telefone aconteça o que acontecer e, se puder fechar as cortinas e fazer a casa parecer desocupada, melhor ainda. Meu ajudante vai ligar para milady de manhã.

A irritação foi superando o medo aos poucos. O homem estava me dando ordens como se fosse meu superior no Exército.

– E se eu decidir não ir? – indaguei.

– Não terei outra alternativa a não ser levar o assunto à atenção de Suas Majestades. Imagino que milady queira poupá-los desse constrangimento. Além do mais, eu soube que milady deve ir para Balmoral de qualquer maneira em um futuro próximo. Milady só vai antecipar sua chegada em alguns dias. Simples assim. Pode ir. Aproveite a caça às perdizes, sua sortuda. Eu gostaria de poder estar lá em vez de ficar preso atrás desta mesa.

Então ele deu uma risada vigorosa, bancando o tio benevolente, agora que eu ia cumprir seus desejos. Assenti com frieza e saí da sala com toda a dignidade que consegui juntar.

Seis

Rannoch House
Ainda 16 de agosto de 1932

SENTI COMO SE ESTIVESSE PRESTES A EXPLODIR quando entrei na Rannoch House sob o olhar atento do jovem policial. Na verdade, acredito que minha raiva foi resultado dos sentimentos de vergonha e humilhação. Eu só rezava para que sir William não tivesse revelado minha gafe para Binky e Fig. Binky ia achar que era uma grande piada, mas eu podia imaginar Fig me lançando aquele olhar fulminante e falando que eu havia decepcionado a família, dando a entender que o culpado novamente era o sangue inferior da minha mãe. Isso, é claro, fez meus pensamentos se voltarem para meu avô. Ele era a única pessoa que eu adoraria ver nesse momento, porque eu precisava de um bom abraço. Belinda seria inútil, mesmo se ela não estivesse nos braços de Paolo. Ia achar tudo absurdamente engraçado.

"Você, de todas as pessoas, fingindo ser uma garota de programa, querida", diria ela. "A única virgem de Londres!"

Mas meu avô não estava ao alcance do telefone, e eu achava que sir William não ia gostar muito que eu fosse passear de metrô. Assim, fiz a mala com o tipo de roupa necessária na Escócia, depois me sentei na sombria cozinha embaixo da escada e estava tomando uma xícara de chá quando o telefone tocou. Dei um pulo, mas me lembrei da instrução para não atender. Pouco depois, tocou de novo. Agora meus nervos estavam bem abalados. Será que a imprensa tinha farejado o escândalo? Ou era um cliente em potencial que havia descoberto meu anúncio no jornal do dia anterior? Andei inquieta pela casa, espiando de vez em quando pelas persianas fechadas da sala da frente para ver se havia algum repórter parado na praça.

Por volta das cinco horas, houve uma batida forte na porta da frente. Corri até a janela do quarto e tentei ver quem estava lá, mas um pórtico coberto atrapalhava a visão. Claro que podia ser Belinda, mas a batida de alguma forma parecia masculina e exigente. Bateram de novo. Prendi a respiração. Se fosse alguém da Scotland Yard, eles mesmos eram os culpados por eu não atender a porta. Estava seguindo ordens. Observei e esperei, e acabei vendo um homem se afastando da casa. Um homem velho e não muito bem-vestido. De repente, reconheci alguma coisa no jeito de andar. Esquecendo todas as instruções, desci correndo a escada, abri a porta da frente e corri pela rua atrás da figura que se afastava.

– Vovô! – gritei.

Ele se virou, e seu rosto se iluminou com um grande sorriso.

– Ah, aí está você, minha querida. Por um instante, eu fiquei preocupado. Acordei você de uma soneca?

– De jeito nenhum. Fui instruída a não abrir a porta. Entre e vou lhe contar tudo.

Eu quase o arrastei para dentro da Rannoch House, procurando repórteres à espreita nos arbustos dentro dos jardins. Eu sei que os jardins são particulares e que para entrar neles é necessária a chave de um morador, mas os repórteres são notoriamente habilidosos e conseguiriam pular grades se fosse preciso.

– O que está acontecendo, meu amor? – perguntou ele enquanto eu fechava a porta com um suspiro de alívio. – Você está encrencada? Desconfiei disso quando aquele sujeito me disse que você esteve lá em casa no único dia em que eu estive fora. Fui na excursão anual a Clacton.

– Como foi? – indaguei.

– Incrível. O frescor do mar fez bem a esses velhos pulmões. Eu me senti um novo homem quando voltamos para casa.

Lancei um olhar atento para ele. Eu sabia que a saúde do meu avô não estava boa havia algum tempo, e ele não parecia bem. Senti uma pontada de preocupação ao pensar que eu poderia perder meu único alicerce, além de uma pontada de arrependimento por não poder fazer mais por ele. Queria ter condições de mandá-lo para a praia no verão.

– Então, o que está acontecendo, querida? – insistiu ele. – Venha fazer uma xícara de chá e conte tudo para seu velho avô.

Descemos para a cozinha e colocamos a chaleira no fogo enquanto eu contava toda a história.

– Caramba – disse ele, tentando não sorrir –, você se meteu em uma bela enrascada, não é mesmo? Serviço de acompanhantes? Garotas de alta classe?

– Como eu poderia saber? – perguntei, irritadiça.

– Não podia mesmo. Você sempre foi muito protegida, esse é o problema. Mas, na próxima vez que tiver uma ideia brilhante como essa, consulte seu velho avô antes.

– Está bem. – Eu tive que sorrir.

– De qualquer maneira, não houve nenhum dano – afirmou ele. – Você tem sorte de ter saído dessa com tanta facilidade.

– Eu não teria saído se Darcy não estivesse na boate – confessei. – Ele interveio e me salvou. A parte ruim é que, de alguma forma, a Scotland Yard ficou sabendo disso, e eles estão me mandando para a Escócia o mais rápido possível, só para o caso de algum repórter descobrir essa história.

– Isso é meio exagerado, não? E daí se um repórter descobrir a história? É só dizer que foi um anúncio mal formulado.

– A Scotland Yard vai fazer o *Times* dizer que o número de telefone saiu errado. Eles acham que eu estaria envergonhando a família real.

– Não mais do que o filho deles já envergonha – provocou vovô. – Ele ainda anda com aquela americana casada a tiracolo?

– Até onde eu sei, sim. Devo dizer que a imprensa está sendo bem discreta em relação a isso. Ainda não chegou a nenhum jornal.

– Porque Suas Majestades pediram que fosse mantido em segredo.

A chaleira ferveu e eu fiz o chá enquanto vovô se sentava em uma cadeira dura da cozinha, me observando.

– Então você vai ser enviada de volta para a Escócia? Para Balmoral ou para a casa do seu irmão?

– Para o Castelo de Rannoch. Meu convite para Balmoral é só para daqui a uma semana.

– Não consigo imaginar sua cunhada estendendo um tapete vermelho para recebê-la.

– Nem eu. Na verdade, estou bem consternada, por mais que eu adore estar na Escócia nesta época do ano.

– Não a deixe maltratar você – recomendou vovô. – A casa é sua. Você nasceu lá. Seu pai era duque e neto da velha rainha. O dela era só um baronete que recebeu o título por ter emprestado dinheiro a Carlos II para pagar dívidas de jogo. Faça com que ela se lembre disso.

Eu ri.

– Vovô, você é terrível. E acho que, no seu coração, você é um pouco esnobe.

– Eu conheço o meu lugar e não afirmo ser o que não sou – disse ele. – Não tenho tempo para pessoas que se acham melhores por causa de posição social.

Olhei para ele de um jeito melancólico.

– Eu queria que você fosse comigo – confessei.

– Você consegue me ver caçando, atirando e convivendo com nobres? – Ele riu, e a risada se transformou em uma tosse ofegante. – Como eu disse, eu conheço o meu lugar, meu amor. Você vive no seu mundo e eu vivo no meu. Vá para o castelo e se divirta por lá. Nos vemos quando você voltar.

Sete

Flying Scotsman, em direção ao norte
17 de agosto de 1932
Indo para casa. Empolgada e temerosa ao mesmo tempo
Dia adorável. Claro e quente

NA MANHÃ SEGUINTE, EU ESTAVA SENTADA EM um compartimento de primeira classe no Flying Scotsman enquanto o campo passava pela janela, banhado pela luz do sol. Era tudo muito agradável e rural, mas minha cabeça estava mergulhada em emoções conflitantes. Eu estava indo para casa – voltando para um lugar que eu amava. A babá ainda morava em um chalé na propriedade, meu cavalo estava esperando por mim no estábulo e meu irmão ia ficar feliz em me ver, mesmo que Fig não ficasse. Pensar em Fig fez meu estômago se contrair. Não era medo o que eu sentia, mas uma sensação desagradável de saber que minha presença não era desejada. Eu me perguntei o que sir William teria dito a ela. Será que ela sabia que eu tinha sido mandada para casa em desgraça?

Do lado de fora, no corredor, ouvi um sino tocando e uma voz anunciando o primeiro horário para o almoço. Almoçar no vagão-restaurante era algo que eu não me permitiria no meu atual estado de pobreza, mas hoje senti que merecia. Afinal, não ia ter que me sustentar no futuro próximo, e a própria passagem de trem havia sido comprada por alguém da Scotland Yard. Eu me levantei, olhei no espelho para confirmar que estava respeitável e saí para o corredor, quase colidindo com uma pessoa que saía do compartimento ao lado. Era um jovem bonito, alto, com cabelo loiro ondulado pretensiosamente penteado com brilhantina, e vestindo calças e um blazer de aparência esportiva.

– Por favor, me desculpe – murmurou ele, depois pareceu me notar de verdade. Os olhos do jovem passearam por mim da mesma forma que olhos costumavam passear por Belinda. – Ora, ora, olá – disse ele no que eu desconfio ter sido um tom arrastado e sexy. – Que sorte encontrar alguém como você no compartimento ao lado. Eu estava me preparando para oito horas de tédio e palavras cruzadas. Em vez disso, encontro não apenas uma garota muito bonita, mas uma garota muito bonita que parece estar sozinha. – Ele olhou para os lados no corredor vazio. – Olhe, eu estava a caminho do salão de coquetéis. Quer me acompanhar para uma bebida, querida? É impossível sobreviver sem um gim-tônica a esta hora do dia.

Parte de mim ficou tentada a ir com ele; a outra parte estava ofendida com a maneira como ele estava me despindo mentalmente. Isso não acontecia comigo com frequência, e eu não sabia se devia gostar ou não. Como sempre acontece em momentos de estresse, voltei ao meu comportamento normal.

– É muito gentil da sua parte, mas eu estava a caminho do vagão-restaurante.

– É só o primeiro horário. Ninguém vai no primeiro horário, a não ser velhas solteironas e vigários. Vamos lá, seja uma boa garota. Venha me fazer companhia em um coquetel. É um trem, sabe? As etiquetas sociais ficam um pouco distorcidas quando se viaja.

– Está bem – falei.

– Maravilha! Vamos lá, então. – Ele pegou meu cotovelo e me guiou na dirreção do bar. – Você está indo para a Escócia para a caça às perdizes? – perguntou enquanto manobrávamos, um pouco desequilibrados com o balanço do trem.

– Estou indo ver minha família – respondi por cima do ombro –, mas espero dar alguns tiros. E você?

– Talvez eu dê alguns tiros, mas na verdade estou indo ver um amigo meu testar o novo barco que ele criou. É uma engenhoca diabólica com a qual planeja quebrar o recorde mundial de velocidade na água. Ele resolveu testá-la em um lago escocês medonho, então formamos um grupo para torcer por ele.

– Sério? Onde vocês vão ficar?

– Consegui um convite para um lugar próximo chamado Castelo de Rannoch. Eu estudei com o duque, sabe? Devo dizer que as velhas relações escolares ainda abrem muitas portas em todos os lugares. Mas não tenho muitas expectativas em relação ao castelo. Parece muito medieval, pelo que ouvi dizer. Não tem um encanamento nem aquecimento decentes e parece que há fantasmas de família nas muralhas. Além disso, os ocupantes vivos parecem igualmente enfadonhos, mas no fim das contas será um lugar muito conveniente para participar de todo o movimento, então espero conseguir suportar por uns dias. E você? Onde vai ficar?

– No Castelo de Rannoch – respondi suavemente. – É a casa da minha família.

– Ah, caramba. – Ele ficou vermelho. – Não me diga que você é irmã do Binky. Eu dei com a língua nos dentes, não dei?

– Parece que sim – respondi. – Agora, por favor, me dê licença. Não quero perder a companhia dos vigários e das solteironas no primeiro horário do almoço. – Eu me afastei dele e saí rapidamente na direção oposta.

O vagão-restaurante estava bem cheio quando cheguei – e não só com as solteironas e os vigários prometidos. Encontrei uma mesa vazia e consegui um cardápio. Percebi um homem sentado à minha frente me encarando com interesse. Era um tipo militar mais velho – esguio, de porte ereto e bigodinho bem aparado –, e me perguntei se ele tinha o hábito de seduzir moças em trens. De fato, ele fez que ia se levantar para vir na minha direção, mas outro homem se aproximou antes.

– Sinto muito – disse o segundo em tom alto e sem fôlego –, mas o maldito lugar parece estar todo ocupado. Eu gostaria de saber se a senhorita se importaria de eu me sentar à sua mesa. Prometo que não faço barulho quando tomo sopa nem bebo chá no pires.

Ele era o oposto do outro homem – baixo, gordo e cor-de-rosa, com um bigodinho elegante e um cravo na lapela. O cabelo escuro era penteado com cuidado para cobrir um ponto calvo. De qualquer forma, totalmente inofensivo e com um sorriso esperançoso. Ele podia até ser um dos vigários mencionados, viajando sem o respectivo colarinho.

– Claro que não – respondi. – Sente-se, por favor.

– Que maravilha. Que maravilha – disse ele, sorrindo para mim. O homem pegou um lenço branco e engomado e secou a testa. – Está quente neste trem, não é? Essas pessoas vão ter um choque assustador quando chegarem à Escócia e os ventos uivantes de sempre estiverem soprando.

– O senhor mora na Escócia?

– Meu Deus, não. Sou um sujeito cosmopolita. Londres e Paris, esse é o meu lugar. – Ele estendeu a mão rosada e gordinha. – Eu devo me apresentar. Meu nome é Godfrey Beverley. Escrevo uma pequena coluna no *Morning Post*. Chama-se "Ti-ti-ti". Todas as fofocas saborosas sobre o que está acontecendo na cidade. A senhorita já deve ter ouvido falar de mim.

Um pequeno alarme soou na minha cabeça. Esse homem era da imprensa. Será que ele estava se insinuando para conseguir obter informações privilegiadas sobre minha partida rápida de Londres?

– Desculpe – falei com suavidade –, mas nós só lemos o *Times*, e eu não presto atenção em fofocas.

– Mas, minha querida jovem, a senhorita deve ser uma em um milhão se não acha fofoca algo absolutamente delicioso.

O Sr. Beverley levantou o olhar com expectativa enquanto os pratos de sopa eram entregues à nossa mesa.

– Ah, *vichyssoise*… minha preferida – comentou ele, sorrindo mais uma vez. – Ouvi dizer que eles têm feito uma comida decente neste trem. Muito melhor do que quando paravam para o almoço em York e tínhamos que engolir péssimos rolinhos de salsicha em vinte minutos… Não tive a chance de perguntar seu nome, minha querida.

Tentei inventar um que fosse banal e estava prestes a dizer o nome da minha criada em casa, Maggie McGregor, quando o maître apareceu na nossa mesa.

– Um pouco de vinho, Vossa Senhoria? – ofereceu ele.

– Hum, não, obrigada – gaguejei.

– Vossa Senhoria? – Meu companheiro de mesa estava me olhando com expectativa. Ele levou a mão à boca como uma criança travessa flagrada roubando um biscoito do pote. – Ah, céus, que tolice a minha. Claro! Agora eu a reconheço pelas fotos no *Tatler*. Lady Georgiana, não é? A prima do rei. Que grosseria a minha não reconhecê-la! E eu aqui pensando que milady era uma jovem normal e saudável voltando para casa do internato ou da universidade... Milady deve ter me achado terrivelmente presunçoso, tentando sentar à sua mesa. Mas quanta gentileza demonstrou. Por favor, perdoe minha grosseria. – Ele começou a se levantar.

– De forma nenhuma – falei, sorrindo para acalmar a agitação do homem. – E, por favor, fique. Eu detesto comer sozinha.

– Vossa Senhoria é muito, muito gentil. – Ele falou com uma reverência.

– E, afinal, sou uma jovem normal e saudável – expliquei. – Estou indo para casa visitar minha família.

– Para o Castelo de Rannoch? Que esplêndido! Vou ficar na minha estalagem preferida, não muito longe de milady. Eu sempre gosto de ir para a Escócia durante a temporada. Todo mundo que é relevante está lá, é claro, e sempre há a chance de que seus estimados familiares apareçam em Balmoral e se misturem com os plebeus humildes como eu de vez em quando. – Ele fez uma pausa para tomar uma colherada da sopa. – Acredito que milady tenha sido convidada para Balmoral.

– Sim, eles sempre esperam que eu marque presença em todas as temporadas, mas antes pretendo passar alguns dias em casa, na propriedade da minha família.

– Devem sentir muito a sua falta quando milady está fora – disse ele. – Milady estava viajando pela Europa?

– Não, fiquei em Londres a maior parte do tempo – respondi, depois me lembrei de que ele era o Sr. Ti-ti-ti. – Mas é claro que volta e meia visito as casas de campo dos meus amigos. No fundo, ainda sou uma garota do interior. Não consigo ficar muito tempo na cidade.

– Verdade, verdade – disse ele. – Então me diga com quem milady esteve recentemente. Algum escândalo saboroso?

– Não desde a princesa alemã – respondi, sabendo que ele devia conhecer bem a história.

– Minha querida, aquilo não foi horrível? Milady tem muita sorte por ter escapado com vida, pelo que eu soube.

Os pratos de sopa vazios foram levados e substituídos por faisão assado, batatas e ervilhas frescas. Godfrey Beverley sorriu de novo.

– Tenho que confessar que eu adoro faisão – comentou ele, e comeu com prazer. Depois de ter acabado com a maior parte da comida no prato, continuou: – Então me diga, que história é essa sobre seu estimado primo, o príncipe de Gales, e a nova companheira dele? É verdade o que estão dizendo, que ela é casada? Casada duas vezes, na verdade? E americana, ainda por cima?

– Infelizmente, o príncipe de Gales não me faz confidências sobre as amigas dele – falei. – Ele me vê como se eu ainda estivesse na escola.

– Quanta miopia! Milady se transformou em uma jovem muito adorável.

Eu estava prestes a fazê-lo se lembrar de que ele também achou que eu estava no internato, mas Beverley deve ter se lembrado no mesmo instante, porque ficou novamente atrapalhado e começou a brincar com um pãozinho. Os pratos foram retirados e uma sobremesa de aparência deliciosa foi colocada na nossa frente.

– Será que *ela* vai estar na Escócia? – perguntou ele em tons conspiratórios.

– Ela?

– A misteriosa mulher americana dos boatos que estão se espalhando – sussurrou ele. – Ela com certeza não seria convidada para Balmoral, mas espero ter um vislumbre de sua presença. Dizem que ela só anda no auge da moda. O que me lembra: milady tem visto muito sua querida mãe nos últimos tempos? Eu sou muito fã da sua querida mãe.

– É mesmo? – Minha hostilidade em relação a ele se desfez um pouco.

– Claro! Eu adoro aquela mulher. Reverencio o chão que ela pisa. Sua mãe me forneceu mais material para as minhas colunas do que qualquer outro ser humano. Ela teve uma vida deliciosamente desavergonhada.

A hostilidade voltou.

– Eu a vejo muito pouco hoje em dia – respondi. – Acho que ela ainda está na Alemanha.

– Não, minha querida. Ela está na Inglaterra há no mínimo duas semanas. Eu a vi no Café Royal uma tarde dessas. E ela cantou com Noel Coward no Café de Paris outra noite. Há um boato de que ele está escrevendo uma peça especialmente *para* ela. Por acaso milady não sabe se isso é verdade, não é?

– O senhor obviamente sabe mais sobre ela do que eu – afirmei, me sentindo um tanto magoada por ela estar em Londres e não ter entrado em contato nem uma vez. Não que minha mãe tivesse feito contato por meses a fio quando eu estava crescendo ou na escola. Desconfio que nunca correu instinto maternal em seu sangue.

Consegui comer meu merengue sem derrubar pedaços brancos em cima de mim e também consegui dar algumas respostas educadas para as perguntas persistentes do Sr. Beverley durante o café. Com muito alívio, esvaziei a xícara e chamei o garçom para pagar a conta.

– Já está paga, Vossa Senhoria – informou o garçom.

Olhei ao redor do vagão, um pouco confusa em relação a quem poderia ter pagado meu almoço. Com certeza não tinha sido o Sr. Beverley. Ele estava contando o dinheiro sobre a toalha de mesa. Decidi que talvez sir William pudesse ter feito isso, tentando amenizar o golpe da minha partida de Londres em desgraça.

Eu me levantei e acenei para o Sr. Beverley, que também se levantou cambaleando.

– Milady, foi um prazer enorme conhecê-la – disse ele. – E espero que este seja o primeiro de muitos encontros. Quem sabe, talvez milady esteja livre para tomar chá comigo um dia enquanto eu estiver na estalagem. Há uma deliciosa casinha de chá nas proximidades. A Copper Kettle. Milady conhece?

– Eu costumo tomar chá com a família quando estou em casa, mas, se o senhor planeja ficar na Escócia por muito tempo, tenho certeza de que vamos acabar nos encontrando. Talvez em uma das caçadas?

Ele ficou pálido.

– Ah, meu Deus, não. Não gosto de matar coisas, lady Georgiana. É um costume muito bárbaro.

Eu quase lembrei a ele do prazer evidente com o qual atacou o faisão, que teve que ser morto em algum momento, mas estava mais ansiosa para escapar enquanto podia.

– Por favor, me dê licença – falei. – Acordei muito cedo hoje e acho que preciso descansar. – Dei a ele o gracioso aceno real e me retirei para o meu compartimento.

Os dois últimos dias realmente tinham sido muito cansativos. Pensei na minha casa com muita expectativa.

Oito

Ainda no trem
17 de agosto de 1932

O COMPARTIMENTO ESTAVA QUENTE COM O SOL da tarde, e eu me sentia farta com o belo almoço. Devo ter cochilado, pois despertei com um som baixinho. Um clique suave, mas suficiente para me fazer abrir os olhos. Quando vi, me sentei assustada. Havia um homem no meu compartimento. Além do mais, ele estava fechando as cortinas do corredor. Era o homem de aparência militar que ficou me observando no vagão-restaurante.

– O que o senhor acha que está fazendo? – perguntei, me levantando com um salto. – Por favor, saia deste compartimento agora mesmo ou serei obrigada a puxar o cabo de comunicação e parar o trem.

Com isso, ele deu uma risadinha.

– Eu sempre quis ver isso acontecer – disse ele. – Qual a distância necessária para parar um expresso a 110 quilômetros por hora? Acho que deve ser pelo menos um quilômetro.

– Se o senhor veio me roubar, tenho que avisá-lo que não estou viajando com nada de valor – afirmei com altivez –, e, se veio me atacar, posso garantir que fui abençoada com um bom soco e um grito alto.

Com isso, ele riu outra vez.

– Ah, sim, eles bem que me avisaram. Acho que milady vai se sair muito bem. – Ele se sentou sem ser convidado. – Posso garantir que não quero lhe fazer nenhum mal, milady, e peço que perdoe esse método incomum de apresentação. Tentei me aproximar no vagão-restaurante, mas aquele homenzinho odioso chegou na minha frente. – Ele se aproximou de mim. – Permita que eu me apresente agora. Sou sir Jeremy Danville. Trabalho para o Ministério do Interior.

Ah, caramba, pensei. Mais uma pessoa do governo para garantir que eu chegasse em casa em segurança e sem causar nenhum escândalo real. Ele provavelmente queria saber o que eu disse a Godfrey Beverley.

– Peguei este trem de propósito – disse ele –, sabendo que poderíamos conversar sem o risco de sermos ouvidos. Primeiro, eu quero sua palavra de que o que vou lhe dizer não será repassado a ninguém, nem mesmo para um membro da família.

Isso foi inesperado, ainda mais enquanto eu tentava acordar de um cochilo.

– Não sei como posso concordar com uma coisa que eu não tenho a menor ideia do que seja – argumentei.

– E se eu disser que diz respeito à segurança da monarquia? – Ele me lançou um olhar demorado e severo.

– Tudo bem, acho – respondi.

Comecei a me sentir mais ou menos como Ana Bolena deve ter se sentido quando foi convocada para ir à Torre e descobriu que não era para um jantar tranquilo. Passou pela minha cabeça que alguém podia ter telefonado para a rainha por causa da minha pequena gafe e eu estava prestes a ser despachada para ser dama de companhia de uma parente distante nos confins de Gloucestershire.

Sir Jeremy pigarreou.

– Lady Georgiana, nós do Ministério do Interior sabemos do papel que milady teve na descoberta de um complô contra Suas Majestades – explicou ele. – Milady demonstrou coragem e desenvoltura consideráveis. Por isso decidimos que milady pode ser a pessoa ideal para uma pequena tarefa envolvendo a família real.

Ele fez uma pausa. Esperei. O homem parecia querer que eu dissesse alguma coisa, mas eu não consegui pensar em nada, pois não tinha ideia do que viria a seguir.

– Lady Georgiana – recomeçou ele –, nos últimos tempos, o príncipe de Gales teve uma série de acidentes infelizes: uma roda que se soltou no carro dele, uma cincha que prendia a sela no cavalo de polo estourou sozinha. Por sorte, ele saiu ileso nas duas ocasiões. Claro que esses acidentes podem ser considerados coincidências azaradas, mas analisamos melhor e descobrimos que o duque de York e os outros irmãos também sofreram acidentes de semelhante azar. Chegamos à conclusão de que alguém está tentando prejudicar ou até mesmo matar membros da família real ou, sendo mais exato, os herdeiros do trono.

– Céus! – exclamei. – O senhor acha que são os comunistas em ação de novo?

– Chegamos a considerar essa possibilidade – disse Sir Jeremy com gravidade. – Algum poder externo tentando desestabilizar o país. No entanto, a situação e a natureza de alguns desses acidentes nos levam a uma conclusão surpreendente: parecem ser o que se pode chamar de "trabalho interno".

Eu ia dizer "céus" de novo, mas engoli a palavra no último instante. Soava meio infantil.

– O senhor quer dizer que alguém se infiltrou no palácio? Acho que isso não é completamente impossível. Afinal, um dos comunistas conseguiu fazer isso na Baviera.

– Desta vez, achamos que não são os comunistas – explicou Sir Jeffrey sem rodeios. – Achamos que é alguém mais próximo.

– Alguém ligado à família?

Ele assentiu.

– O que torna nossa vigilância bem difícil. Naturalmente, temos nossos homens do ramo especial protegendo o príncipe de Gales e os irmãos dele com nossa melhor capacidade, mas há momentos e lugares em que não podemos estar presentes. É aí que milady entra. No momento estão todos em Balmoral para a caçada.

– Então está tudo bem, não? – Levantei o olhar para sir Jeremy. – Eles vão estar seguros e fora de perigo lá.

– Pelo contrário. Ontem mesmo o príncipe de Gales bateu o carro de caça pois o volante travou.

– Cé… meu Deus – gaguejei.

– Por isso ficamos felizes quando soubemos que milady estava a caminho de casa. Milady faz parte do círculo íntimo deles. Pode transitar livremente entre eles. É a pessoa ideal para ficar de olhos e ouvidos abertos para nós.

– Na verdade, meu convite para Balmoral é só para daqui a uma semana – expliquei.

– Não tem problema. O Castelo de Rannoch é bem perto, e vários membros do grupo de caça de Balmoral estão hospedados com seu irmão. Avisaremos Suas Majestades que milady vai chegar mais cedo e vai participar da caçada como parte do grupo da casa do seu irmão.

Grupo da casa! Isso não era a cara de Fig. Com certeza nenhum convidado ia ficar tempo suficiente no Castelo de Rannoch para atirar em alguma coisa, ainda mais se Fig demonstrasse sua maldade habitual e permitisse apenas meia fatia de torrada para cada um no café da manhã e cinco centímetros de água quente na banheira. Outro pensamento me ocorreu.

– Suas Majestades sabem disso?

– Ninguém sabe, exceto alguns dos nossos homens. Nem o príncipe de Gales nem os irmãos dele suspeitam que esses acidentes tenham algo por trás. Na verdade, o príncipe de Gales fez uma piada dizendo que ele devia verificar o horóscopo antes de se aventurar. E ninguém deve saber. Não pode dar a menor pista, entende? Se isso for verdade, estamos lidando com uma pessoa astuta e cruel, e quero pegá-la antes que consiga causar um dano real.

– E o senhor não tem a menor ideia de quem pode ser?

– Nenhuma. Fizemos uma verificação completa dos antecedentes de todos os funcionários da realeza; na verdade, de todos aqueles que podem ter acesso ao príncipe de Gales e aos irmãos dele. Não encontramos nada.

– Entendi. Então o senhor não estava exagerando quando disse que era um de nós. O senhor realmente se referiu a alguém do nosso círculo íntimo.

– Como milady diz, do seu círculo íntimo. – Sir Jeremy assentiu com seriedade. – Tudo que pedimos é que milady fique de olhos e ouvidos abertos. Nosso homem no local vai se apresentar, e milady pode relatar qualquer coisa suspeita a ele. Naturalmente, não esperamos de maneira alguma que milady se coloque em risco. Podemos contar com milady, não é?

Foi difícil fazer minha língua me obedecer.

– Podem. Claro. – A voz saiu como um guincho.

Nove

Castelo de Rannoch
Perthshire, Escócia
17 de agosto de 1932

A NOITE AINDA NÃO TINHA CAÍDO QUANDO nosso velho Bentley virou na entrada de carros que levava ao Castelo de Rannoch. No verão, o sol se põe muito tarde na Escócia e, embora desse para ver as luzes do castelo reluzindo através dos pinheiros, o horizonte atrás das montanhas ainda brilhava em tons de rosa e dourado. Era uma rara noite gloriosa, e meu coração deu um salto ao ver os arredores familiares. Quantas vezes eu tinha cavalgado por essa trilha... Lá estava a rocha da qual pulei no lago depois que Binky me desafiou, e lá estava o penhasco que eu consegui dar um jeito de escalar sozinha. Do outro lado da cerca, bois e vacas olhavam para o automóvel com curiosidade, virando a cabeça grande e descabelada para acompanhar nossa trajetória.

Meu ânimo de chegar em casa foi aumentando desde que saímos da cidade de Edimburgo, subimos pelo campo arborizado e chegamos à extensão desolada e fustigada pelo vento das Terras Altas, com picos emergindo ao nosso redor e riachos correndo entre pedras ao lado da estrada. Decidi afastar da mente, por ora, o que poderia acontecer. Já era tudo preocupante demais e, além disso, eu estava começando a ficar desconfiada. Tinha a nítida impressão de que estava sendo usada. A maneira conveniente como fui convocada para encontrar sir William – tão envergonhada que tive que concordar na hora em me resguardar na Escócia – e o encontro com sir Jeremy no trem... foi tudo muito oportuno. Será que a polícia realmente vasculhava a página de anúncios do *Times* todos os dias? Eles checavam mesmo todos os números de telefone suspeitos? E era um pecado assim tão grande ter um serviço de acompanhantes? Então me ocorreu uma coisa que me fez ferver: Darcy. Eu sabia que ele fazia alguma coisa secreta da qual nunca falava. Na verdade, eu desconfiava que ele era algum tipo de espião. Será que ele tinha avisado ao Ministério do Interior sobre minha pequena gafe, dando a eles uma desculpa brilhante para me despachar para a Escócia sem me alarmar desnecessariamente?

Eles podiam simplesmente ter me convocado ao Ministério do Interior e me dito o que queriam que eu fizesse, mas acredito que no fim eu teria recusado. Com essa pequena artimanha, eu era um alvo fácil para os planos deles e não tinha como escapar. Parecia cada vez mais provável, enquanto eu repassava tudo na minha cabeça, que Darcy tinha sido a pessoa que instigou toda a situação. *Que belo amigo*, pensei. Ele me traiu e depois me arrumou uma missão difícil e talvez perigosa. Ainda bem que me livrei dele.

Os pneus do Bentley rangeram no cascalho quando o carro parou diante da porta da frente. O motorista saltou para abrir minha porta, mas, antes que eu conseguisse sair, o castelo se abriu e nosso mordomo, Hamilton, surgiu do interior iluminado.

– Bem-vinda, milady – cumprimentou ele. – É muito bom tê-la de volta.

Até agora, tudo certo. Pelo menos alguém estava feliz em me ver.

– É bom estar de volta, Hamilton – respondi e subi os degraus desgastados, entrando pela grande porta da frente.

Depois de uma pequena antessala repleta com cabeças de veados, entramos no grande salão, o centro da vida no Castelo de Rannoch. Ele tem dois andares e uma galeria ao redor. De um lado há uma lareira de pedra gigantesca, grande o suficiente para assar um boi. Nas paredes com painéis de madeira há espadas, escudos, estandartes esfarrapados carregados em batalhas antigas e mais cabeças de veados. Uma ampla escadaria sobe de um lado, repleta de retratos de ancestrais da família Rannoch, cada geração mais nova com menos cabelo. O chão é de pedra, fazendo com que o salão pareça duplamente gelado, e há vários sofás e poltronas agrupados ao redor da lareira, que nunca é acesa no verão, por mais baixa que esteja a temperatura.

Para quem é de fora, a primeira impressão é de um lugar terrivelmente frio, sombrio e belicoso, mas, para mim, neste momento, representava meu lar. Eu estava olhando ao redor com satisfação quando Fig apareceu na galeria acima.

– Georgiana, você voltou. Graças a Deus – disse ela, com a voz ecoando pelo teto alto. E, para minha surpresa, minha cunhada desceu a escada correndo para me encontrar.

Essa não era a recepção que eu esperava, e eu a encarei inexpressiva enquanto ela corria até mim de braços abertos. Ela até me abraçou me chamando pelo meu nome, de modo que não tinha me confundido com outra pessoa. Sem contar que Fig não faz com que ninguém se sinta bem-vindo. Nunca.

– Como você está, Fig? – indaguei.

– Péssima. Não sei nem dizer como tem sido assustador. É por isso que estou feliz por você estar aqui, Georgiana.

– O que aconteceu?

– Tudo. Vamos até o escritório de Binky? – sugeriu ela, deslizando o braço pelo meu. – Acho que lá não seremos incomodadas. Imagino que você queira comer alguma coisa. Hamilton, você pode trazer a bandeja de bebidas e um prato daqueles sanduíches de salmão defumado para lady Georgiana?

Ora, estávamos na Escócia, afinal. Dado seu comportamento, era evidente que minha cunhada tinha sido enfeitiçada ou levada por fadas, que deixaram um folclórico *changeling* em troca. Mas quem era eu para recusar salmão defumado e uma bandeja de bebidas? Ela me conduziu pelo grande salão, pela passagem estreita à direita e por uma porta com painéis de carvalho. A sala tinha o cheiro familiar de fumaça de cachimbo, madeira polida e livros antigos: um aroma muito masculino. Fig indicou uma poltrona de couro para mim, puxando outra para perto.

– Graças a Deus – repetiu ela. – Acho que eu não ia conseguir aguentar nem mais um dia sozinha.

– Sozinha? O que aconteceu com Binky?

– Você não soube do terrível acidente?

– Não! O que aconteceu?

– Ele pisou em uma armadilha.

– Uma armadilha para animais?

– Claro que foi em uma armadilha para animais.

– Quando foi que MacTavish começou a usar armadilhas para animais na propriedade? Sempre achei que ele fosse bonzinho.

– Ele não usa. Jura que nunca montou uma armadilha, mas deve ter montado, é claro. Quem mais colocaria uma armadilha enorme em uma das nossas trilhas, ainda mais por onde Binky sempre passeia de manhã?

– Caramba. Binky está bem?

– É claro que não está bem – retrucou Fig, voltando a ser ela mesma pela primeira vez. – Ele está deitado com um belo curativo no tornozelo. Na verdade, teve muita sorte por ter saído com aquelas botas velhas que eram do avô dele. Eu sempre disse para jogá-las fora, mas agora estou feliz por ele não ter me ouvido. Qualquer coisa menos robusta, e a armadilha teria arrancado o pé dele. Mas por causa das botas, a armadilha não fechou por completo e Binky ficou só com uns cortes horríveis até o osso e um tendão rompido.

– Pobre Binky! Que coisa horrível para ele.

– Para ele? E para mim? Você não acha que foi horrível ter todas essas pessoas desagradáveis na casa?

– Que pessoas desagradáveis?

– Minha querida, a casa está cheia de americanos nojentos.

– Hóspedes pagantes?

– Claro que não são hóspedes pagantes. Por que diabos você acharia isso? Desde quando um duque recebe hóspedes pagantes? Não, são amigos do príncipe de Gales, ou melhor, uma mulher específica entre eles é amiga do príncipe de Gales.

– Ah, entendi. Ela.

– Como você diz, "ela". O príncipe está em Balmoral, é claro, e a amiga dele com certeza não seria bem-vinda lá, então o príncipe perguntou ao Binky se nós poderíamos hospedá-la para que ela ficasse perto o suficiente para ele visitá-la. E você conhece Binky: sempre muito bonzinho. Não sabe dizer não a ninguém. E ele admira o príncipe, sempre admirou. Então é claro que ele disse sim.

Assenti com simpatia.

– E o príncipe sugeriu que montássemos um grupo da casa para ela e o marido. Ah, eu já falei que ainda por cima ela tem um marido a tiracolo?

Anda se arrastando por aí como uma ovelha desgarrada, coitado. Passa o tempo todo jogando bilhar. Não sabe nem atirar. Então Binky convidou algumas pessoas para formar um grupo da casa, e de todo mundo que ele podia chamar, escolheu os primos.

– Quais primos?

– Do lado escocês. Você conhece aquela dupla peluda desagradável: Lachan e Murdoch.

– Ah, sim. Eu me lembro bem.

Lachan e Murdoch sempre me apavoraram com a aparência e o comportamento selvagens das Terras Altas. Eu me lembro de Murdoch demonstrando como carregar um pinheiro caído pela base e de lançá-lo pela janela.

– Bem, minha querida, eles não melhoraram com a idade, e você não tem nem ideia do quanto eles comem e bebem.

Se o arremesso de Murdoch fosse uma indicação, dava para ter uma ideia. Paramos quando houve uma discreta batida na porta e Hamilton entrou, carregando uma bandeja com uma pilha de sanduíches decorados com agrião, uma garrafa contendo uísque e dois copos.

– Obrigada, Hamilton – falei.

– Milady. – Ele acenou com a cabeça, sorrindo para mim com um prazer evidente. – Posso servir um pouco? – E, sem esperar o sinal verde, ele derramou uma quantidade generosa em um dos copos. – E para Vossa Graça?

– Por que não? – disse Fig.

Isso também era incomum. Ela normalmente não bebia nada mais forte do que um licor ocasional nos passeios de verão. Mas agora pegou o copo dela no mesmo instante e tomou um belo gole. Eu caí de boca em um sanduíche. Salmão defumado local. O pão fresquinho da Sra. McPherson. Eu não conseguia me lembrar de comer nada mais divino. Hamilton saiu.

– Mas essa não é a pior parte – prosseguiu Fig, colocando o copo vazio de volta na bandeja com um estrondo.

– Não é? – Fiquei pensando no que vinha a seguir.

– A mulher americana desagradável chegou e adivinhe só? Ela trouxe o próprio grupo. Este lugar está repleto de americanos. Eles estão devorando até os talheres, Georgiana, e você não tem ideia de como são exigentes. Eles querem chuveiros em vez de banheiras, para começar. Disseram que as banheiras são muito anti-higiênicas. O que pode ser anti-higiênico em uma banheira, pelo amor de Deus? Ela fica cheia de água, não fica? De qualquer forma, eles mandaram os criados montarem um chuveiro no banheiro do segundo andar, e ele acabou caindo na cabeça de uma mulher que ficou gritando que tinha sido escaldada e tido uma concussão.

Dei um sorriso compreensivo.

– Além disso, estão sempre tomando banho. Querem se banhar todos os dias, você acredita? E a qualquer hora do dia e da noite. Eu disse a eles que ninguém consegue se sujar tanto em tão pouco tempo, mas mesmo assim tomam banho toda vez que chegam de uma caminhada, antes do jantar, depois do jantar. É incrível que a pele deles não caia! E quanto a beber... minha querida, eles querem coquetéis e estão sempre experimentando novas misturas. Colocaram suco de laranja e cerejas ao marasquino no uísque single malt de vinte anos do Binky para fazer um drinque! Ainda bem que Binky estava deitado em agonia no andar de cima e não viu nada disso. Ele teria ficado completamente arrasado.

Pela primeira vez na vida, olhei para minha cunhada com alguma simpatia. Ela parecia mesmo exausta. O cabelo curto, sempre penteado com perfeição, agora parecia ter testemunhado um vendaval. Além do mais, havia uma mancha na frente do seu vestido de seda cinza. Sopa de tomate, imagino.

– Deve ter sido terrivelmente difícil para você – falei. – E, quanto ao pobre Binky...

– Binky? – guinchou ela. – Binky está deitado lá em cima sendo mimado pela babá e pela Sra. MacTavish. O único incômodo dele é um tornozelo ferido. Eu tenho americanos.

– Coragem. Não vai demorar muito – comentei. – Ninguém fica na Escócia por mais de uma semana.

– Até o fim de mais uma semana estaremos indigentes – disse ela, com a voz perigosamente perto de chorar. – Eles vão comer literalmente até as paredes. Vou ter que aceitar hóspedes pagantes para quitar as despesas. Binky vai ter que vender o resto da prataria da família.

Estendi a mão hesitante e apoiei na dela. Acredito que foi a primeira vez que toquei na minha cunhada por vontade própria.

– Não se preocupe, Fig. Vamos pensar em alguma coisa.

Ela olhou para mim e sorriu.

– Eu sabia que podia contar com você, Georgiana. Estou muito feliz por você estar aqui.

Dez

Castelo de Rannoch
17 de agosto de 1932
Tarde

Quando saímos do gabinete de Binky e seguimos pelo corredor até o grande salão, um grupo barulhento estava saindo da sala de estar, no outro extremo do corredor oposto.

– Então eu disse a ele: "Você simplesmente não tem o equipamento, querido", e ele disse: "Tenho sim! E é enorme! E quando é acionado, sai espirrando para todos os lados." O pobrezinho achou que ainda estávamos falando de barcos!

Houve uma gargalhada alta. Apesar de eles ainda estarem a uma boa distância e encobertos pelas sombras, eu reconheci a interlocutora antes mesmo de conseguir dar uma boa olhada nela. Era, claro, a terrível mulher americana, Sra. Wallis Simpson.

Quando se aproximou, percebi que ela estava bem magra, angulosa e masculina em um vestido de noite azul-acinzentado metálico e um chapéu também metálico para combinar. E parecia velha. Definitivamente estava começando a aparentar a idade que tinha, pensei com satisfação.

– Wallis, querida, você não tem a menor vergonha!

A interlocutora era uma mulher mais velha, vestida de preto. Ela ultrapassava em muito a Sra. Simpson em altura, mas mantinha um porte elegante, com um ar régio e sóbrio, como uma versão maior da rainha Maria.

– Não sei como você fica contando histórias como essas em público. Graças aos céus, Rudi não está mais vivo para ouvir essas coisas!

– Ah, não banque a condessa comigo, Merion – disse Wallis Simpson. – Eu me lembro de quando você era só e simplesmente a Srta. Webster. Você me levava para tomar vaca-preta na lanchonete do Sr. Hinkle em Baltimore, lembra? Eu, de maria-chiquinha, bebendo vaca-preta, e você jogando charme para aquele rapaz atrás do balcão!

– Quem é essa? – murmurei para Fig, apontando para a mulher mais velha.

– Ah, é a condessa Von Sauer.

– Achei que você tinha dito que eram todos americanos.

– E são. Ela faz parte do séquito da Simpson. O nome dela era bem comum, Webster, mas fez uma turnê pela Europa e fisgou um conde austríaco. Acho que a Sra. Simpson nunca a perdoou por superá-la na escala social.

– Ela está se esforçando muito para corrigir isso agora – murmurei para Fig.

– Está mesmo. O príncipe de Gales veio visitá-la quase todas as noites. Eu falei que não aprovava isso, e ele disse que eu era puritana. Quando é que fui puritana, Georgiana? Eu me considero tão liberal quanto qualquer pessoa. Afinal, cresci em uma fazenda.

A condessa se virou para um jovem cor-de-rosa que estava no fim do grupo:

– Fritzi, querido, esqueci meu xale. Seja bonzinho e o traga para mim, senão eu vou congelar. É gelado demais aqui. Faz nosso castelo austríaco parecer a Côte d'Azur.

– Mamãe, você está sempre esquecendo as coisas. Vou ficar morto de cansado se você me fizer andar de um lado para outro. Você sabe qual é a distância daqui até o seu quarto? E aquele monte de escadarias terríveis?

Eu me virei para Fig de novo.

– Ela também trouxe o filho patife – murmurou ela. – Na hora do chá, ele sempre empilha todos os bons sanduíches no prato e fica beliscando o traseiro das criadas.

– A moda do corpo saudável ainda não chegou à Áustria? – perguntou um dos homens do grupo. – Babe não consegue começar o dia sem fazer a ginástica com halteres dela, não é, querida?

– Não mesmo – respondeu uma mulher pequena e ossuda.

Naquele momento, eles entraram no grande salão e Wallis Simpson me viu.

– Ora, é a filha da atriz – disse ela. – Que surpresa! Quando foi que você chegou?

Eu ainda estava com raiva por Fig e Binky e não me sentia disposta a aceitar os comentários sarcásticos dela.

– Na verdade, é a filha do duque, a irmã do atual duque, a prima do rei e a bisneta da rainha Vitória, e, neste momento, você é hóspede na casa da minha família.

– Eita! – disse um homem que estava andando devagar no fim do grupo. Eu o reconheci como o Sr. Simpson, o marido invisível e até então silencioso. – Acredito que você encontrou seu par, Wallis.

– Bobagem – disse ela com uma risada gutural. – Isso é falta de sexo. Deixa as pessoas rabugentas. Precisamos fazer um favor e juntá-la com um guarda-caça enquanto ela está aqui. Ao estilo Lady Chatterley.

Eles caíram na gargalhada de novo.

– Quem é Lady Chatterley? – sussurrou Fig para mim.

– Uma personagem de um livro de D. H. Lawrence. É proibido por aqui. Mas foi impresso na Itália, e há exemplares contrabandeados por toda parte.

– E o que tem de tão terrível nele?

– A dama e o guarda-caça rolam no feno juntos o tempo todo e isso é descrito sem rodeios com palavras diretas de baixo calão.

– Que aviltante – murmurou Fig. – Aposto que o escritor nunca viu um guarda-caça de verdade. Se tivesse visto, ele nunca teria pensado que são atraentes. Eles fedem a coelho morto, para começar.

– Um dia desses você vai passar dos limites, Wallis – disse o Sr. Simpson impetuosamente.

Ela levantou os olhos, levou a mão ao rosto dele e riu de novo.

– Acho que não. Eu sei exatamente até onde posso ir.

O grandalhão do grupo veio até mim com a mão estendida.

– Então você é a jovem dama da família? É um prazer conhecê-la. Meu nome é Earl Sanders. Essa é minha esposa, Babe.

Apertei a mão de todos. Percebi que a Sra. Simpson não ofereceu a dela.

– Então, quem quer jogar bridge? – perguntou Wallis Simpson. – Ou devemos ser atrevidos e jogar roleta?

– Infelizmente não temos uma roleta – disse Fig com frieza. – Quando queremos jogar, vamos a Monte Carlo.

– Não se preocupe, Earl trouxe a dele – comentou a Sra. Simpson. – Ele não consegue passar mais de um dia sem jogar, não é, querido Earl?

– A questão é: onde vamos jogar sem morrermos congelados e sem que as cartas sejam levadas por uma ventania uivante? – indagou a condessa Von Sauer. – Com certeza não aqui.

– Eu fui sensata e trouxe o meu visom – disse Babe.

Os exercícios físicos matinais estavam dando resultado. Ela não tinha um pingo de carne sobrando e fazia a angulosa Sra. Simpson parecer feminina. Não era à toa que ela estava com frio. Pegou o casaco de pele das mãos do marido e o ajeitou confortavelmente sobre os ombros.

– Eu até usei para dormir ontem à noite. Meus queridos, o vento que entrava por aquela janela! Ela não fechava direito e tinha um furacão ameaçando entrar – completou.

– A sala de visitas não serve? – perguntou Fig. – Posso pedir para os criados afastarem os sofás e montarem as mesas.

– Tem uns rapazes muito barulhentos lá dentro, fumando como chaminés e acabando com a garrafa de uísque – disse a Sra. Simpson.

– Viu? O que foi que eu disse? – murmurou Fig.

– Então vai ter que ser aqui – sentenciou Fig em voz alta. – Vou chamar os criados.

– Que tal aquela salinha com vista para o lago? – sugeriu Babe. – Aquela onde tomamos café hoje de manhã.

– Mas aquela é a sala matinal. – Fig parecia horrorizada.

– É crime entrar lá depois do meio-dia? – ironizou Wallis Simpson, se divertindo. – Sério, essas regras britânicas são fascinantes.

– Acho que vocês podem usá-la, se quiserem – disse Fig. – É só que nós nunca usamos. Não depois do almoço.

– Provavelmente é mal-assombrada. – O grandalhão riu. – O fantasma só aparece depois do toque do meio-dia. Babe jura que viu uma figura branca flutuando no corredor no andar de cima.

– Ah, é a Dama Branca de Rannoch – falei. – Você a ouviu gemer? Ela costuma gemer.

– Gemer? – Babe pareceu apreensiva.

– Muito – respondi. – Ela foi jogada no lago amarrada a uma grande pedra por ser bruxa. Os moradores também dizem que veem o lago borbulhando e que pode ser a Dama Branca retornando. Mas é claro que pode ser só o monstro.

– Monstro? – Agora era a condessa que parecia assustada.

– Ah, sim. Vocês nunca ouviram que temos um monstro famoso no lago? Está lá há centenas de anos.

– Misericórdia – disse a condessa. – Acho que é melhor dispensar as cartas hoje à noite e vou direto para a cama. Fritzi, você pode ir na frente e verificar se tem uma bolsa de água quente na cama e se minha camisola está enrolada nela?

– Claro, mamãe. – Ele assentiu obedientemente e saiu.

– Bem, eu preciso da minha jogatina noturna – insistiu o grandalhão. – Vocês vão dar uma olhada na tal sala matinal e eu vou buscar a roleta.

Eles desapareceram. Fig olhou para mim.

– Agora você viu com seus próprios olhos. Que tormento. Você já ouviu falar de alguém querendo usar a sala matinal depois do almoço?

– Nunca – concordei.

– Aquela que virou condessa deveria saber, não é? Afinal, tem um castelo na Áustria. Mas me diga, que história é essa de Dama Branca de Rannoch? Nunca ouvi falar disso.

– Eu inventei – respondi. – Me ocorreu que, se quisermos que os americanos saiam, temos que fazê-los querer ir embora. O ocasional aparecimento noturno do fantasma da família pode ajudar a resolver o problema.

– Georgiana, você é muito má – disse Fig, mas ela estava me olhando radiante, com admiração.

– E podemos instituir outras medidas para deixá-los desconfortáveis – sugeri. – Desligar a caldeira, para começar. Fizemos isso na Rannoch House quando queríamos que a baronesa alemã se mudasse. Eles não vão ficar aqui sem banhos quentes.

– Brilhante! – Fig ainda estava radiante.

– E Fergus ainda toca gaita de foles? – perguntei, me referindo a um dos nossos cavalariços que liderava a banda de gaita de foles local.

– Toca.

– Peça a ele que toque nas muralhas ao amanhecer, como faziam nos velhos tempos. Ah, e sirva nossa tradicional buchada de ovelha no café da manhã...

– Georgiana, eu... quer dizer, não podemos fazer isso. A notícia chegaria ao príncipe de Gales, e ele ficaria zangado com Binky.

– Pelo quê? – perguntei. – Estamos só seguindo as nossas tradições familiares para fazê-los se sentirem bem-vindos.

Ela me encarou com esperança.

– Você acha mesmo que devemos arriscar?

– Vou reformular a sua pergunta: quanto tempo você quer que eles fiquem aqui?

– Está bem, vamos fazer isso! – exclamou ela. – Vamos nos transformar em um castelo de horrores!

O som de risadas irrompeu no corredor, vindo da sala de visitas.

– E eu vou tirar a garrafa de uísque daqueles seus primos – disse ela. – Eles quebram tudo quando ficam bêbados.

– Acredito que eu deva ir cumprimentá-los – falei, hesitante.

– Deve.

Fig foi na frente. Ela abriu a porta da sala de visitas. Dois jovens de *kilt* ergueram os olhos quando entramos. A sala estava tomada por uma névoa de fumaça de charutos, provavelmente do Binky.

– Olá, prima Fig. Venha se juntar a nós – convidou um deles. – Estamos comemorando a remoção do terror americano.

– E acabando com o bom uísque do Binky, pelo que percebo – alfinetou Fig, segurando uma garrafa quase vazia. – Quando acabar, não temos mais, certo? Estamos absolutamente desprovidos, Murdoch.

Os olhos de Murdoch passaram por ela e me viram de pé na porta.

– E quem é essa gracinha?

– É sua prima Georgiana – respondeu Fig. – Georgiana, esses são seus primos Lachan e Murdoch. Acho que vocês não se veem há muitos anos.

Dois gigantes com cabelos loiro-avermelhados se levantaram. Ambos estavam vestindo *kilts*. Um tinha barba ruiva e dava a impressão de que os ancestrais da família Rannoch tinham voltado à vida. Olhei para o outro. Ele estava bem barbeado e era... bem, era muito bonito. Alto, musculoso, robusto. De fato, parecia um deus grego. Ele estendeu a mão para mim.

– Não, essa não pode ser a pequena Georgie. Lembra quando você me fazia brincar de cavalinho e eu tinha que carregá-la por toda a propriedade nas minhas costas?

– Ah, era você! – Eu sorri com a lembrança retornando. – Eu me lembro de quando Murdoch jogou aquele tronco de árvore pela janela.

– Ah, ele faz essas coisas – disse Lachan, ainda sorrindo para mim e segurando minha mão. – Venha se sentar, tome um trago e nos conte o que você tem feito.

– Acabei de tomar uma bebida com Fig – falei, no caso de ela achar que eu podia estar me juntando ao inimigo. – E tenho levado uma vida irrepreensível em Londres. E vocês dois?

– Administrando a propriedade, basicamente – respondeu Murdoch. – Não podemos mais pagar pela mão de obra, então nós dois temos que trabalhar como cães para sobreviver.

– Menos nas vezes em que você está fora em seus tradicionais Jogos das Terras Altas – observou Lachan.

– Eu ganho prêmios nesses jogos. Não ganhei um porco no ano passado? E um barril de uísque?

– É verdade. Mas depois você também foi para Aintree para as corridas e para St. Andrew's para jogar golfe – disse Lachan com um sorriso.

– Bem, foi tudo a trabalho, não foi? – retrucou Murdoch. – Eu tenho que ir a Aintree para ver nossos cavalos de corrida.

– Enquanto eu fico preso em casa dando banho nas ovelhas.

– Claro, eu sou o mais velho.

– Mas eu sou o mais inteligente.

– Não é nada. Quem colocou essa ideia na sua cabeça-dura?

Eles estavam quase se levantando. Fig olhou para mim, nervosa, achando que aquilo podia virar uma briga.

– Georgiana, seria bom você ver seu irmão antes que ele durma.

– Claro – respondi. – Com licença.

– Volte quando terminar – pediu Lachan. Ao sair, eu o ouvi dizer: – Quem imaginou que a pequenina Georgie ficaria tão bonita?

E, pela primeira vez em anos, eu sorri comigo mesma.

Castelo de Rannoch
17 de agosto de 1932
Agora, muito tarde da noite

— Então esse é o total de pessoas do seu grupo da casa? – perguntei a Fig enquanto subíamos a escadaria até o quarto de Binky. – Dois primos selvagens? Nesse caso, é uma sorte a Sra. Simpson ter trazido os próprios amigos.

— É claro que esse não é o total – rebateu Fig. – Temos mais dois jovens hospedados aqui. Não sei para onde eles foram.

— Nenhuma outra mulher?

— É um grupo de caça, afinal – respondeu Fig. – Acho que Binky convidou algumas mulheres, mas elas estavam ocupadas.

Sorri. Era necessário ser uma jovem de verdadeira coragem para enfrentar o Castelo de Rannoch.

— A maioria das mulheres não se interessa muito por caça – falei com delicadeza.

— Não sei por quê – disse Fig. – Eu adoro.

— Quem são esses jovens? – perguntei, sentindo uma esperança por ser a única mulher solteira no grupo. – Alguém que eu conheça?

— Bem, você deve conhecer o príncipe Jorge.

— O filho mais novo do rei? Ah, sim, eu o conheço muito bem. – Ao dizer isso, me lembrei de uma festa infame em que Sua Alteza me implorou para não contar a ninguém que eu o tinha visto lá.

– Um ex-oficial da Marinha e muito bonito – continuou Fig. – Um bom partido para você, Georgiana.

Mais uma vez, não falei nada sobre o olhar que ele tinha trocado com Noel Coward e o fato de tê-lo visto entrar na cozinha naquela festa, onde vi pessoas usando cocaína. Não era exatamente um bom partido, na verdade. Mas bem agradável, quando se tratava de parentes.

– Acredito que o rei e a rainha tenham em mente alguém de posição mais alta do que eu para o filho deles – expliquei com tato. – Uma aliança europeia nessa época de instabilidade.

– Falando nele – disse Fig, e parou de repente.

Ouvimos vozes vindo pelo corredor de cima. Vozes masculinas. Uma delas tinha um forte sotaque.

– Você acha que devemos tentar subir aquela montanha amanhã?

Fiquei congelada na escada.

– Não, ele não! – sibilei quando reconheci a voz.

Era meu calvário, o príncipe Siegfried, da casa de Hohenzollern-Sigmaringen, com quem todos esperavam que eu me casasse. Como me referia a ele como Cara de Peixe e sabia que ele preferia homens, eu estava menos do que entusiasmada com essa ideia. Passou pela minha cabeça o pensamento horrível de que tudo era apenas uma armadilha. Eu tinha sido levada de volta à Escócia não para resolver um crime, mas para ficar perto do homem que eu evitava com tanto empenho. Se eu visse um padre enquanto estivesse na mesma sala que Siegfried, com certeza ia fugir.

– Príncipe Siegfried, você quer dizer? – Ela me olhou com inocência. – Você não gosta dele? Ele tem boas maneiras e é conectado a todas as grandes casas da Europa. Ele pode até ser rei um dia, se alguma coisa acontecer com o irmão dele.

– Como ser assassinado, você quer dizer?

– É, bom, é, mas… – Ela parou quando os interlocutores apareceram. Eles estavam conversando alegremente e pararam surpresos quando nos viram.

– Meu Deus, é a prima Georgie! – disse o príncipe Jorge. – Quando foi que você chegou?

– Acabei de chegar, senhor – respondi.

– Eu não sabia que você vinha. Que felicidade – continuou meu primo. – E olhe, você não precisa me chamar de "senhor" quando estivermos sozinhos. Eu sei que meu pai espera isso o tempo todo. Minha mãe faz até as netas lhe prestarem reverência todas as manhãs. Eles não conseguem ver que essas regras convencionais são obsoletas. Estamos na era do jazz. As pessoas deviam ser livres, não é, Siegfried?

– Não livres demais – respondeu Siegfried. – Dentro da nossa classe, talvez. Mas, quanto a encorajar a intimidade com as classes mais baixas, eu sou contra. – Ele se curvou para mim e bateu os calcanhares. – Lady Georgiana. Nos encontramos de novo. Estou encantado. – Ele parecia tão encantado quanto alguém que tivesse recebido um prato de pudim de arroz de presente.

– Vossa Alteza – respondi à reverência com o mesmo entusiasmo. – Que surpresa agradável encontrá-lo aqui.

– Você veio para se juntar ao grupo de caça, não é? – perguntou o príncipe Jorge.

– Isso mesmo. Binky ainda está organizando uma caçada aqui ou vocês vão a Balmoral para se juntar à deles?

– Já fomos a Balmoral algumas vezes. Binky está um pouco inativo no momento, como você já deve saber. Acabamos de animá-lo um pouco, não foi, Siegfried?

– O quê? Ah, *ja*, claro.

– Então por que você não está hospedado em Balmoral? – perguntei ao príncipe.

– Asfixiante demais, e mamãe fica brigando comigo para eu me casar logo. E depois toda a tensão com o David. Eles ouviram falar que a tal Simpson está aqui, é claro, e, assim como a nossa bisavó, não estão gostando disso. – Ele sorriu.

– Bem, você estaria feliz? – perguntei. – O príncipe de Gales vai ser rei um dia. Você consegue imaginar uma rainha Wallis, se ela se livrar do atual marido?

O príncipe deu uma risadinha.

– Eu entendo seu ponto de vista. David simplesmente não leva o dever a sério. Ele é bom, gentil e generoso, você sabe, mas acha os assuntos de Estado muito chatos, e eu não posso culpá-lo por isso.

– Você tem sorte – falei. – O dever só vai chegar a você se houver outra enorme epidemia de gripe ou um massacre.

Era uma brincadeira, mas, ao dizer isso, senti um calafrio. Seria verdade que uma pessoa estava tentando eliminar aqueles que estavam entre ela e o trono? Eu teria que olhar a lista de sucessão pela manhã e avaliar quem poderia ser. Com certeza não era o príncipe Jorge. Ser rei poria um fim ao seu estilo de vida atual.

– Você parece muito pensativa – comentou ele. – Desça e tome a última bebida da noite conosco. Seus primos pavorosos ainda estão escondidos na sala de visitas?

– Estão.

– Meu Deus, que selvagens. Eles vieram da idade da pedra, não é, Siegfried?

– Ah, sim, muito selvagens. Arriscamos a vida toda vez que encontramos com eles.

Eu abafei uma risadinha, pois os dois pareciam muito encantados com isso.

– Estou indo ver Binky – falei –, mas com certeza verei vocês pela manhã. Vossa Alteza. – Eu inclinei a cabeça de novo.

Siegfried bateu os calcanhares e nós fomos para a escada.

– Georgiana, dois rapazes encantadores e você mal diz duas palavras para eles, muito menos flerta – reprovou Fig. – Você precisa aprender a flertar, querida, senão vai acabar como uma solteirona.

Dei uma olhada rápida para o rosto bruto e anguloso dela. Eu estava morrendo de vontade de perguntar se ela havia flertado com Binky e, se sim, como ele não saiu correndo e gritando na direção oposta. Tirando o pedigree, ela não parecia ter mais nada a favor dela.

Continuamos pelo corredor. Correntes de ar frio passaram por nós, agitando as tapeçarias e me fazendo pensar que seria fácil incrementar a história da Dama Branca de Rannoch. De fora do castelo veio o som de uma coruja. Com certeza era um lugar que belamente se prestava a ter fantasmas, espíritos, bestas de pernas compridas e seres sobrenaturais à noite. No fim do corredor, Fig abriu a porta com cautela.

– Binky, você está acordado? – sussurrou ela. – Eu trouxe uma pessoa para ver você.

Meu irmão se livrou dos travesseiros e se virou para olhar na nossa direção.

– Georgie! – exclamou ele com prazer e estendeu a mão para mim. – Que surpresa adorável. Que bom você ter vindo. Ouviu falar do acidente do seu pobre irmão e correu para o lado dele, não é? É isso que eu chamo de esplêndida lealdade familiar.

O que quer que tenha sido dito a Fig sobre o motivo da minha chegada repentina, ela manteve em segredo. Eu me aproximei e beijei a testa dele. Binky parecia um pouco pálido, e em volta do tornozelo esquerdo havia um pano branco fazendo as vezes de atadura.

– Vou deixar vocês dois conversarem – disse Fig. – Vou para a cama. Aqueles americanos me deixaram totalmente esgotada.

– Durma bem, minha querida – desejou Binky. Ele olhou de novo para mim. – Ela está desesperada com isso. Que bom que você está aqui para fazer companhia a ela.

– E você? Ouvi dizer que virou um caçador ilegal – falei. – Brincando com armadilhas?

– Ah, muito bom. Eu quase perco o pé e minha irmã fica fazendo piadas.

– Só porque estou preocupada com você. – Eu me sentei na cama ao lado dele. – Que coisa horrível, Binky.

– Foi mesmo. Ainda não consigo entender. Quer dizer, se alguém quisesse vir caçar ilegalmente na nossa propriedade, não se daria ao trabalho de se afastar alguns quilômetros da fronteira, não é? Apenas passaria por baixo da cerca e colocaria as armadilhas na floresta, onde elas não seriam notadas. Essa foi deixada entre as urzes naquele caminho que sobe até a montanha por onde eu gosto de passar de manhã. Você sabe, aquele que tem uma boa vista da propriedade e do lago.

Assenti.

– Eu costumava subir lá. Sorte que você não estava a cavalo, senão a armadilha teria quebrado a perna do animal.

– Ela quase quebrou a minha. Na verdade, se eu não estivesse usando o que meu avô costumava chamar de "belas botinas robustas", eu teria perdido o pé, tenho certeza. Do jeito que foi, tenho que ficar de molho e usar emplastros nojentos para evitar infecções, mas por sorte não quebrei nenhum osso.

– Você tem alguma ideia de quem faria uma coisa dessas? – perguntei.

– Algum idiota que achou que o animal que ele estava tentando capturar costumava usar esse caminho – sugeriu Binky. – Mas não faço ideia de qual animal poderia ser. Temos alguns veados grandes na propriedade no momento, mas ninguém seria burro o suficiente para derrubar um veado com uma armadilha, não é?

– Se a pessoa fosse pobre e faminta, acho que sim.

– Mas o risco de ser vista ao buscar o veado seria enorme. Além do mais, como a pessoa ia conseguir arrastá-lo para fora da propriedade? Daria para vê-la do castelo ao longo de todo o caminho.

– Parece estranho mesmo – concordei. – Você acha... – Fiz uma pausa, ponderando se devia dizer isso. – Você acha que a armadilha pode ter sido feita para você?

– Para mim?

– Todo mundo sabe que você gosta de dar esse passeio de manhã.

– Para mim? – repetiu ele. – Alguém querendo me machucar? Mas por quê? Eu sou um sujeito inofensivo. Não tenho nenhum inimigo, até onde sei.

– Talvez alguém queira herdar o Castelo de Rannoch – sugeri, mas minha voz sumiu no final. – Quem herdaria o Castelo de Rannoch se você morresse?

– Podge, é claro – disse ele.

Ah, caramba, Podge, o filho dele. Podge também estava em perigo, e como eu poderia alertar a babá dele sem alarmá-la demais?

– E depois de Podge?

– Aquela dupla que está acabando com o meu uísque. Murdoch é o mais velho e depois Lachan. – Ele olhou para mim e riu. – Mas você não está sugerindo que eles tiveram algo a ver com isso, não é? Murdoch e Lachan? Nós até brincamos juntos quando éramos meninos.

– Talvez tenha sido só uma brincadeira horrível que foi longe demais – argumentei.

– Uma brincadeira? Montar uma armadilha que poderia arrancar a perna de alguém? Não é meu estilo de piada.

– Concordo, mas eles parecem dois selvagens. Talvez não achassem que a armadilha seria muito perigosa.

– Eles sabem tudo sobre armadilhas – disse Binky. – Tiveram problemas com caçadores ilegais há um tempo e me disseram que estavam pensando em montar armadilhas para pessoas. Eu os fiz desistirem da ideia.

– Então não era uma armadilha para pessoas.

– Ah, não. Definitivamente era para um animal. – Ele levantou o olhar para mim e riu. – Quem diabos colocou isso na sua cabeça, Georgie? Quer dizer, não estamos mais nos tempos das guerras de clãs. Não consigo ver nenhum Campbell descarado entrando furtivamente na propriedade para arrancar a minha perna nem nenhum membro do clã dos Rannoch tentando tomar o castelo. Quem ia querer o castelo, pelo amor de Deus? Ele não gera nenhuma renda. Tivemos que vender boa parte da terra para pagar os impostos sobre a herança, e o que sobrou só produz o suficiente para as nossas necessidades diárias. Quanto a morar no castelo… bem, eu entendo as reclamações dos americanos. É claro que o encanamento precisa ser modernizado e que seria uma boa ideia instalar um aquecimento central, mas nós simplesmente não temos dinheiro para isso.

– Talvez alguém queira o título – sugeri. – É muito divertido ser Vossa Graça, não é?

– Se você quer saber a verdade, é muito vergonhoso ser um duque sem um tostão – replicou Binky. – Eu preferiria ser só um simples fazendeiro em uma fazenda próspera, como nossos primos.

Eu o deixei e fui para a cama. Sempre pensei no meu quarto como amigável e aconchegante, mas, quando me deitei e ouvi o gemido do vento nos muros do castelo, percebi que eu estava gelada. Daria qualquer coisa por uma bolsa de água quente, mas é claro que eu decepcionaria a família se admitisse que estava com frio e pedisse uma. Quatro meses morando em Londres me amoleceram.

Então eu me enrolei como uma bolinha apertada e puxei a colcha sobre a cabeça, mas o sono não chegava. Tinha esquecido que o campo era muito barulhento. O marulhar do lago, o ranger dos pinheiros sob o vento noturno, o guincho de um coelho ao ser pego por uma raposa, o latido distante de um cão, tudo isso me impedia de adormecer. Isso e meu cérebro disparado. Alguém estava querendo matar ou mutilar Binky, isso era óbvio. E ele era herdeiro do trono, embora fosse apenas o trigésimo segundo na linha de sucessão. Isso excluía Murdoch e Lachan. Eles eram do lado da nossa família que não era da realeza, e tudo que herdariam seria o ducado. Mas antes teriam que acabar com o pequeno Podge. Estremeci. Se eu fizesse alguma coisa, seria para protegê-lo.

$\mathcal{D}$oze

Castelo de Rannoch
18 de agosto de 1932

ACORDEI COM A PRIMEIRA LUZ DO DIA. A aurora chega cedo nas Terras Altas e os raios inclinados do sol deixavam uma faixa brilhante na minha parede. O coro do amanhecer na floresta era ensurdecedor. Era impossível voltar a dormir. Além disso, uma manhã daquelas dava vontade de se levantar e sair, e eu queria ver exatamente onde a tal armadilha tinha sido montada.

Eu me lavei e vesti os culotes e a jaqueta de equitação. Ninguém mais estava se movimentando pela casa, apenas uma ou outra criada que fazia uma reverência e sussurrava tímida "Bem-vinda de volta, milady" enquanto realizava suas tarefas matinais. Fui até os estábulos e uma grande onda de felicidade me tomou quando vi meu cavalo, Rob Roy, com o focinho aparecendo sobre a porta da baia espaçosa. Ele deu um relincho de surpresa quando me viu. Eu sempre o achei muito inteligente. Mas quando tentei colocar sua sela, ficou óbvio que ele não era montado havia algum tempo. Rob Roy ficou incrivelmente arisco e eu tive que acalmá-lo para que ele me deixasse apertar as cinchas.

Quando montei, ele dançou como um cavalo de batalha medieval até que eu soltei um pouco as rédeas e ele disparou como um foguete. Por um tempo, eu o deixei correr, sentindo a euforia da velocidade enquanto atravessávamos o campo atrás do castelo. Quando os gramados bem-cuidados se transformaram em mato e eu vi uma trilha serpenteante através dos pinheiros, puxei as rédeas de Rob Roy e diminuímos a marcha. Eu não queria que ele pisasse em armadilha nenhuma! Quando saímos da floresta e o caminho começou a subir por entre urzes e samambaias, olhei para o castelo e os terrenos lá embaixo. O lago estava escondido sob a névoa matinal que se amontoava ondulante na margem, fazendo com que o castelo parecesse flutuar em uma nuvem. Então, através da neblina, vi um movimento e ouvi o baque suave de cascos em uma trilha de terra e o tilintar de freios e arreios. Outra pessoa estava cavalgando cedo. Notei o movimento gracioso do cavalo e do montador, fluido, como se os dois fossem um só ser. Quem poderia ser? O cavaleiro, um jovem de cabelos escuros, não se parecia com ninguém que estava hospedado no castelo. Então, é claro, comecei a levantar suspeitas. Será que era o colocador de armadilhas voltando para causar mais danos?

Virei Rob Roy para trás e desci pelo meio da urze para interceptá-lo. O cavaleiro estava se movendo rápido demais e já tinha passado quando alcancei sua trilha. Usei as esporas para fazer Rob Roy galopar a todo vapor, tentando não perdê-lo de vista na névoa que agora girava ao nosso redor.

– Ei! – gritei. – Você aí. Espere um minuto!

Ele puxou as rédeas e virou o cavalo de modo que o animal também dançou como um cavalo de batalha medieval, se erguendo nas patas traseiras.

– Estamos em um terreno particular! – bradei quando me aproximei dele. – O que o senhor pensa que está fazendo aqui?

– Quanto a isso, eu poderia devolver a pergunta – disse ele. – A última vez que eu a vi foi em uma boate de quinta categoria em Londres.

– Darcy! – exclamei, reconhecendo-o quando a névoa se dissipou.

Ele estava vestindo uma camisa branca aberta no pescoço, e o cabelo escuro estava ainda mais desgrenhado do que o habitual. Naquele cavalo dançante, tendo como cenário urzes e montanhas, ele parecia um herói das irmãs Brontë, e eu senti meu coração disparado.

– Não me diga que você está hospedado no castelo e ninguém me disse.

– Não, não estou. – Ele fez o cavalo ir em direção ao meu. – Estou com um grupo de amigos a alguns quilômetros de distância. Eles alugaram uma casa na propriedade de lorde Angus. Vão pôr uma lancha nova à prova. Querem quebrar o recorde de velocidade na água. E eu não percebi que saí das terras de lorde Angus, então peço desculpas. Só estava aproveitando a velocidade de um bom cavalo depois de tanto tempo confinado na cidade.

– Eu sei, é maravilhoso, não é? – Trocamos um sorriso. Não consegui deixar de notar como os olhos escuros de Darcy se iluminaram quando ele sorriu.

– Mas e você? – perguntou ele. – Quando chegou aqui?

– Ontem à noite – respondi. – Decidi vir ajudar Fig com o grupo de americanos.

– Entendi. Devo dizer que foi nobre da sua parte. – Ele parecia se divertir.

De repente me lembrei do que eu tinha deduzido na viagem da estação ferroviária até o castelo. Ele sabia por que eu estava ali. Alguém devia ter avisado a Scotland Yard ou o Ministério do Interior ou a polícia especial ou quem quer que fosse dos meus delitos na boate. Aquele policial tinha chegado muito cedo pela manhã para que isso tivesse sido relatado de maneira regular durante o expediente. Deve ter sido um telefonema tarde da noite ou de manhã bem cedo. Quem mais além do próprio Darcy podia ter feito essa ligação? Se ele era, como eu suspeitava, um tipo de espião, seria íntimo daquelas pessoas sombrias da polícia especial.

– Foi você, não foi? – questionei por impulso.

– O quê?

– Você avisou a Scotland Yard da minha noite vergonhosa na boate. Você me traiu. Me enganou para eu vir para cá e ser espiã de sir Jeremy, seja lá qual for o nome dele.

– Eu não tenho a menor ideia do que você está falando, minha querida.

– Eu não sou sua querida – rebati, sentindo as bochechas ardendo de raiva. – Está óbvio que você não se importa nem um pouco comigo. Você só aparece quando sou útil para alguém do governo. Estou farta de ser usada.

– Eu me ofereceria para usar você com mais frequência, mas você não me dá chance – disse ele, com aquele sorriso travesso se espalhando pelo rosto e os olhos flertando.

– Ah, muito engraçadinho – vociferei.

– Só estou tentando fazer você ver que está se chateando por nada – afirmou ele.

– Por nada? Ah, muito bom! Você finge estar interessado em mim por um minuto, depois desaparece por semanas a fio sem nenhuma comunicação e depois me entrega para a Scotland Yard. Para mim já basta! Não posso confiar em você, Darcy O'Mara. Não quero vê-lo nunca mais.

Virei Rob Roy e o fiz galopar. Eu sabia que estávamos indo rápido demais para as voltas e reviravoltas da trilha, mas não me importei. Eu só queria ir rápido o suficiente para que todos os pensamentos e sentimentos desvanecessem.

Não olhei para trás nem uma vez, então não sei se ele tentou me seguir ou não. Provavelmente não. O que era uma mulher a menos para um homem como Darcy? Quando me aproximei do castelo, decidi visitar a babá. Ela agora tinha se aposentado e morava em um pequeno chalé na propriedade, e eu tinha certeza de que ela estaria acordada àquela hora, como de fato estava. Ela me cumprimentou com um sorriso radiante e braços abertos.

– Ninguém me avisou que você vinha, pombinha – disse ela com a voz escocesa suave, me envolvendo em seu peito largo. – Que bela surpresa!

Percebi que ela havia encolhido. Eu sempre pensei nela como uma mulher grande, mas agora a babá só chegava até meu ombro. Ela estava alvoroçada enquanto me servia uma xícara de chá e uma grande tigela de mingau.

– Você veio por causa do seu pobre irmão, suponho – comentou ela. – Ficamos todos chocados ao saber. Quem pode ter feito uma coisa tão malvada?

– Quem, não é?

– Algum rapaz da propriedade tentando ganhar um ou dois xelins extras pegando um coelho, talvez – sugeriu ela.

– Era uma armadilha grande demais para caçar coelhos – observei.

– Eu odiaria pensar que foi alguém que nutre rancor por Sua Graça – disse ela.

Levantei o olhar de repente.

– Você conhece alguém que guarde rancor dele? – perguntei.

Ela balançou a cabeça.

– Ele é muito querido por aqui.

– Alguém foi demitido recentemente?

Ela refletiu.

– O chefe dos ajudantes teve que demitir um rapaz por bebedeira. O jovem Willie McDonald. Ele sempre foi uma peste.

Willie McDonald, uma peste, pensei. Claro que isso fazia muito mais sentido do que uma teoria da conspiração contra a família real. Eu ia conversar com o policial Herries na delegacia local e sugerir que ele intimidasse o jovem Willie para fazê-lo confessar.

– Mas como está seu pobre irmão? – perguntou a babá enquanto eu mergulhava no mingau.

– Ele parecia bem alegre ontem à noite. Claro que eu nem olhei a ferida.

– A esposa do guarda-caça está fazendo os curativos. Ela disse que estava uma coisa horrorosa. – Os erres dela revelavam o verdadeiro sotaque escocês. – Estamos rezando para não infeccionar. Mas coitado do seu pobre irmão, tendo de ficar de cama com a casa cheia de pessoas que ele deveria estar entretendo.

– Acho que ele está é bem feliz de evitar alguns deles – falei, e ela riu.

– Eu vi aquela dama americana saindo com o príncipe outro dia de manhã – comentou ela. – Nossa, mas ela é muito esnobe, não?

– Algumas pessoas já estão preocupadas só de pensar que um dia ela pode virar rainha.

– Mas ela já tem um marido, não tem? Até parece que o povo britânico ia ficar parado olhando uma mulher como aquela se tornar rainha. Eles nunca iam permitir isso.

– Vamos torcer para que nunca chegue a esse ponto. Tenho certeza de que, no fim das contas, o príncipe de Gales vai cumprir seu dever e não vai nos decepcionar. Afinal, ele foi criado para ser rei.

Ela assentiu e se sentou, olhando para o fogo.

– E como você tem estado? – perguntei a ela.

– Não tão mal, obrigada. Um pouco de reumatismo de vez em quando. E solitária às vezes, confinada aqui. Seu irmão me visita, mas, fora isso…

– E os vizinhos?

– Foram embora – respondeu ela. – Os chalés dos dois lados estão vazios atualmente. Eles dispensaram os trabalhadores da propriedade desde que toda aquela terra foi vendida, sabe? E seu irmão também só emprega um punhado de ajudantes na propriedade. Os velhos estão se aposentando e não há jovens para ocupar o lugar deles. Os rapazes não querem mais esse tipo de trabalho pesado. Foram para as cidades. Não que *existam* muitos jovens agora. Não desde que a Grande Guerra os levou embora.

Enquanto ela falava, um pensamento surgiu. Chalés vazios nos dois lados. De repente, tive uma boa ideia de quem poderia ocupar um daqueles chalés, pelo menos por um tempo. Meu avô poderia vir para cá respirar o ar fresco de que precisava e poderia me ajudar na missão atual. Resolvi escrever para ele o mais cedo possível.

Assim que deixei a babá, dei uma olhada nos chalés vazios e percebi que um deles serviria muito bem. Eles também pareciam estar totalmente mobiliados e não muito empoeirados. E, para melhorar, dispunham de uma pequena cozinha agradável que dava para o lago. Era possível imaginar meu avô sentado ali com uma xícara de chá. Fechei a porta com cuidado, montei no cavalo e voltei para o castelo. Deixei Rob Roy nas mãos do cavalariço e fui tomar o café da manhã. Todo aquele ar das Terras Altas tinha me dado um apetite maravilhoso. Só havia uma pessoa na sala de jantar – um jovem sentado à mesa comprida, comendo uma grande porção de *kedgeree*, feito com peixe defumado e arroz, e ovos mexidos. Ele se levantou quando eu entrei, e seus olhos se iluminaram.

– Ora, ora, olá – cumprimentou ele. – Nós nos encontramos de novo.

Era o homem desagradável do trem.

– O que você está fazendo aqui? – perguntei.

– Acho que mencionei que eu tinha um convite para ficar – disse ele.

– Você também mencionou que o castelo era muito medieval e que os anfitriões eram chatos, se bem me lembro – falei com frieza.

– É, isso foi muito grosseiro da minha parte. Sinto muito por termos começado com o pé esquerdo. Veja bem, nunca me ocorreu que você era irmã de Binky. Quer dizer, veja bem, ele sempre falou de você como uma coisinha magrela e tímida. Foi por isso que eu nunca imaginei que essa criatura linda pudesse estar associada ao Castelo de Rannoch.

– Elogios não vão levá-lo a lugar nenhum.

– Sério? Costumam funcionar muito bem, na minha opinião. Mas vou me apresentar. Meu nome é Hugo. Hugo Bubume-Bestialy.

– Meu Deus. Aposto que zombaram de você na escola por causa desse nome, não?

– O tempo todo. Seu irmão era um dos monitores da turma quando eu cheguei e ele foi muito gentil comigo, por isso eu sempre o admirei, sabe?

– Ele deu o que esperava ser um sorriso caloroso. – E eu só conheço você como irmã do Binky.

– Meu nome é Georgiana – me apresentei, sem querer mencionar meu apelido para os íntimos.

Ele estendeu a mão.

– Encantado em conhecê-la, minha querida. Eu soube que o pobre Binky está de cama com o pé destroçado. Que azar, hein? Mas eu adoraria que você me mostrasse o lugar.

– Você não vai gostar. É muito medieval.

A pele clara dele ficou corada.

– Ah, vamos lá. Será que não podemos esquecer aquele primeiro encontro desastroso e começar tudo de novo?

Eu tinha sentido uma antipatia instantânea pelo rapaz, mas a educação venceu e me obrigou a dizer com delicadeza:

– Claro.

– Vejo que você já saiu para cavalgar. – Ele me olhou de cima a baixo de novo, daquele jeito avaliador e perturbador, sem a menor vergonha. Mais uma vez, eu estava sendo mentalmente despida.

– Não, eu sempre durmo de culotes – falei.

Ele riu.

– Ah, que engraçado. Eu adoro garotas espirituosas. Vamos, venha tomar o café da manhã comigo. Detesto comer sozinho.

Lembrei que palavras como aquelas só me trouxeram problemas nos últimos tempos. Belinda me disse que os homens que iam para Londres detestavam comer sozinhos e eu tive aquela ideia idiota de criar um serviço de acompanhantes. Fiquei tentada a dizer que não estava com fome e deixá-lo sozinho, mas a ideia de um bom café da manhã, depois de meses de austeridade, torradas e chá, era atraente demais.

– Sente-se – falei. – Seu *kedgeree* está esfriando.

Fui até o aparador e me servi de rins, bacon e ovos fritos. Se isso era economizar, Binky e Fig não estavam indo tão mal.

– Então, onde você mora, Sr. Bestiume-Bubialy? – perguntei.

– É Bubume-Bestialy – corrigiu ele. – E minha família tem uma casa em Sussex. Tenho um lugarzinho em Londres.

– E você trabalha?

– Ah, sim. Um emprego burocrático em um escritório, bem chato na verdade. Trabalho repetitivo. Meu irmão mais velho vai herdar a propriedade e a família não tem muito dinheiro, então fui expulso para o mundo selvagem.

Na verdade, tínhamos muito em comum, e ele era bonito como uma estrela de cinema, então por que eu não podia ser simpática? Afinal, ele tinha estudado no tipo certo de escola. Era um de nós, e eu precisava de um marido. Mas havia alguma coisa nele – talvez o corte exagerado da jaqueta, a brilhantina no cabelo, aqueles olhos sedutores e o jeito como ele me chamava de linda mesmo não sendo. Eu era saudável ou "não era feia", na melhor das hipóteses.

Felizmente, antes que eu fosse obrigada a ter mais conversas educadas com Hugo Bubume-Bestialy, vozes animadas no corredor anunciavam a chegada dos americanos.

– E eu tinha acabado de me ensaboar quando a água quente acabou – veio uma voz. Acho que era de Babe. – Tive que terminar o banho de chuveiro com água gelada. Meus queridos, não foi uma experiência nada agradável, posso lhes dizer.

– Muito primitivo – disse a Sra. Simpson –, mas eu soube por certa pessoa que Balmoral é pior ainda. E eles têm um tocador de gaita de foles todo dia ao amanhecer, você acredita?

– Gaita de foles ao amanhecer? – falei animada quando eles entraram na sala de café da manhã. – Ah, nós também fazemos isso aqui. Na verdade, isso é feito em todas as casas escocesas importantes.

– Bem, eu nunca ouvi.

– Eu soube que ele está de cama com bronquite e não teve fôlego para tocar a gaita de foles na semana passada. Estamos sentindo falta dele.

Os americanos pararam quando Hugo se levantou mais uma vez e as apresentações foram feitas. Hugo estava praticamente transbordando charme e os americanos foram conquistados com bastante facilidade.

– Que bom ter se juntado a nós, Sr. Bubume-Bestialy – disse Babe. – O senhor vai animar muito o nosso grupo.

Os olhos dela grudaram nos dele por mais tempo do que era socialmente aceitável. Comecei a achar que pular de cama em cama podia muito bem ser um esporte nacional do outro lado do Atlântico, até que me lembrei do homem muito correto do Kansas.

– Qual é o planejamento para hoje, querida Wallis? – perguntou a condessa Von Sauer.

– Acho que vou dar uma voltinha de automóvel. Vocês vão ter que se divertir sozinhos – disse Wallis.

– Quer saber? – anunciou Hugo, empolgado. – Por que vocês não vão comigo até o lago? Meus amigos pretendem testar uma nova lancha e vão tentar quebrar o recorde mundial de velocidade na água. Acho que vai ser muito divertido.

– Parece uma boa ideia, não é, Earl? – questionou Babe. Qualquer coisa para estar perto de Hugo, imaginei. – Podíamos fazer um piquenique. Eu adoro piqueniques. Parece que o dia vai ser bem bonito.

– Lady Georgiana, por que não pergunta à sua cozinheira se ela pode preparar uma cesta de piquenique para nós? – sugeriu a condessa.

– E devemos levar nossos itens de banho? – indagou Babe.

– A água do lago está congelante e ainda tem o monstro – falei, dando um sorriso encorajador.

– Esse monstro aparece em plena luz do dia? – perguntou Fritzi, o filho rebelde da condessa. – Quer dizer, é um fenômeno recorrente? Faz gerações que virgens são sacrificadas para o sustento dele?

– Mas é claro – respondi.

– Sorte que não foi em Baltimore – murmurou Wallis Simpson. – Eles teriam ficado sem virgens em um instante.

Mais uma vez, o grupo riu.

– Nesse caso, vou levar minha arma – disse Earl. – Eu sempre quis capturar um monstro. Vai ficar ótimo empalhado na parede ao lado daquele espadim.

Eu os deixei fazendo preparativos barulhentos e esbarrei em Fig. Ela ficou satisfeita ao ouvir sobre o piquenique e a perspectiva de ter um dia livre dos americanos.

– E sanduíches custam muito menos do que um almoço de verdade – avaliou ela. – Talvez a Sra. McPherson possa fazer uns folhados. Ela tem uma boa mão para isso, não acha?

– E eu percebi que a caldeira de água quente já foi desligada – acrescentei em voz baixa. – Eles comentaram. Babe teve que terminar o banho de chuveiro com água fria.

Ela me lançou um sorriso conspiratório.

– E eu estou prestes a visitar Fergus para falar da gaita de foles de manhã. Ele vai adorar voltar a esse antigo costume. E preciso me lembrar de sugerir *haggis* para o jantar de hoje à noite. Eu me pergunto se a cozinheira vai ter tempo de fazer. O que vai exatamente nesse prato?

– É o bucho de uma ovelha com o recheio de intestinos picados e misturados com aveia.

– É mesmo? Que nojeira. Eu sei que sempre é servido na Noite de Burns e na véspera de Ano-Novo, mas eu só como um pouquinho por educação. Acho que a cozinheira não tem bucho de ovelha à mão.

– E tem que ferver durante horas – observei.

Fig fez outra careta.

– Bem, vamos torcer para que ela consiga um até amanhã. A descrição em si já deve expulsá-los. – Ela ia se afastar, mas antes olhou para mim. – Isso vai funcionar, não é, Georgiana?

– Espero que sim – respondi.

Treze

Castelo de Rannoch e um cais à beira do lago
18 de agosto de 1932
Clima calmo e agradável para começar...

EU PONDEREI SE DEVIA IR AO PIQUENIQUE. Sinceramente, um dia na companhia de Earl e Babe não era nem um pouco atrativo, mas me daria uma desculpa para encontrar o policial Herries e ter uma conversinha com ele sobre o acidente de Binky. Antes de sairmos, eu tinha algumas tarefas a cumprir. Uma era a carta para meu avô e a outra era uma visita a Podge. Eu o encontrei brincando no meu quarto de infância, cercado por soldadinhos de brinquedo e um forte, enquanto a babá dele remendava uma roupa.

O garoto deu um pulo quando me viu, espalhando os soldados pelo chão.

– Tia Georgie! – gritou ele e se jogou nos meus braços. – Olhe os meus soldadinhos de brinquedo. Eles eram do papai. E o forte. Ele me deixa brincar com eles porque eu já sou grande. Vem brincar comigo.

Brincamos enquanto eu tentava pensar no que poderia dizer para alertar a babá sem ser muito dramática. Falei para ela que poderia haver outras armadilhas ilegais na propriedade, de modo que Podge nunca deveria se afastar da casa e que ela deveria ficar de olho nele o tempo todo.

– Eu já faço isso, milady – disse ela com uma voz chocada. – Ele não tem permissão para correr solto, sabe? Quando ele sai, é no carrinho de bebê.

Podge me lançou um olhar melancólico quando saí. Eu me lembrei de como minha infância tinha sido solitária e de como eu ansiava por uma irmãzinha ou um irmãozinho. É claro que naquela época eu ainda não tinha percebido que minha mãe não era do tipo reprodutor e, além disso, quando eu tinha idade suficiente para pensar em um irmão ou irmã, ela já tinha fugido para os braços de outro homem. Subi e me vesti para o piquenique.

Depois de muita preparação e muitas incursões de última hora para buscar itens esquecidos, entramos no carro de caçada e nos dirigimos para o lago. Os dois príncipes decidiram escalar juntos. Ainda não havia nenhum sinal dos primos selvagens, então éramos só Hugo e eu com os americanos restantes. A condessa Von Sauer e o filho foram no primeiro carro com Earl, então fiquei com Hugo e Babe.

– Bem, isso é aconchegante, não? – disse Hugo, com o joelho muito perto do meu e deslizando o braço sobre o meu ombro enquanto o carro partia.

Lancei a ele um olhar gélido e fiquei feliz pela curta duração do trajeto. Foi fácil localizar a movimentação no lago, pois a lancha tinha atraído uma bela multidão de espectadores locais. Quando paramos no cais e saltamos, vimos o barco fino e comprido, pintado de um azul intenso, sendo rebocado de volta para a margem por uma embarcação bem mais robusta, cheia de pessoas.

– O que aconteceu? – gritou Hugo, indo para o cais para encontrar a embarcação que se aproximava.

– Essa porcaria decolou no ar quando chegou a cento e vinte por hora! – gritou alguém em resposta. – Ele teve sorte de não capotar.

– O que diabos você está fazendo aqui? – esgoelou alguém do barco. – Achei que você tinha ido embora.

– Não consegui ficar longe, meu amigo! – bradou Hugo em resposta. – Senti falta do seu humor delicioso.

O barco atracou e o grupo desembarcou. De repente, houve um grito empolgado e alguém veio correndo pelo cais na minha direção.

– Georgie, é você! – exclamou ela, de braços abertos.

Era Belinda.

– Meu Deus, o que você está fazendo aqui? – perguntei espantada.

– Eu ia fazer a mesma pergunta – disse ela, me envolvendo em uma nuvem de perfume Chanel enquanto me abraçava.

Eu não a tinha reconhecido, pois ela estava vestindo uma roupa totalmente fora do estilo Belinda: uma calça de sarja bege e camisa de gola aberta com um pulôver marrom, mas o rosto ainda exibia uma maquiagem perfeita.

– Eu cheguei ontem à noite – respondi. – Vim para ajudar a Fig. – Essa agora era a desculpa oficial.

– Querida, eu nunca pensei que ouviria você dizer essas palavras específicas – comentou ela. – Eu achava que você odiasse a Fig.

– Eu odeio, mas ela está em apuros no momento. Binky está de cama e a casa está cheia de americanos, incluindo a temida Você Sabe Quem.

– Ela está aqui? – Belinda olhou ao redor. – Ora, eu nunca teria imaginado.

– Não agora. Ela saiu de carro com certo príncipe. O Sr. Simpson está ali, é aquele ali de cara emburrada.

– Não estou surpresa. Você não ficaria emburrada se sua esposa arrastasse você de um lado para outro para exibir um ar de respeitabilidade e à noite expulsasse você do quarto para namorar um príncipe?

– Não tenho certeza se ele vai ao quarto dela à noite, mas eu não gostaria de ser alvo de pena como o pobre Simpson. O que você está fazendo aqui? – Eu vi a resposta descendo o cais na nossa direção.

Belinda olhou para Paolo com adoração.

– Estou aqui por causa do Paolo, bobinha. É ele que está pilotando o barco. Vai quebrar o recorde mundial de velocidade. Isso não é muito emocionante?

– Me parece bem perigoso – respondi.

– Claro que é. Paolo só fica feliz quando está fazendo alguma coisa perigosa – disse ela.

Os outros passageiros agora desciam o cais na nossa direção, mergulhados em conversas. Palavras como "empuxo" e "índice de velocidade" flutuavam no ar claro das Terras Altas.

– Acho que você conhece quase todo mundo, não é? – Belinda acenou na direção deles. – Paolo, veja só quem está aqui. É a Georgie.

– Bem, isso não é surpresa, já que a casa da família dela fica do outro lado do lago – observou Paolo e beijou minha mão. – Você chegou tarde demais para ver minha imitação de um pássaro aquático. Eu fiquei no ar por alguns segundos, sabe? Muito emocionante.

– Era para ter ficado na água, foi para isso que ele foi feito – disse uma voz americana atrás dele.

O interlocutor parecia extremamente jovem e terrivelmente sério, olhando como uma coruja através dos óculos redondos.

– Aquele é o designer, Digby Flute – murmurou Belinda para mim. – O pai é dono de estúdios de cinema em Hollywood. Nada em dinheiro. Ele tentou quebrar o recorde duas vezes e quase morreu nas duas.

– Então agora ele quer que Paolo morra no lugar dele? Que simpático. Belinda sorriu.

– Ele melhorou o design da lancha e trocou o motor, que foi feito na Alemanha. Na verdade, falando em Alemanha, adivinhe quem projetou e forneceu o motor.

Ela apontou para um homem grande, louro e de aparência muito germânica que estava vindo da margem na nossa direção.

– Max! – exclamei. – Isso significa que minha mãe está em algum lugar nas proximidades?

Eu não tinha nem terminado a frase quando a vi. Ela estava imersa em uma conversa com duas pessoas que eu reconheci e uma desconhecida. O primeiro era um jovem grande, rosado e assustadoramente rico chamado Augustus Gormsley, mais conhecido pelo apelido de Gussie. O segundo era Darcy. E com eles estava uma garota que eu nunca tinha visto: magra, pequena e que olhava para Darcy com ardentes olhos castanhos. Meu primeiro reflexo foi me esconder atrás de um pinheiro e desaparecer, mas já era tarde demais. Gussie já tinha me visto.

– Olhe, é sua filha, minha querida – comentou com minha mãe e me chamou: – Ei, Georgie!

Eu não tive alternativa a não ser me juntar a eles.

– Olá, Gussie. Darcy. Oi, mamãe. – Consegui parecer calma e civilizada. – Que surpresa ver você aqui.

– Olá, querida. – Minha mãe e eu trocamos os costumeiros beijos no ar. – Você está muito pálida. Não está bem?

– O verão tem sido difícil até agora – respondi. – Eu não esperava ver você aqui. Onde está hospedada?

– Em Balmoral, querida, onde mais?

Eu não teria ficado mais surpresa se ela tivesse contado que estava na caverna de um eremita na montanha.

– Balmoral? Eu não sabia que você tinha se tornado amiga de Suas Majestades.

– Eu não; Max. Ele levou o príncipe de Gales para atirar no chalé dele na

Floresta da Boêmia no inverno passado e o príncipe está retribuindo o favor. Além do mais, está tudo em família. Max é conectado a eles pela linhagem Saxe-Coburgo-Gota.

– Meu Deus, eu não sabia que ele tinha sangue real. Então eu devia tê-lo chamado de Vossa Alteza esse tempo todo?

No entanto, me ocorreu que eu não o tinha chamado de nada porque o inglês dele era muito limitado, então não importava.

– Não, querida. Os Saxe-Coburgo-Gota eram do lado da mãe dele, então ele é apenas *Herr*, o que é uma pena. Eu sinto falta de ser duquesa. Conseguíamos um serviço muito bom em Paris, onde essas coisas importam.

– Tenho certeza de que há muitos duques à solta por aí para você fisgar – falei.

– O problema é que eu me apeguei muito ao Max – confessou ela. – Ele tem seus defeitos, como não saber falar inglês e preferir morar na Alemanha com todos aqueles tipos de bolinho. Mas ele é muito doce e fofinho, sabe?

Era como perguntar se um urso-pardo era doce e fofinho. Eu me abstive de comentar.

– Quer dizer que você veio para se juntar ao grupo de caçada da realeza?

– E é claro que Max está interessado em ver como o motor dele está funcionando. – Ela deu uma risadinha. – Francamente, cá entre nós, o motor dele funciona muito bem para a idade.

Ela deu um sorriso tímido e estendeu a mão quando Max veio na direção dela.

– Você se lembra da minha filha Georgiana, não é, querido Max?

Max bateu os calcanhares e me fez uma reverência.

– Ouvi dizer que você veio para atirar com o príncipe – falei, pronunciando cada palavra bem devagar.

– *Ja*. Atirar com príncipe. É *gut*.

– E ele foi ao seu chalé de caçada no inverno passado?

– *Ja*. Nós atirar em javali. Dentes grandes.

– Presas, Max. Javalis têm presas – corrigiu minha mãe. Ela deu um tapinha na mão dele. – O inglês dele está melhorando muito, não acha?

– Com certeza – respondi.

Paolo e o jovem americano se aproximaram e começaram a falar sobre motores e empuxo de novo.

– Essa é a parte que eu acho insuportavelmente chata – disse minha mãe. – Acho que vou voltar para descansar, se for permitido ficar deitada em Balmoral. As atividades são todas ao ar livre e terrivelmente vigorosas, não é?

Senti uma onda inacreditável de decepção porque minha mãe não me via havia meses e agora não demonstrava a menor vontade de passar mais tempo comigo. Eu já devia ter me acostumado com isso, mas ainda tinha expectativas.

– Você poderia ir animar o pobre Binky – falei e contei a saga do acidente.

– Se eu puder entrar sem me encontrar com aquela mulher pavorosa dele – respondeu ela –, talvez eu faça isso. Sempre tive um fraco pelo seu irmão. – Então ela foi embora. Binky não era filho dela, é claro, mas minha mãe havia sido madrasta dele por um breve período, e eu sabia que ele gostava dela.

Com aquele estranho desejo vazio que sempre me dominava quando eu encontrava minha mãe, fiquei observando ela partir. E foi aí que percebi que ela me deixou com três pessoas com quem eu não tinha a menor vontade de interagir: dois homens que se comportavam mal e uma bela garota de pele escura que era bonita e sexy demais. Será que ela era minha substituta na lista de possíveis namoradas de Darcy? Dava para sentir os olhos dele em mim, e eu me obriguei a não olhar ao redor para conferir. Estava tentando me afastar, dando a impressão de que havia alguém com quem eu tinha que falar, quando fui abordada por Gussie.

– Há quanto tempo, Georgie! – disse ele. – Como você está?

– Muito bem, obrigada, Gussie – respondi com frieza.

Ele parecia ter esquecido que, na última vez que nos encontramos, eu tive que lutar para me livrar dele enquanto Gussie tentava tirar minha calcinha.

Ele se aproximou.

– Sabe, eu esperava que talvez pudéssemos continuar de onde paramos na última vez – sugeriu ele, demonstrando que na verdade não tinha esquecido nada.

– Você quer dizer na parte em que eu estava dizendo "Me solte, seu bruto" e você não estava ouvindo?

Ele deu uma risadinha.

– Todas as garotas dizem não, mas nunca é sério. É só para apaziguar a consciência. Depois elas podem dizer "Eu tentei lutar contra ele, mas ele era forte demais...".

– Eu estava falando sério.

– Ah, que isso, Georgie – retrucou ele, ficando um pouquinho mais rosado. – Todo mundo gosta de um pouco de intimidade de vez em quando, tenho certeza. Quer dizer, é muito divertido, não é? – Ele olhou para o meu rosto. – Quer dizer que você não? Você ainda não...?

– Isso não é da sua conta – falei com arrogância. – Mas, se você quer mesmo saber, eu pretendo esperar até encontrar alguém que eu possa amar e respeitar.

– Meu Deus. – Ele me analisou como se eu fosse uma espécie exótica de algum animal desconhecido. – Bem, me avise se você encontrar tal criatura. E, se não encontrar, estarei sempre disponível se você mudar de ideia.

Darcy e a garota estavam se afastando. Meu olhar os seguiu.

– Aquela ali é uma que não segue as suas regras – provocou Gussie.

– Quem é ela?

– O nome dela é Conchita. Espanhola, acho, ou será brasileira? O pai é dono de plantações. Rios de dinheiro. Paolo a convenceu a investir nessa loucura recente. Ela e o ianque estão financiando, e Paolo está pilotando.

– E você?

– Ah, eu só vim pela diversão – disse ele. – E prometi ao papai que ia escrever uma coluna para um dos jornais diários dele. Ah, o Hugo voltou – acrescentou ele. – Eu sabia que ele não ia conseguir ficar longe por muito tempo.

Avistei Hugo Bubume-Bestialy se movimentando pela multidão como se procurasse alguém.

– Ele já esteve aqui, é?

– Ah, sim. Aparece por aqui o tempo todo. Ele estava hospedado conosco na casa até alguns dias atrás. Eu não sabia que ia voltar.

– Ele agora está hospedado no Castelo de Rannoch.

– É mesmo? Por que será que ele decidiu mudar de hospedagem? Não acho que alguém do nosso grupo o tenha chateado, e a comida até que é decente e há muita bebida.

– Ele recebeu um convite do meu irmão, foi o que disse. Apesar de ter sido muito grosseiro ao falar do lugar. Chamou de muito medieval.

– Mas é mesmo, não é?

– Acho que sim, mas então por que ele se esforçou tanto para ficar conosco?

Gussie seguiu os passos de Hugo pela multidão.

– É claro que todos sabemos o que ele está fazendo aqui e onde ele gostaria de ficar, mas ele não recebeu um convite.

– E onde é? – perguntei, pensando logo em Balmoral.

– Na casa dos Padgetts, é claro.

– Padgetts?

– É, você conhece. Major e Sra. Padgett. Eles moram na fronteira dos terrenos de Balmoral. Ele é o mestre da propriedade ou qualquer que seja o título oficial. Faz parte do serviço real há muitos anos. Ele costumava ser muito importante em uma época, um dos preferidos da rainha Vitória e depois do rei Eduardo. Agora está meio aposentado. Eles só o convidam em raras ocasiões cerimoniais.

– Ah, sim. Acho que eu o conheci. Mas por que Hugo ia querer ficar lá?

– Por causa de Ronny, claro, minha querida. Ele sente uma forte atração por ela. Ronny não demonstra nenhum interesse por ele, mas ele não desiste.

– Ah, é claro. Ronny Padgett – falei, juntando as peças. – Eu a conheci no aeródromo. Ela disse que a família dela morava aqui, mas nunca a liguei ao major de Balmoral.

– Bem, ela está aqui agora. Vai e vem naquele aviãozinho dela. Pousa nos lagos, e você que segure o seu chapéu se for fazer um piquenique na margem. Ela voa muito baixo.

Eu ri. Pelo menos Gussie fazia parte do meu grupo social. Ele era divertido. Com ele nós sabíamos onde estávamos pisando. Era uma pena eu não me sentir atraída. Gussie seria um bom partido, e eu poderia desfrutar de um estilo de vida luxuosamente decadente com ele. Olhei ao redor. Darcy e a mulher bonita tinham desaparecido. Mas eu vi o policial Herries de olho em tudo na estrada acima. Pedi licença e fui até ele.

– Como está, policial? – perguntei.

Ele tocou no capacete.

– Muito bem, milady. Sinto muito pelo acidente de Sua Graça.

– Foi um horror – falei. – Eu gostaria de saber se o senhor fez alguma investigação sobre isso.

– Investigação, milady?

– Para saber quem pode ter colocado aquela armadilha nas terras do Castelo de Rannoch.

Ele inclinou o rosto vermelho e bigodudo para perto.

– Eu imaginei que fosse alguém da propriedade que só queria pegar um coelho e depois do ocorrido não teve coragem de se apresentar e confessar.

– E se a armadilha foi deliberadamente montada por alguém com algum ressentimento contra nós?

Ele me lançou um olhar assustado.

– Quem faria uma coisa dessas?

– Eu soube que um rapaz chamado Willie McDonald foi demitido há pouco tempo. O senhor falou com ele?

– Seria difícil falar com ele, milady. Ele se juntou à Marinha Real. Disse que deixar a propriedade foi a melhor coisa que tinha acontecido com ele e que agora estava finalmente livre para ver o mundo.

– Que bom para ele – comentei.

De volta à estaca zero.

Catorze

Ao lado de um lago na Escócia
18 de agosto de 1932
Tempo brusco (terminologia escocesa para uma ventania uivante)

Fizemos o piquenique à sombra de um grande pinheiro escocês. Minha mãe voltou de uma visita a Binky no Castelo de Rannoch e se juntou a nós quando o piquenique estava sendo arrumado.

– Que coisa horrível aconteceu com o pobre Binky – lamentou ela. – Ele está muito pálido. Sugeri que fosse ao meu apartamentinho na Riviera para se recuperar, mas ele alega que não tem dinheiro para viajar.

– É verdade. Ele não tem mesmo – assegurei. – O pai o sobrecarregou com enormes impostos sobre a herança.

– Típico do seu pai – disse ela. – Totalmente inútil e nunca pensou em ninguém além de si mesmo. Se tivesse me tratado com adoração, eu teria ficado, mas ele preferia todos aqueles horríveis esportes ao ar livre, como tiro e pesca, a ficar em casa e me divertir. – Ela se interrompeu e tocou no meu braço. – Quem é o rapaz louro de aparência divina?

– Aquele? O nome dele é Hugo Bubume-Bestialy.

Minha mãe desatou a rir.

– Que nome infeliz. Me fale dele.

– Ele me parece ser um parasita. Estava com o grupo da lancha e agora se convidou para o Castelo de Rannoch.

– Então ele não tem dinheiro?

– Não é o seu tipo de jeito nenhum – respondi. – Décadas mais jovem e desconfio que sem um tostão.

– Mas, querida, quanto mais envelhecemos, mais gostamos dos jovens. É muito bom para o ego, mesmo que eles não tenham um bom controle do equipamento nessa idade.

– Como assim?

Ela me olhou de um jeito estranho.

– Eles disparam como foguetes, querida. Sério, eu não consegui lhe passar o menor ensinamento dos fatos da vida quando você estava crescendo?

– Você foi bem ausente – retruquei. – Deixou muito a desejar na minha educação. Eu sequer consegui encontrar um guarda-caça amigável.

Ela riu de novo.

– Acho bom você compensar o tempo perdido, não é? Não existe nem um pretendente à vista?

– No momento, não – respondi, olhando ao redor para ver se Darcy ainda estava por perto, mas ele e a senhorita tinham mesmo desaparecido.

– Que pena. Eu espero que você encontre um logo – disse minha mãe languidamente, com o olhar indo em direção a Hugo enquanto ela falava. – Eu poderia me juntar a vocês para almoçar.

– Você não pode se dar ao luxo de deixar Max com ciúmes, pode? – comentei. – Pense em todos aqueles lindos vestidos parisienses.

– Quando Max está falando sobre motores não percebe nada, nem se um zepelim cair na cabeça dele. – Ela se sentou na melhor manta e se espreguiçou com exuberância. – O que vamos comer? – perguntou ela. – Não me diga que a Sra. McPherson fez folhados!

Os americanos a olharam com suspeita.

– Não se preocupem com *moi* – disse ela, acenando com a mão graciosa na direção deles. – Eu como igual a um passarinho.

– Desculpe, mas acho que não nos conhecemos. – Babe se sentou na manta ao lado da minha mãe.

– Minha mãe, a ex-duquesa de Rannoch – falei, apressada, e a vi franzir a testa. Ela odiava admitir que tinha uma filha da minha idade.

– Você era a famosa atriz Claire Daniels, não era?! – exclamou a condessa Von Sauer.

– Houve um tempo em que eu tive minha dose de fama – disse mamãe com humildade fingida.

Infelizmente, o vento tinha chegado e estava soprando poeira e folhas de pinheiro sobre a comida, enquanto os pilotos de corrida testavam o motor, emitindo um rugido alto ocasional que afligia nossos nervos e dificultava a conversa. Minha mãe, é claro, deu um jeito de se tornar o centro das atenções no mesmo instante. Ela voltou seu charme deslumbrante para Hugo e o transformou em seu cachorrinho de colo. Eu até comecei a sentir um pouco de pena dele. Quanto aos americanos, era como se estivessem na presença de uma deusa em visita à Terra, e eu acho que ela era mesmo.

Eu me sentei nos cinco centímetros de manta que minha mãe não estava ocupando e fiquei observando o lago, sem conseguir embarcar na conversa. Muitos pensamentos preocupantes estavam zumbindo na minha cabeça. Pensamentos que variavam entre a ordem de sir Jeremy, a armadilha de Binky e Darcy e a misteriosa mulher de pele escura. O que eu precisava fazer em relação a qualquer uma dessas questões? E por que eu precisava intervir e resgatar outras pessoas quando ninguém parecia demonstrar nenhum interesse por mim? Eu estava olhando para a beira do lago – acho que, inconscientemente, tentando ter algum vislumbre de Darcy e ver se ele de fato saíra com a tal Conchita – quando me empertiguei, subitamente alerta. Alguém estava rastejando por entre os abetos num ponto atrás de nós. Fiquei olhando enquanto a figura disparava de árvore em árvore, sem querer ser vista, se aproximando pouco a pouco. Na mesma hora, pensei na armadilha e nos acidentes relatados com os herdeiros reais.

De repente, não aguentei mais. Se essa pessoa era covarde o suficiente para planejar pequenos acidentes horríveis e montar uma armadilha para o meu irmão, eu ia enfrentá-la naquele instante. Eu me levantei e comecei a vagar aparentemente sem rumo, me curvando para pegar um ramo de urze aqui e ali, mas o tempo todo me aproximando das árvores. Quando cheguei perto o suficiente, corri para trás do pinheiro mais próximo e fui passando de tronco em tronco, do mesmo jeito que nosso espreitador. Eu o vi de novo enquanto ele se arrastava pelas sombras até o próximo grande pinheiro.

Certo, meu rapaz, pensei. Ele estava fazendo muito barulho. Seria muita incompetência caso estivesse perseguindo um cervo. Eu, ao contrário, me movimentava em silêncio. Ele não tinha a menor ideia de que eu estava atrás dele até que dei um salto e me lancei.

– Te peguei! – gritei, agarrando o colarinho da jaqueta dele. – Muito bem. Vamos dar uma olhada em você, seu espécime miserável.

Na verdade, fiquei bem aliviada ao descobrir que era de fato um espécime miserável. Não sei o que teria acontecido se eu tivesse saltado em cima de um homem enorme de 1,80m com uma arma ou uma faca na mão. O que ele fez foi dar um gritinho e tentar fugir. Quase caiu sentado quando eu o puxei com força para trás.

– O policial está logo ali na margem – falei. – Ele vai chegar aqui em dois segundos se eu o chamar, então é melhor você confessar.

– Minha querida jovem, eu não fiz nada de errado. Me solte, eu imploro – pediu ele.

Reconheci a voz no instante em que cheguei com ele a um trecho com luz do sol.

– Sr. Beverley! – falei, chocada. – O que o senhor estava fazendo?

– Vossa Senhoria! Nada, eu garanto que não estava fazendo absolutamente nada – respondeu ele, mais atrapalhado agora que eu o tinha soltado. – Eu só estava tentando… bem, sabe, é uma bobagem mesmo, mas eu sempre tive uma queda, por assim dizer, pela sua querida mãe. Não acreditei na minha sorte quando vi que ela estava aqui. Então queria aproveitar a chance de ficar um pouco mais perto dela, só isso.

– O senhor estava espionando minha mãe. Ia ficar na surdina e depois revelar tudo na sua coluna. Eu sei como os jornalistas trabalham.

– Ah, não, eu garanto.

– O senhor tem uma coluna de fofocas, não tem?

– Tenho, mas…

– Então o senhor estava só fazendo o seu trabalho e ia relatar fofocas.

Com o rosto vermelho, ele ficou cabisbaixo, como um balão murcho.

– Bem, eu tenho que confessar…

– O senhor tem muita sorte de eu não o entregar ao nosso policial – falei. – Eu podia fazer isso, sabe? Alguém está montando armadilhas na nossa propriedade. O senhor poderia muito bem ser o principal suspeito.

– Ah, não. Eu nunca faria nada violento – afirmou ele, sacudindo as mãos de agonia. – Milady sabe que eu abomino a violência.

– Muito bem – falei. – Vou deixar passar, mas só desta vez. Se eu pegar o senhor nos espionando de novo, vou entregá-lo à polícia sem nem piscar.

– Imagino que eu não tenha nenhuma chance de poder cumprimentar sua divina mãe, não é? Eu a venero de longe há muito tempo. – Ele olhou para mim esperançoso, como um cachorro implorando para ser levado para passear.

Olhei para as mantas onde todos os holofotes ainda estavam virados para minha mãe.

– Por que não? – respondi.

Eu o peguei pela mão e o conduzi até nosso grupo.

– Mãe, eu gostaria que você conhecesse um dos seus maiores fãs – falei. Afinal, ela merecia uma punição pela maneira como tinha ignorado a única filha.

Godfrey Beverley deu um passo à frente, fazendo uma reverência como se fosse um vassalo medieval.

– Que honra, Vossa Graça. Bem, eu sei que não é mais "Vossa Graça", mas eu ainda a considero parte da nobreza, entende?

– Acho justo. – A boca da minha mãe estava formando uma linha firme. – Como vai? Sr. Beverley, não é?

– A senhora se lembrou. Que lisonja.

– Como eu poderia esquecer? Todas aquelas colunas espirituosas…

Eu me afastei, deixando-os sozinhos. Alguns instantes depois, mamãe apareceu ao meu lado de novo, parecendo bem furiosa.

– Como pôde me abandonar e me deixar com aquele homenzinho odioso? – vociferou ela.

– Ah, mamãe, tenho certeza de que ele é inofensivo. Ele disse que era completamente apaixonado por você. Aí pensei em animar o dia dele e apresentá-lo.

– Ah, você animou o dia dele, com certeza – sibilou ela. – E, quanto a ser inofensivo, ele é uma das serpentes mais cruéis que eu já conheci. Adora desenterrar migalhas horríveis de fofocas sobre mim para colocar na coluna. E você sabe qual será a próxima, não sabe?

Como eu não respondi, ela continuou:

– Ele descobriu de alguma forma que estamos hospedados em Balmoral e comentou que era incrível o quanto o casal real tinha se tornado liberal e moderno, permitindo que vivêssemos em pecado sob o teto deles. Um bajulador pedante e insuportável. Eu seria capaz de matá-lo.

Devo salientar que, em momentos de extremo estresse, minha mãe volta às suas origens, e de fato ela tinha uma avó que vendia peixe no mercado.

– Ele deve estar assistindo dos arbustos – falei, tentando não sorrir. – Não deixe ele perceber que você ficou irritada.

– Essa deve ser a tara dele: ficar observando dos arbustos – retrucou ela. – Ele nunca deve ter estado com ninguém na vida. Aposto que faz bordado no tempo livre.

Dava para ver que ela estava muito consternada.

– Por que você não volta para o castelo para tomar um chá? – perguntei. Ela balançou a cabeça.

– Tenho certeza de que vou ter uma enxaqueca depois desse encontro. Eu preciso mesmo é me deitar, senão vou parecer uma bruxa velha no jantar.

Ela foi até nosso grupo para anunciar sua partida, mas a essa altura todos pareciam inquietos e queriam voltar para o castelo. Talvez a força do vento e a poeira que soprava fossem demais para eles. Os mecânicos que trabalhavam na lancha estavam ocupados cobrindo-a com uma lona, e Gussie desceu do cais e veio até nós.

– Eles não podem fazer mais nada hoje com essa ventania – disse ele. – O motor vai acabar ficando cheio de terra.

Eu não quis dizer a ele que não era uma ventania, mas só uma brisa da tarde na nossa parte da Escócia, onde os fortes ventos de oeste das Hébridas são canalizados por uma brecha nos Grampians. Eu me perguntei por que eles tinham escolhido justamente nosso lago para os testes de velocidade. Ele não era calmo nem nas melhores épocas.

– Quer saber? – disse minha mãe, olhando em volta para o próprio fã-clube, que agora incluía Hugo. – Por que não vamos todos ao Castelo de Rannoch para jantar com vocês hoje à noite? Tenho certeza de que vai ter muita comida. Sempre tem, e eu sei que Binky ficaria animado de ver velhos amigos. Talvez possamos carregá-lo escada abaixo para o jantar.

Todos pareceram achar uma boa ideia. Eu fiquei tentando imaginar a reação de Fig quando descobrisse que pelo menos mais umas seis pessoas iam aparecer para jantar. Arrastei minha mãe para o lado.

– Por que diabos você sugeriu isso? Você sabe como a Fig é. Ela vai ficar histérica.

Mamãe sorriu.

– Exatamente. Isso vai ensiná-la a não ser rude comigo.

– Quando ela foi rude?

– Hoje mais cedo. Quando cheguei ao castelo, eu a encontrei descendo a escada, e ela me perguntou em um tom extremamente ríspido o que eu queria. Lembrei a ela que eu era a madrasta do Binky, e você sabe o que ela disse? "É, mas não foi por muito tempo, não é?" Que língua maldosa aquela mulher tem. Ela merece um grupo inesperado para o jantar.

– Para você está tudo ótimo – comentei. – Não é você que vai dar a notícia para ela.

Minha mãe deu uma risadinha.

– Pense no pobre Binky. Ele precisa desesperadamente de animação.

– Não sei se ver mais pessoas comendo a comida dele vai resolver o problema – comecei a dizer, quando o som de um motor nos fez virar para trás.

– Achei que eles tinham parado com o maldito barco – comentou minha mãe, depois percebeu que o som não vinha de lá.

De repente, um avião pequeno apareceu, voando baixo pela fenda nas montanhas e se aproximando. Ele rugiu sobre a nossa cabeça, quase arrancou o topo dos pinheiros mais altos, deslizou sobre a superfície do lago, quicou algumas vezes e depois pousou, formando uma camada de borrifo ao passar.

– Caramba. Ronny chegou! – exclamou Hugo, e minha mãe foi visivelmente descartada naquele momento.

Fiquei espantada ao ver que o avião de Ronny, se fosse o mesmo, agora tinha flutuadores em vez de rodas.

Enquanto observávamos a aeronave parar, a condessa deu um grito repentino.

– Olhem! O monstro!

A empolgação explodiu na margem quando grandes ondulações negras vieram na nossa direção. As pessoas tentaram fugir, derrubando outras no momento de pavor. Então a voz do policial Herries soou alta e clara.

– Não é monstro nenhum. É só a maneira como o vento desce da passagem e cria uma série específica de ondas. E está soprando muito forte hoje. Já vimos isso e acredito que vamos ver de novo. Agora todos se acalmem e vão para casa. Monstro, ora essa. Não tem monstro nenhum nesse lago.

A multidão se dispersou, murmurando animada. Alguns estavam convencidos de que tinham visto uma cabeça se erguer no meio da onda. Eu mesma não tinha certeza se não vira alguma coisa. Babe e a condessa tagarelavam enquanto eram levadas de volta para os carros.

– E se ele aparecer em terra? E se engolir o barco? – alertou a condessa. – Fritzi, meu querido, espero que você me proteja.

A perspectiva de combater um monstro enorme pareceu não empolgar o coitado do filho.

– Acho que devemos sacrificar lady Georgiana para apaziguá-lo – disse Hugo.

A risada rompeu a tensão, mas eu me sentei no carro com as bochechas vermelhas. Será que era tão óbvio para o mundo que eu ainda era virgem?

De volta ao Castelo de Rannoch
18 de agosto de 1932
Fim de tarde

COMO EU TINHA PREVISTO, FIG NÃO RECEBEU com muito entusiasmo a notícia sobre os convidados adicionais para o jantar.

– Quantas pessoas, você disse? – vociferou ela, quase gritando. Ela claramente nunca teve uma governanta que lhe lembrasse o tempo todo que uma dama nunca levanta a voz. – Vão vir aqui? Hoje à noite? Por que, em nome de Deus, você não os impediu?

– Como eu poderia impedi-los sem parecer muito mesquinha ou dizer a eles que estamos com a peste negra? – falei. – Eles decidiram entre si que estavam gostando tanto da companhia uns dos outros que queriam jantar juntos.

– Então que jantem juntos em outro lugar – retrucou ela.

– Mas eles queriam animar o Binky. Sugeriram que ele seja carregado escada abaixo para se juntar a nós.

– Foram aqueles malditos americanos, não foram? – Por prudência, não mencionei que a ideia tinha sido todinha da minha mãe. – Eles agem como se fossem donos da casa. Aquela criatura Babe passou um sermão no Hamilton por causa da falta de água quente hoje de manhã. Ela disse que aquilo não foi bom o suficiente. Não foi bom o suficiente? Eu que o diga! É muita ousadia. Aquela mulher passa muito tempo no banheiro, se quer saber. Isso não é saudável.

Fig estava fora de si.

– Vai ficar tudo bem – falei. – Tenho certeza que a cozinheira pode preparar um sopão ou algo assim como entrada para deixá-los cheios.

– Você pode contar a ela, Georgiana? Acho que eu não consigo enfrentá-la neste momento.

– Como quiser – respondi, já que eu era a preferida da cozinheira na minha infância.

– Estou tão feliz de você estar aqui... – disse ela mais uma vez. Isso não deixava de me espantar.

Como eu suspeitava, a cozinheira recebeu a notícia com mais calma do que minha cunhada, mas ficou claro que não estava satisfeita.

– Mais oito para o jantar, é? Sua Graça acha que eu faço milagres? Magia? Devo tirar alguns coelhos de uma cartola?

Dei um sorriso solidário.

– Ela mal me dá dinheiro para alimentar a casa e agora eu tenho que preparar banquetes do nada?

– Faça o melhor possível, Sra. McPherson – pedi. – Eles sabem que é tudo de última hora e que não podem esperar uma comida muito especial.

– Não teria sido uma comida muito especial nem nas melhores épocas – disse ela, chateada. – Uma comida boa e simples, é isso que eu faço. Nada dessa nojeira francesa chique... caracóis cobertos de alho. – Ela fez cara de nojo. – O que tem de errado com uma boa carne de boi local e salmão escocês recém-saído do riacho?

– Nada – respondi. – A senhora é uma cozinheira de mão cheia, Sra. McPherson. Todo mundo diz isso.

– Ah, pode parar. – Ela deu uma risadinha envergonhada. – Bom, vai ter que ser *neeps* e *tatties* para eles hoje à noite. Não tenho mais nada.

– *Neeps* e *tatties*? – perguntei.

Era um prato camponês da Escócia feito com batatas e nabos. Servia para encher a barriga, mas não era elegante.

– É. Como eu disse, não sei fazer milagre. Aquele assado deve ser suficiente para cada um comer uma ou duas fatias, mas vamos precisar deixá-los cheios de alguma forma. Isso vai fazer bem para eles. Vão provar nossa comida tradicional. E, para sua sorte, eu fiz um caldo gostoso com aquelas sobras de cordeiro da outra noite. Eu posso engrossar e transformar em uma sopa. Mas não sei o que fazer com o prato de peixe. Está tarde demais para o peixeiro entregar alguma coisa. Não posso fazer pães e peixes que seriam para doze pessoas se transformarem no suficiente para vinte.

– Tenho certeza de que eles não vão esperar um prato de peixe, Sra. McPherson.

– Se fosse em Balmoral, eles iam comer peixe, não iam?

– Só minha mãe e *Herr* Von Strohheim estão hospedados em Balmoral. O resto está em uma casa na propriedade de lorde Angus. Acho que eles não devem ter uma cozinheira decente lá, e é por isso que todos aproveitaram a chance de vir aqui provar sua comida.

A Sra. McPherson estava amolecendo.

– Vou ver se temos trutas defumadas suficientes para todos – disse ela. – Eu estava guardando para uma salada de almoço, mas sem dúvida podemos conseguir mais depois. E os meninos trouxeram uma cesta de frutas vermelhas para fazer uma torta, então acho que vamos sobreviver. Nós sempre sobrevivemos.

– A senhora é muito gentil, Sra. McPherson – falei. – Sua Graça vai ficar muito impressionada.

Ela fungou.

– Aquela ali só fica impressionada quando eu corto os custos e economizo um centavo ou dois – resmungou ela. – No tempo do velho duque, não havia essa mesquinhez.

– Ele faliu – observei.

– Sua Graça também pediu *haggis* quando veio me ver hoje – disse a cozinheira. – Essa é mais uma das ideias dela de economia?

Eu ri.

– Não, ela está querendo assustar os americanos para que eles vão embora. Disse que eles estão devorando tudo o que veem pela frente.

– Ah, então é isso? – Ela começou a rir, e os seios fartos balançaram. – Bem, você pode dizer a ela que eu faço os melhores *haggis* desta parte da Escócia, então é capaz que eles gostem e peçam mais. O bucho de ovelha já está fervendo, pronto para ser recheado amanhã.

Eu a deixei e voltei para o andar de cima bem animada. Era bom estar em casa de novo. O grupo todo se reuniu no grande salão para o chá, e os primos e príncipes tinham voltado das diversas atividades ao ar livre.

O vento que tinha aumentado na hora do almoço anunciava a chegada do mau tempo e agora uivava nas chaminés enquanto a chuva salpicava as janelas. Nossos hóspedes estavam claramente sentindo frio e olhavam esperançosos para a lareira vazia. Fig fingia que estava confortável e aquecida e que não precisava acender o fogo, provando que era uma atriz tão boa quanto minha mãe. O grande salão estava mesmo bastante deplorável. Eu queria subir as escadas para pegar um segundo cardigã, mas não podia decepcionar a família. Na verdade, eu estava feliz porque um dos cachorros estava encostado na minha perna.

Estava me divertindo em analisar Fig. Dava para perceber que ela estava bem incomodada de ver Earl feliz e despreocupado espalhando uma porção generosa da geleia especial da Fortnum & Mason num bolinho. De repente, vozes altas vieram do saguão de entrada e a Sra. Simpson entrou, parecendo menos satisfeita do que minha austera bisavó. Seu penteado, que costumava ser imaculado, fora varrido pelo vento e a roupa de seda estava manchada de chuva.

– Wallis, querida, você está horrível. – A condessa se levantou para recebê-la.

Obviamente, Wallis não gostou do comentário. Ela já sabia que estava horrível e não precisava que ninguém destacasse isso.

– Venha tomar uma xícara de chá para se aquecer antes de ir se trocar. – A condessa pegou o braço dela e a conduziu até nós.

– Tivemos um dia absolutamente péssimo – comentou Wallis. – E a tempestade foi o de menos. Meus queridos, aconteceu uma coisa terrível. Tivemos sorte de ter escapado com vida.

– Do que diabos você está falando? – perguntou Babe.

– Estávamos voltando para cá, descendo o desfiladeiro de carro, quando um pedregulho enorme veio voando do nada e nos atingiu. Por sorte, caiu na tampa do motor. Se caísse um pouco mais para trás, David e eu teríamos sido esmagados. Vou dizer uma coisa: meu coração só voltou a bater há pouco tempo. David continuou espantosamente calmo. Ele disse que essas coisas acontecem nas Terras Altas. "Então eu não consigo imaginar por que você vem para cá", falei. "Eu nunca vi um lugar tão horrível." Ele não gostou dessa observação e nós discutimos. Então, no fundo, foi um dia de provações.

Ela pegou a xícara de chá que lhe foi oferecida e tomou um gole com gratidão. Os outros americanos a mimaram muito. Até o marido foi afável com ela. Mas minha mente voltou a ficar a mil. Outro acidente que podia ter matado o príncipe de Gales. E mais um novo pensamento me ocorreu. Talvez tivéssemos entendido errado: talvez o alvo não fosse o príncipe. Talvez alguém estivesse tentando eliminar a Sra. Simpson. Eu tinha visto filmes de gângsteres americanos suficientes para saber que as pessoas pagavam outras pessoas para acabar com um inimigo. E se alguém do círculo real quisesse eliminá-la para sempre da vida do príncipe? Ou, por outro lado, e se o marido estivesse zangado com a forma como estava sendo enganado a ponto de querer se livrar dela sem pagar pensão?

Decidi que ia fazer investigações discretas para descobrir se a Sra. Simpson estava presente nos outros acidentes que aconteceram com o príncipe. Notei que Lachan e Murdoch trocaram um olhar divertido quando ela saiu da sala. Os dois também se levantaram e pediram licença. Um a um, o grupo se dispersou para ir descansar antes do jantar ou, no caso de Babe, para tomar outro banho. Decidi ir ver onde exatamente essa pedra havia caído e se era possível que alguém tivesse dado um empurrão conveniente. Não era inédito ver rochas caindo das encostas das montanhas, mas as chances de uma pedra cair por coincidência em cima de um carro eram pequenas, na minha opinião. De qualquer forma, não se podia negar que era mais um acidente na lista.

Subi para trocar de roupa para o jantar. Eu estava no banheiro do andar de cima quando escutei vozes. Devo esclarecer que não tenho o hábito de ouvir vozes. O sistema de encanamento do Castelo de Rannoch é excêntrico, para dizer o mínimo. Foi instalado algumas centenas de anos depois da construção do castelo. Uma das características do encanamento é que ele permite que as vozes sejam transportadas de uma parte do castelo para outra pelos canos. Dois homens falavam em voz baixa, no que parecia ser um sotaque escocês.

– Então você vai contar a ela? – Ouvi uma voz sussurrar.

– Você está maluco? Nós seríamos expulsos. Ela iria fazer isso. E eu não posso deixar nada me afastar dos meus objetivos agora. Este lugar é ideal para isso. Você vai ver.

– E se alguém tiver visto?

– Alegamos desconhecimento. Não fizemos de propósito, não é?

E o som de risadinhas reverberou nos canos.

Castelo de Rannoch
18 de agosto de 1932
Noite

Fiquei parada ali, sem perceber a chuva e o vento soprando em mim. (Ah, não mencionei que no Castelo de Rannoch é tradição manter as janelas dos banheiros abertas o tempo todo! Os hóspedes acham isso meio inacreditável e difícil de suportar – especialmente quando combinado com o papel de parede xadrez e os gemidos e rangidos emitidos pelos canos.) Uma conspiração, então. Nunca tinha me ocorrido que talvez pudesse haver nacionalistas escoceses trabalhando no castelo – homens que queriam um governo doméstico, como a Irlanda, ou talvez quisessem substituir a linhagem da monarquia predominantemente alemã pela antiga dinastia Stuart. O Castelo de Rannoch parecia um lugar estranho para abrigar esses sentimentos, pois nossa família traçava sua ascendência até os Stuarts pelo lado do velho duque, bem como ao monarca reinante no momento pelo lado da minha avó.

Voltei para meu quarto imersa em pensamentos. Quando minha criada, Maggie, veio me vestir para o jantar e estava ansiosa para conversar sobre as fofocas do castelo, fiquei feliz em recebê-la.

– Entrou alguém novo na equipe desde que eu fui embora? – perguntei.

– Ah, milady só ficou fora por alguns meses – respondeu ela, rindo. – Nada mudou aqui, sabe?

– E quantos homens trabalham na casa hoje em dia? Hamilton e o valete de Sua Graça, Frederick e o lacaio. É isso?

Ela me olhou de um jeito estranho.

– Sim, é isso, e mais o assistente do jardineiro que ajuda com as botas e com as coisas pesadas do porão.

– E, na propriedade toda, quantos homens você acha que tem?

Ela riu.

– Milady está pensando em arranjar um marido por aqui?

– Não, só estou tentando descobrir uma coisa – respondi. – Tem os cavalariços, os jardineiros e os ajudantes, não é?

– E não se esqueça do guarda-caça, dos trabalhadores do campo, do pastor e do velho Tom.

Eram muitos, então, mas só quatro tinham permissão para entrar no castelo. No entanto, outros podiam entrar no castelo de vez em quando. Fergus vinha tocar gaita de foles em ocasiões especiais. Os jardineiros traziam a lenha; o guarda-caça e os ajudantes entregavam peixes e aves. Mas será que eles ousariam se encontrar em um dos banheiros do castelo? Muito improvável.

– Você acha que alguém aqui poderia querer um governo doméstico?

– O que milady quer dizer com isso?

– Será que algum deles quer acabar com o rei e a rainha e transformar a Escócia em um Estado independente?

– Por que alguém ia querer fazer isso? – Ela parecia perplexa.

– Algumas pessoas pensam assim.

– Mas por aqui ninguém pensa assim. Nós temos muita consideraçao pelo rei e pela rainha. Na verdade, todo mundo conhece alguém ou tem um parente que trabalha na propriedade de Balmoral, e eles não poderiam elogiar mais Suas Majestades.

Quando desci para jantar, descobri que Binky tinha sido carregado escada baixo e agora estava reclinado em uma cadeira de banho antiga que parecia ter transportado até nossa venerável bisavó, a rainha. Ele era o centro das atenções, conversando com os visitantes que já tinham chegado. Fiquei desconfortável ao ver que Darcy estava entre eles, assim como a sensual Conchita, que usava um vestido escarlate e um xale espanhol de franjas pretas por cima. Mas também havia Ronny Padgett parecendo bem civilizada e feminina em um longo vestido verde-garrafa com um xale de seda branca e luvas brancas até o cotovelo. Fui logo na direção dela para não ficar no grupo de Darcy. Falei para mim mesma que não devia me importar com o fato de a Srta. Conchita estar lançando olhares sedutores para ele, mas eu me importava. Acho que não é fácil se desapaixonar com tanta rapidez.

– Eu vi você pousar no lago hoje à tarde – comentei. – Não sabia que seu avião podia pousar na água.

– Mandei fazer flutuadores para o Moth para poder vir até aqui com ele – disse ela. – Os lagos são o único lugar próximo plano o suficiente para que um avião consiga pousar.

– Voar deve dar uma sensação maravilhosa – falei.

– Posso levá-la em algum momento, se quiser – convidou ela. – É só me avisar. Vou ficar aqui por um tempo. Pelo menos até eles testarem aquele barco. – Ela se inclinou para perto de mim. – Cá entre nós, espero que eu mesma tenha a chance de quebrar o recorde. Tenho certeza de que faria muito melhor do que aquele estrangeiro idiota, o Paolo. Mas, por outro lado, ele tem o dinheiro e nós, Padgetts, somos pobres como ratos de igreja.

– Sério? – Fiquei surpresa.

– É, papai mora de favor em Balmoral hoje em dia. Houve épocas em que ele tinha um cargo importante. Prometeram a ele pelo menos um título de cavaleiro pelos serviços prestados à rainha Vitória e ao rei Eduardo, mas ele teve um problema de saúde e foi mandado para cá para se recuperar. E aqui ficou. É muito solitário para a minha mãe. Nós realmente estamos em um lugar desolado no meio do nada.

– Eles não vão a Londres?

– Quase nunca. Não temos mais uma casa em Londres e minha caixinha de fósforos é pequena demais para acomodar bem os dois.

Uma lembrança me veio quando ouvi falar do apartamento dela em Londres.

– A propósito, eu sinto muito pelo que aconteceu com sua criada.
Ela assentiu.

– É, foi estranho, não é? Pobrezinha. No fundo, ela ainda era uma garota do campo. Não tinha a menor noção do trânsito. Sempre atravessando as ruas sem olhar, mesmo em Londres. Se bem que eu ainda não entendi o que ela estava fazendo no aeródromo de Croydon naquela noite específica. Eu falei a ela que esperasse minhas instruções no apartamento em Londres, e eu não voltaria nem tão cedo. – Ela parou e me olhou interessada. – Como foi que você ficou sabendo do acidente dela?

– A polícia me contou – respondi. – Parece que havia uma carta incompleta endereçada a mim na bolsa dela quando foi morta.

– Uma carta para você? Que estranho… o que ela queria?

– Não tenho a menor ideia – repliquei. – A carta caiu em uma vala e a maior parte da tinta desbotou, mas estava claramente endereçada a lady Georgiana, e acho que sou a única pessoa com esse nome em Londres. A polícia achou que ela talvez fosse me pedir um emprego.

– Um emprego… para você? Por que ela faria isso?

– Talvez porque você tenha ameaçado demiti-la.

– Demiti-la?

– Você disse para ela tomar cuidado, naquela vez em que vi vocês duas. Ela olhou para mim e riu.

– Eu sempre falei assim com ela. Ela estava acostumada. Eu sou assim. E eu gostava muito dela, por mais desatenta que fosse. Gostaria muito de pegar o sujeito que ceifou a vida dela para estrangulá-lo com minhas próprias mãos.

– Se ela estava andando pela estrada, como você diz, ele provavelmente não conseguiu evitar o atropelamento.

– Mas por que ele foi embora e a deixou lá para morrer? Por que não chamou a polícia e admitiu, como um homem?

– Medo, talvez? Quem sabe ele tivesse registros anteriores por direção imprudente e teve medo de cancelarem a carteira de motorista dele.

Ela assentiu.

– Pobre Mavis. – Ela suspirou. – E que inconveniente para mim. Agora estou aqui sem uma criada, só com uma garota local idiota que tentou passar minha jaqueta de couro.

Hugo se aproximou de nós.

– Eu a vi pousar aquele avião hoje à tarde, Ronny. Tenho que dizer que você é magnífica. Quando é que vai me levar?

– Se você não for cuidadoso, Hugo, eu posso jogar você para fora do avião – provocou ela, rindo. – Eu adoro fazer manobras arriscadas, sabe? São perfeitas para me livrar de pretendentes indesejados.

Então a atração não era mútua.

– Como é que você tem dinheiro para pilotar um avião? – indaguei antes de lembrar que uma dama nunca fala de dinheiro.

Ela deu de ombros.

– Eu tenho patrocinadores. E um dos motivos pelos quais eu entro em todas essas malditas corridas aéreas é que são oferecidos ótimos prêmios em dinheiro. Vou tentar ir sozinha para a Austrália no outono. Isso nunca foi feito por uma mulher, e o *Daily Mail* vai me dar um cheque gordo se eu conseguir.

– E quais são as chances de você conseguir?

– Entre poucas e médias, eu diria. Tem muito deserto no caminho. Se você aterrissar no meio do deserto da Arábia, já era. É provável que ninguém o encontre antes de você ficar sem água. – Ela olhou ao redor. – Falando nisso, estou morrendo de sede. Não tem nada mais forte do que xerez por aqui?

Ela se afastou, me deixando sozinha. Fiquei me perguntando se eu a invejava ou se tinha pena dela. Seria maravilhoso ser tão ousada e independente, claro, mas então imaginei a solidão e a possibilidade de morrer no deserto e fiquei feliz por não ter a coragem de Ronny.

Hugo ainda estava por perto. Ele se aproximou de mim.

– Este velho lugar é bem fascinante, não é? – comentou ele. – Muito rico em história. Agora me conte, tem um *laird's lug* por aqui? Já ouvi falar, mas nunca vi um desses.

– Tem, sim.

– E o que é exatamente? Um lugar onde o lorde pode espionar os convidados, é isso?

– Exatamente, por isso é chamado de ouvido do lorde. É um quartinho secreto embutido nas paredes, onde o lorde consegue ouvir entre aberturas e saber se alguém está tramando contra ele.

– Que interessante. Você não quer me levar para conhecê-lo?

Lancei um olhar exasperado para ele.

– Achei que você estava interessado na Ronny, Hugo. E agora está tentando me atrair para um lugar secreto? Eu ficaria com uma garota só, se fosse você.

– Não, é que realmente me interesso pela história da Escócia – explicou ele.

Eu ri.

– Vou pedir a um dos serviçais que lhe mostre o ouvido do lorde amanhã, já que você está interessado na história da Escócia. – Eu me afastei para me juntar a Belinda e Paolo, que estavam conversando com Max e Digby Flute, o jovem americano.

Belinda me interceptou no meio do caminho.

– Querida, fale comigo sobre alguma coisa normal – pediu ela. – Vou dar um grito se ouvir as palavras "torque" e "empuxo" mais uma vez. O curioso é que eu achava o uso da palavra "empuxo" muito excitante até agora, mas isso não acontece quando ela claramente se refere a um motor de barco.

– Eles ainda estão falando nisso, é?

– Sem parar. – Ela suspirou. – E, a propósito, o que está acontecendo entre você e Darcy? Vocês não estão exatamente agindo como amigos próximos, não é?

– Claro que não – falei. – Ele fez uma coisa… hum, que eu não posso perdoar.

– A adorável senhorita, você quer dizer? Minha querida, ele nem chegou perto dela, e não foi por falta de tentativa da parte de Conchita.

– Não, foi uma coisa em Londres. Ele… – me interrompi, sem conseguir tocar no assunto. – Vamos só dizer que ele não é minha pessoa preferida no momento.

– É uma pena, já que vocês dois estão finalmente no mesmo lugar e a atmosfera daqui é muito romântica. Ah, por falar em romance, dê uma olhada na pavorosa Sra. Simpson. Acho que ela estava esperando outro convidado para jantar e ele não apareceu.

Segui o olhar dela até o grupo ao redor de Binky. A Sra. Simpson estava perto dele, oferecendo só metade de sua atenção à história que ele estava contando. Ela ficava levantando o olhar de um jeito nervoso – ou seria impaciente?

Lachan e Murdoch se juntaram a nós, resplandecentes em um traje completo das Terras Altas. Eles estavam um pouco afastados, conversando, e de repente me dei conta de que eram dois homens com um leve sotaque escocês. Será que era a voz deles que eu tinha ouvido no banheiro? Claro que eles não eram nacionalistas escoceses que queriam matar o herdeiro do trono. Mas, por outro lado, tinham sangue Stuart. Fui me juntar a eles.

– Nós não vimos vocês o dia todo – falei animada. – Para onde foram?

– Nós estávamos atrás de um belo veado que seu irmão mencionou – disse Lachan, sorrindo. – Nós não contamos isso para os outros porque eles teriam estragado tudo, pisoteando as samambaias como uma manada de elefantes e alertando todas as criaturas em um raio de quilômetros.

– E vocês acharam o veado?

– Achamos – respondeu Murdoch. – Nos flancos de Ben Alder. Mas ele é um animal astuto. Não nos deixou chegar perto o suficiente para um bom tiro.

Nos flancos de Ben Alder, pensei. Um local perfeito para espionar a estrada e dar um sinal para alguém indicando que um carro estava se aproximando... Olhei para o rosto alegre e castigado pelo tempo e para os olhos azuis cintilantes de Lachan e tentei imaginá-lo eliminando calmamente um a um os herdeiros do trono britânico. Parecia impossível, mas eu já tinha sido enganada em outra ocasião. Sabia o suficiente para entender que os criminosos não parecem culpados.

Hamilton se aproximava com a bandeja de bebidas. Lachan e Murdoch foram direto até ele. Eu ainda estava observando os dois quando Darcy apareceu ao meu lado.

– Então você vai ficar emburrada e me ignorar para sempre? – perguntou ele em voz baixa. – Não está sendo meio infantil?

– Eu só estou cansada de nunca saber em que pé estou com você – respondi. – Você desaparece por semanas a fio. Flerta com outras mulheres. Na verdade deve provavelmente fazer muito mais do que flertar.

Eu vi o sorriso se contorcer nos lábios dele.

– Você tem que me aceitar do jeito que eu sou.

– Eu preciso de alguém em quem eu possa confiar – falei.

Lachan se serviu de uma dose generosa de uísque e voltou para perto de mim.

– O que posso pegar para você, prima Georgie? – ofereceu ele.

– Quanta gentileza, Lachan. Um xerez está ótimo.

– Xerez? Isso é para as velhinhas. Venha e eu vou servir um gole do uísque do Binky para você.

Ele apoiou um braço grande no meu ombro. Eu o deixei me levar para longe de Darcy. Por sorte, naquele momento ocorreu uma interrupção com o anúncio do príncipe de Gales. Então era por isso que a Sra. Simpson estava tão nervosa.

Agora ela está em apuros, pensei. O marido dela estava presente. Fig se movimentava pela multidão como um cão pastor, tentando arrumar a fila dos convidados para jantar.

– Não vamos entrar até o tocador de gaita de foles chegar – disse ela –, mas essa é a ordem de entrada. Como Binky não pode participar, Sua Alteza Real deve me acompanhar, o príncipe Jorge deve acompanhar lady Georgiana, o príncipe Siegfried com a condessa Von Sauer, *Herr* Von Strohheim com...

Ela parou de falar enquanto olhava para minha mãe, obviamente tentando lembrar qual era o sobrenome atual dela. Ainda era Sra. Clegg, já que o marido milionário texano não acreditava em divórcio, mas Fig não sabia disso. Ela se moveu apressadamente pelo resto da fila. A Sra. Simpson fez par com Darcy e não parecia satisfeita.

– Esses costumes são tão antiquados, não é? – reclamou ela para as amigas, alto o suficiente para todos que estavam perto ouvirem. – Muito retrógrados. Não é de admirar que a Grã-Bretanha esteja ficando para trás em termos de progresso mundial.

– Eles governam metade do globo, querida Wallis – observou Babe.

– Não sei como, com todas essas famílias consanguíneas e seus costumes estúpidos. Eu fico muito irritada de ver aquela mulher lá ir na minha frente. – Ela se inclinou para fora da fila para encarar minha mãe. – Quer dizer, ela não é mais duquesa, é?

A Sra. Simpson queria que minha mãe ouvisse. Mamãe se virou para ela e deu um sorriso gentil.

– Ah, mas eu costumo descartar o atual antes de passar para o próximo. Você está planejando descartar este, não está? Ou está preocupada porque ele pode querer uma pensão alimentícia alta?

Houve uma leve inquietação entre as outras mulheres, mas a Sra. Simpson olhou revoltada para minha mãe quando ela se virou com calma para Max e deslizou a mão delicada pelo braço dele. Darcy captou meu olhar e me deu uma piscadela. Eu retribuí o sorriso antes de lembrar que não estava falando com ele.

Dezessete

Castelo de Rannoch
18 de agosto de 1932
Noite. Uma ventania soprando lá fora
Não muito mais quente na parte de dentro

De repente, um lamento terrível ecoou pelo castelo. A condessa agarrou o braço de Siegfried.

– O que é isso? É a fantasma? A Dama Branca de Rannoch?

– Ah, é só o tocador de gaita de foles – disse Murdoch. – Ele veio tocar para entrarmos na sala de banquetes.

E era mesmo. O velho Fergus estava imponente com seu *kilt* e sua boina. Fizemos fila atrás dele e seguimos pelo corredor até a sala de banquetes. O salão, com paredes de pedra rústica e janelas arqueadas altas, podia ser austero às vezes, mas hoje à noite estava iluminado por velas. A luz reluzia na prataria e destacava a toalha de mesa branca engomada, que se estendia por todo o comprimento da sala. Fig certamente tinha usado todos os recursos possíveis. Eu me sentei na metade da mesa, entre Lachan e o príncipe Siegfried. Babe se sentou na minha frente e estava claramente fascinada pelo traje das Terras Altas de Lachan.

– É verdade o que dizem por aí, que os escoceses não usam nada embaixo do *kilt*? – perguntou ela.

– Se você quiser dar uma espiada por debaixo da mesa, pode descobrir por si mesma – brincou Lachan.

Babe deu uma gargalhada aguda.

– Eu esperava servir a vocês o tradicional *haggis* hoje à noite – começou Fig. – Mas, infelizmente…

– Infelizmente não conseguimos pegar nenhum hoje na nossa expedição de caçada – interrompeu Murdoch.

– Pegar? Achei que *haggis* fosse uma espécie de buchada – disse Hugo.

– Ah, é, sim. É assim que servimos depois de capturá-lo – disse Lachan tentando manter a sinceridade. – Nós picamos e fazemos a buchada, mas antes disso ele é uma ferinha astuta. Bastante feroz para o tamanho que tem.

– Misericórdia – disse a condessa. – E como eles são?

– Muito peludos – disse Lachan. – Têm dentinhos pontudos e ficam à espreita nas urzes para atacar os tornozelos de presas maiores. Na verdade, se eu não tivesse visto a armadilha de Binky com meus próprios olhos, poderia achar que ele tinha sido atacado por um bando de *haggis*.

Aqueles de nós que sabiam que ele estava inventando que *haggis* é um bicho estavam tentando não rir, mas Babe e a condessa estavam olhando absolutamente fascinadas para Lachan.

– Podemos levar vocês para caçar *haggis* amanhã, se quiserem – sugeriu ele. – Vimos pegadas de *haggis* hoje quando estávamos na charneca.

– Isso seria fascinante, não acha, Earl? – comentou Babe.

Esperei alguém cair na gargalhada e revelar que ele estava brincando, mas ninguém fez isso.

– Como foi a escalada hoje, jovens? – perguntou o príncipe de Gales.

Notei que ele não estava sentado perto da Sra. Simpson e, por causa disso, ela estava carrancuda.

– Vocês fincaram nossa bandeira em algum cume e o reivindicaram para a Inglaterra?

Isso não seria sábio, já que estamos na Escócia – respondeu o príncipe Jorge. – Mas, infelizmente, não alcançamos nenhum cume. Fomos burros e deixamos as cordas e a parafernália de escalada para trás. Achamos que não íamos precisar, sabe, até chegarmos a uma grande rocha em forma de plataforma. Bem, não estávamos preparados para encará-la sem cordas e pitões, portanto tivemos que voltar.

– Vocês deviam levar a Georgiana – sugeriu Binky. – Ela conhece esses *munros* melhor do que ninguém.

– *Munros*? – perguntou Gussie. – Que diabos é um *munro*?

– Nome local para um pico de mais de novecentos metros – disse Binky. – Georgie costumava subir e descer esses *munros* como uma cabra-montesa, não é, minha querida?

Senti todos os olhares em mim, me encarando como um objeto de curiosidade.

– Você me faz parecer uma mulher selvagem do vale – falei.

Percebi que a Sra. Simpson deu uma cotovelada na lateral de Earl e murmurou alguma coisa.

– Ficaríamos honrados se nos acompanhasse amanhã, lady Georgiana – convidou Siegfried. – Sua experiência seria providencial. Vamos levar cordas desta vez e pela graça de Deus vamos conquistar o cume.

Ele deu a impressão de que estava falando do Mont Blanc e não de uma colina escocesa com apenas novecentos metros de altura, sendo que a maior parte da escalada envolvia uma trilha simples.

O jantar foi agradável. A sopa estava deliciosa, havia carne suficiente para todos e até os *neeps* e *tatties* caíram no gosto de todos. A conversa se voltou para a lancha e o monstro. A opinião de Binky era que alguém tinha ressuscitado a velha lenda para impulsionar o comércio turístico local.

– Eu morei aqui a vida toda e nunca ouvi falar disso até pouco tempo atrás, e com certeza nunca o vi.

– Mas você tem que concordar que a forma como a água se moveu de repente naquele lago deu a impressão de uma grande criatura nadando! – exclamou a condessa. – E aquele rastro? Alguma coisa fez aqueles tipos de ondulações.

– Um avião tinha acabado de pousar – observei –, e o lago costuma ficar repentinamente profundo naquele ponto, então as ondas se comportam de maneira estranha em certas condições climáticas.

– Eu tenho certeza de que vi uma cabeça – insistiu a condessa. – Uma cabeça muito grande.

– Talvez fosse um submarino espionando sua lancha – disse o príncipe de Gales, se virando para Digby e Paolo. – Um rival para o recorde mundial de velocidade.

O jantar terminou com uma torta de frutas vermelhas e creme fresco, seguido de *rarebit* galês, um pão com molho de queijo. Nós, mulheres, seguimos Fig do salão até a sala de visitas, onde o café nos esperava. Conchita se aproximou de mim.

– Ainda não fomos apresentadas – disse ela, com os olhos escuros brilhando. – Você é a filha desta casa?

– Eu sou a irmã do atual duque – respondi. – Meu nome é Georgiana Rannoch.

– E eu sou Conchita da Gama. Do Brasil.

– O que você está fazendo na Escócia?

– Fiz amizade com Paolo na Itália. Ele precisava de um patrocinador para pagar pelo barco de corrida, e eu tenho muito dinheiro. Meu pai é dono de seringais no Brasil e agora encontrou petróleo nas terras dele. Muita sorte, não é?

Não me admira que Darcy esteja interessado, pensei. Ele, assim como eu, não tinha um tostão. Ela seria um ótimo partido.

Foi como se ela tivesse lido meus pensamentos.

– Esse Sr. Darcy O'Mara – continuou ela, com os olhos se desviando para a porta –, ele é bonito, não acha? Filho de um lorde e católico.

Dava para ver aonde o raciocínio ia chegar.

– E sem um tostão, infelizmente – retruquei.

– Não tem problema. – Ela acenou com a mão. – Eu tenho dinheiro suficiente para fazer o que quero. Mas não entendo. Ele me diz que já existe uma dama que ele admira.

De maneira irracional, uma grande onda de esperança cresceu no meu coração. Depois, é claro, fiquei pensando se eu era a dama a quem ele estava se referindo. Era óbvio que não, a julgar pela forma como Darcy me tratou em Londres. Os homens logo se juntaram a nós ou, melhor dizendo, alguns deles se juntaram. O Sr. Simpson não estava à vista. O príncipe de Gales foi direto para o braço da cadeira de Wallis Simpson quando ela deu um tapinha ali, como se estivesse chamando um cachorro. Alguém sugeriu uma dança. Os tapetes foram enrolados no grande salão, alguém instalou o gramofone e começamos, como sempre, com a dança *Gay Gordons*. Acho que a pessoa que sugeriu a dança não percebeu onde estava se metendo. Lachan veio me chamar, e eu fiquei encantada por poder brilhar pelo menos uma vez. Danças escocesas são algo que eu sei executar muito bem.

Depois disso, Lachan chamou Ronny para se juntar a nós na dança *Dashing White Sergeant*, que requer um homem e duas mulheres. Murdoch tentou arrastar Belinda e Fig para a pista, mas quase todos os outros ficaram apenas olhando, pois as danças das Terras Altas lhes eram desconhecidas. Eu estava ciente de Darcy me observando das sombras. Será que eu era a dama de quem ele falava, pensei, ou ele só disse isso para dissuadir a afetuosa Srta. Conchita? Pelo que eu tinha observado, ele não a estava afastando com muita vontade. *Será que eu queria que ele gostasse de mim?*, pensei. Ele era, em todos os sentidos, inadequado para ser um bom marido. Eu provavelmente nem teria permissão para me casar com ele, já que era católico – isso era proibido para pessoas que estavam na linha de sucessão ao trono da Inglaterra.

A dança acabou. Alguém sugeriu um *Paul Jones* e todos foram convocados para a pista. Nós, damas, nos movíamos no sentido horário enquanto os homens circulavam ao nosso redor no sentido anti-horário. A música parou e eu fiz par novamente com Lachan. Desta vez, era uma valsa. Ele me segurou com força. Darcy passou por nós, dançando com Conchita, que estava flertando de maneira descarada com ele. Olhei para Lachan e lancei um sorriso encorajador. Ele me apertou com mais força, quase me esmagando.

– Você cresceu muito bem, prima Georgie. Uma bela cinturinha, membros bons e robustos e um corpo firme. E você não é minha prima em primeiro grau, é?

– Não, nossos avós eram irmãos, acho, o que faria de mim sua prima em segundo grau.

– É bom saber disso. – Ele me girou de um jeito vertiginoso.

– Acredito que você avalia as mulheres como novilhas – falei, e ele riu alto.

A música nos fez voltar ao *Paul Jones*. Os homens e as damas circularam de novo e eu me vi diante de Earl. Ele estava prestes a colocar o braço na minha cintura quando Darcy se aproximou rapidamente.

– Acho que essa dança é minha – disse ele, me roubando do atônito Earl.

– Não estamos jogando críquete – falei.

O aperto forte dele era meio enervante.

– Críquete é um jogo muito chato, não acha? – sussurrou Darcy, com os lábios a centímetros dos meus. – Eu prefiro outros esportes mais enérgicos. – Ele me deslizou pelo chão em um lento foxtrote. – Quer dizer que você voltou a falar comigo, é?

– Eu me esqueci. – Virei a cabeça para o lado.

Ele estava me segurando muito perto. Dava para sentir a batida do coração dele junto ao meu peito e o calor dele no meu rosto.

– Você vai ficar com raiva de mim para sempre? – perguntou ele.

– Não sei. Você disse à Conchita que eu era sua namorada?

– Bem, eu tinha que dizer alguma coisa. Ela estava em cima de mim.

– Então, mais uma vez, eu fui apenas uma desculpa. Parece que faço parte da sua vida só quando é conveniente. – Tentei me afastar dele, mas a mão no meio das minhas costas era implacável. E ele estava rindo.

– E você decidiu que seu primo peludo é um partido melhor?

– Ele pode ser.

– Não seja ridícula. Você é sensível demais, sabia?

– Sensível? Ah, claro. Você vai e vem quando quer. Você me diz… – me interrompi. Será que um dia ele disse que me amava? Eu não tinha certeza.

– Eu não posso estar por perto o tempo todo, Georgie. Você precisa entender isso – disse ele baixinho no meu ouvido.

Os lábios dele roçavam na minha bochecha enquanto ele falava, e o tempo todo Darcy me levava cada vez mais para a beira da pista de dança. Em seguida, ele me conduziu dançando pelo corredor mais próximo, no qual, graças às medidas de economia de Fig, nenhuma lâmpada estava acesa.

– Pronto, aqui é melhor, não é? – disse ele.

Darcy me puxou para perto e os lábios dele procuraram os meus. Eu queria beijá-lo, mas fiquei lembrando por que estava com raiva dele.

– Primeiro você tem que admitir que foi você quem ligou para aquele homem assustador e puritano da Scotland Yard para falar da minha noite vergonhosa – consegui dizer, virando o rosto para evitar sua boca.

– Ah, meu Deus, agora não, Georgie. Você não quer me beijar?

– Não até… – falei, enfraquecendo enquanto os lábios dele acariciavam minha orelha e desciam até meu pescoço.

– Agora não? – sussurrou ele enquanto os lábios se moviam pelo meu queixo e roçavam minha boca com um beijo leve como uma pluma.

– Isso não é justo.

– Você não sabe que no amor e na guerra vale tudo? – perguntou ele, sussurrando as palavras uma de cada vez, enquanto aprisionava meus lábios entre os dele.

Senti o calor do corpo de Darcy, que me apertava com força. Ai, meu Deus, como eu o queria.

– Agora, você quer que eu te beije ou não?

– Está bem, cale a boca e me beije – falei e virei o rosto para ele.

Eu não tinha mais consciência do tempo nem do espaço. Quando nos afastamos, nós dois estávamos respirando com muita dificuldade.

– Georgie – sussurrou ele –, tem algum lugar para onde possamos ir que seja um pouco mais confortável do que um corredor frio e cheio de correntes de ar?

– Não existe nenhum lugar confortável no Castelo de Rannoch, e o único lugar que poderia ser descrito como quente é o armário de roupas de cama. Eu costumava me abrigar lá com um livro e uma lanterna quando era criança.

– O armário de roupas de cama. Parece interessante. – Ele me deu o que poderia ser descrito como um sorriso desafiador. – Você acha que é grande o suficiente para duas pessoas?

– Darcy! – Eu estava meio chocada, meio excitada.

– Você pode me mostrar – sussurrou ele, me puxando para perto e passando o nariz no meu pescoço de novo. – O Castelo de Rannoch deve ter um quarto famoso no qual Maria, rainha da Escócia, nasceu ou Santa Margarida morreu.

Eu ri constrangida enquanto minha noção de decoro lutava contra a paixão crescente.

– Nenhum dos dois. Se você quer saber, o Castelo de Rannoch tem as camas mais desconfortáveis da Escócia, talvez até do mundo civilizado.

– É incrível que alguma criança tenha sido concebida aqui, então.

– Eu fui concebida em Monte Carlo. Eu não sei do Binky. Acho que os Rannochs sempre viajam para fazer esse tipo de coisa.

– Então você vai ter que me mostrar o armário de roupas de cama.

Ele deslizou um braço pela minha cintura, me segurando muito perto enquanto me conduzia para a escada dos fundos. Subimos um lance, parando para dar beijos no meio do caminho. Meu coração estava muito acelerado. Darcy e eu, sozinhos, exatamente como eu tinha imaginado. Dessa vez, eu não ia dar para trás!

Estávamos começando o segundo lance de escadas quando um grito lancinante ecoou pelo castelo. Depois outro. Os gritos vinham do andar acima de nós. Nós nos afastamos e subimos correndo o lance seguinte de escadas, com Darcy na frente, subindo os degraus de dois em dois. Passos ecoaram abaixo de nós enquanto as pessoas subiam pela escadaria principal.

Estávamos na metade do segundo lance quando encontramos a condessa, cambaleando na nossa direção, com uma expressão de puro terror no rosto.

– Eu a vi – ofegou ela. – A Dama Branca de Rannoch! Ela veio flutuando por aquele corredor.

Nós entramos aos esbarrões no corredor, mas é claro que não havia nada para ser visto. Fantasmas não costumam esperar uma plateia. Os homens abriram as portas, uma por uma, mas não havia nenhum sinal da fantasma.

Quando nos viramos para descer, Fig me puxou de lado.

– Muito bem, Georgiana – disse ela. – Brilhante, simplesmente brilhante!

– Teria sido brilhante – sussurrei em resposta –, mas não fui eu.

Dezoito

Castelo de Rannoch
Tarde da noite, 18 de agosto de 1932,
seguido pela manhã de 19 de agosto

UM GRUPO REDUZIDO SE REUNIU NO ANDAR de baixo na sala de visitas. A condessa Von Sauer estava bebendo conhaque e contando seu horror para quem quisesse ouvir.

– Estava vindo pelo corredor na minha direção... um rosto branco sem corpo com cabelos e mãos claros, foi tudo que eu vi... e estava meio flutuando. Então acho que eu gritei e o fantasma simplesmente... derreteu. Desapareceu. Não vou me sentir segura dormindo aqui de novo, é tudo que eu tenho a dizer. Fritzi, você vai ter que encontrar um hotel para nós.

– A esta hora da noite, no meio do nada, mamãe? – Fritzi parecia preocupado. – Vamos fazer o seguinte: vou dormir em um colchão no chão do seu quarto e vamos procurar um hotel amanhã de manhã.

– Tenho certeza de que você está segura, condessa – afirmou Binky. – Georgiana e eu moramos aqui a vida toda e até hoje nunca encontramos um fantasma hostil.

– Mas isso é porque vocês são da família – choramingou a condessa. – Todo mundo sabe que os fantasmas da família só são hostis com desconhecidos.

– Se quer saber, eu acho que foi alguém fazendo uma brincadeira – disse o príncipe de Gales olhando para o grupo reunido. – E, se foi alguém que está aqui, seria uma atitude honrada se admitisse agora.

Nossos hóspedes se entreolharam, mas ninguém falou nada.

– Então vamos tentar lembrar se faltava alguém na sala quando a condessa gritou – continuou o príncipe.

– O Sr. Simpson, por exemplo – sugeriu minha mãe, sem resistir.

– Ora, querida, ele estava com dor de cabeça e tinha ido para a cama – disse a Sra. Simpson, sorrindo com serenidade. – E acho que não tem como confundi-lo com uma dama branca, mesmo se a luz estiver muito fraca. É bem alto, sabe? E ele tem cabelo escuro. – O olhar dela caiu sobre mim. – Mas eu vi lady Georgiana saindo da sala… com o Sr. O'Mara.

– Posso garantir que tínhamos outras coisas em mente além de brincar de fantasmas – assegurou Darcy enquanto eu corava como uma colegial.

Olhei ao redor.

– E onde está Hugo? – perguntei.

– É, onde ele está? – disse outra pessoa. – Ele estava participando da dança *Paul Jones* há pouco tempo.

Nós olhamos para cima quando ouvimos passos descendo a escada. Todos os olhos observaram Hugo descendo. Ele tinha cabelos muito claros e bem compridos.

– Por onde você andou? – indagou Earl.

Hugo pareceu confuso.

– Um homem não pode ir tirar água do joelho sem ter que pedir permissão primeiro?

– Qual banheiro você usou? – questionou Fig.

– Por que esse interesse no meu chamado da natureza? – Hugo sorriu. – Mas respondendo à sua pergunta, fui no mais próximo, logo depois daquele corredor à esquerda.

– Era um fantasma, eu sei – insistiu a condessa. – Pessoas de verdade não podem simplesmente desaparecer.

Observei Hugo enquanto ele assumia seu lugar entre os hóspedes, conversando com tranquilidade, como se nada tivesse acontecido. Ele de fato tinha cabelos bem claros e não era muito alto. Essa era a ideia dele de brincadeira ou era alguma coisa mais séria? Decidi ficar de olho nele. O grupo se separou logo depois. O clima foi quebrado e ninguém demonstrou interesse em voltar a dançar. Eles foram embora e nós ficamos com os hóspedes da casa e o príncipe de Gales, que parecia não ter a menor intenção de ir embora em pouco tempo. Um por um, eles foram para a cama, com Fritzi prometendo ficar fielmente de guarda ao lado da mãe a noite toda.

– Bem, isso foi estranho, não foi? – comentou o príncipe quando os americanos e Hugo também tinham ido para seus aposentos, deixando basicamente só os membros da família. – Foi um dia todo estranho... com aquela rocha caindo no meu carro e agora isso.

– E não se esqueça que o Binky ficou com o pé preso em uma armadilha – disse Fig, olhando com preocupação para o marido. – Parece até que alguém está querendo nos fazer mal.

Pronto, ela tinha declarado em voz alta. Olhei de um príncipe para o outro e depois para os dois primos escoceses. O príncipe de Gales riu.

– Acredito que nenhum comunista ou anarquista se daria ao trabalho de montar armadilhas e fazer com que pedras caíssem em carros – zombou ele. – Um belo tiro resolveria de um jeito muito mais simples.

Ele estava certo em relação a isso. Se alguém quisesse eliminar o príncipe ou os herdeiros em geral, esses acidentes eram pequenos e apresentavam pouca chance de sucesso, mas um tiro e uma bomba tinham a garantia de matar. Isso vinha sendo feito com uma frequência tediosa em várias famílias reais europeias.

– Talvez alguém considere tudo isso uma brincadeira – sugeriu Binky.

– Teria que ser alguém com um senso de humor bem distorcido – criticou Fig com amargura.

Eu olhei por acaso para os primos e os vi trocando um sorriso presunçoso. Será que eles achavam que isso era mesmo uma piada? Fiquei inquieta com essa ideia mais tarde, já deitada na cama. Estavam pobres, segundo eles, então eu entenderia se quisessem acabar com Binky e pôr as mãos nesta propriedade. Mas eles não tinham nenhuma ligação com o príncipe de Gales, e por que alguém ia querer assustar a condessa? Essa última questão era a mais fácil de explicar, claro. Ela havia demonstrado que ficava nervosa à toa. Foi ela quem viu o suposto monstro no lago. Talvez tivesse visto Hugo indo ao banheiro e cismou que estava vendo um fantasma.

Claro que, nesse momento, meus pensamentos se voltaram para Hugo. Por que ele tinha resolvido se convidar para o Castelo de Rannoch, já que com certeza a casa alugada era mais agradável e cheia de jovens como ele?

Estava tão apaixonado assim por Ronny Padgett a ponto de segui-la para todo lado? Será que ele poderia ser a pessoa com algum ressentimento contra nossa família? A situação era muito ridícula. Então eu me lembrei da sensação dos lábios de Darcy nos meus e da deliciosa expectativa pelo armário de roupas de cama e adormeci com um sorriso no rosto.

Fui acordada pelo som mais atroz – um grito meio estrangulado, um lamento sobrenatural. Saltei da cama e corri para a janela, porque o som parecia vir de fora. Ainda nem tinha amanhecido por completo. Então o som se aproximou e é claro que entendi o que era. Era o velho Fergus tocando a gaita de foles ao redor do castelo, como sempre se fez nos últimos seiscentos anos. Coloquei o roupão e saí para o corredor. Dava para ouvir vozes vindo do outro lado da escadaria, onde os americanos estavam alojados. Vozes agitadas em uma aflição considerável.

– Você também ouviu, não ouviu? Foi algo sobrenatural. Uma alma em tormento. Eu sabia que este lugar era assombrado desde o momento em que chegamos aqui.

Atravessei o patamar e encontrei Babe e Earl, a condessa e Fritzi amontoados e usando roupas de dormir. A condessa levantou o olhar, me viu e gritou.

– É a Dama Branca! – exclamou ela, agarrando Earl.

– Sou só eu, condessa.

– É a jovem lady Georgiana – constatou Earl. – Você também ouviu, não é? Esse barulho maldito me acordou. O que era, um animal desesperado?

– Não, era só nosso gaiteiro retomando sua ronda matinal pelo castelo. Ele estava doente, mas agora parece que está de volta e em boa forma.

– Gaiteiro, você quer dizer de gaita de foles?

– Claro. Você está na Escócia, lembra?

– Mas o dia ainda nem clareou.

– Exatamente. Gaita de foles ao amanhecer. Essa é a tradição aqui.

– Você quer dizer que isso vai acontecer toda manhã de agora em diante? – Babe parecia chocada.

– Toda manhã. E eu espero que ele nos entretenha no jantar também, agora que está de volta.

– Ai, meu Deus. – Babe levou a mão à testa. – Onde estão meus pós para dor de cabeça, Earl? E eu preciso de uma bolsa de gelo.

– Uma bolsa de gelo? – perguntei. – Estamos no verão. Você não vai encontrar gelo nenhum.

– Não existe gelo em toda a Escócia? – indagou Earl.

– Não.

– Earl, eu não sei por quanto tempo eu consigo aguentar isso – disse Babe. – Quer dizer, Wallis sabe que eu faria qualquer coisa por ela, mas isso está além de qualquer resiliência humanamente possível.

– Eu concordo – falou a condessa. – Vocês podiam ficar comigo no Castelo de Adlerstein. Fica em um lago na Áustria e é muito mais agradável.

– Parece mesmo uma ideia melhor – concordou Babe. – O que você acha, Poopsie?

Eu me afastei na ponta dos pés e voltei para a cama. O plano parecia estar funcionando esplendidamente!

Dezenove

Castelo de Rannoch e uma encosta
19 de agosto de 1932
Manhã

Acordei de novo quando Maggie estava me levando a bandeja de chá.

– Uma manhã gloriosa, Vossa Senhoria – desejou ela. – Espero que milady aproveite bem.

Ah, caramba, pensei. Eu tinha sido coagida a levar os dois príncipes para escalar. Outro pensamento maldoso passou pela minha cabeça. O *munro* que eles queriam enfrentar dava para ser subido pelo que podia ser descrito no máximo como uma trilha pesada. Mas é claro que havia outra subida bem complicada que envolvia o penhasco, se a pessoa resolvesse subir em linha reta a partir do lago. Eu poderia levá-los por ali. Eles ficariam negativamente impressionados. Eu só esperava que ainda tivesse forças físicas para subir e me lembrasse da rota.

Quando apareci para o café da manhã, vestida para a escalada usando calça, camisa e jaqueta corta-vento, encontrei Siegfried, que parecia estar prestes a enfrentar o monte Everest.

– Vamos arriscar a escalada hoje, lady Georgiana? – perguntou ele, um pouco nervoso. – Vamos até o cume?

– Claro.

– Estou com tudo preparado. Cordas. Pitões.

– Piolet? – sugeri com um sorriso.

Ele balançou a cabeça com seriedade.

– Não acredito que alguém precise de uma picareta de gelo no verão. Não vi neve nenhuma ontem.

Sinceramente, o homem não tinha nenhum senso de humor. Fiquei tentada a dizer que dava para subir sem equipamento, mas, por outro lado, eu me diverti pensando em Siegfried e príncipe Jorge amarrados juntos subindo nosso pequeno penhasco.

– Partimos nós três depois do café da manhã? – perguntei.

– Infelizmente, Sua Alteza não vai se juntar a nós – disse Siegfried. – Ele foi chamado para Balmoral.

– Espero que não seja nada grave.

– O pai queria falar com ele. Alguma coisa sobre dívidas de jogo, acho.

Quer dizer que os pecados do príncipe Jorge estavam vindo à tona aos poucos? E será que eu queria ficar apenas com Siegfried presa em uma montanha?

– Não é melhor adiarmos nossa escalada até que ele possa ir junto? – sugeri.

– Ele acha que pode ser mandado de volta para Londres – disse Siegfried. – E se ele puder se juntar a nós mais uma vez, terei aprendido a rota correta e poderei liderar. Tenho muita experiência, sabe? Já escalei os Alpes e as Dolomitas. Não tenho o menor medo.

– Excelente – falei. – Então podemos tentar a parte com a plataforma rochosa.

Ele empalideceu, e seu rosto já pálido ficou ainda mais pálido.

– Mas parecia impossível.

– Não com uma boa corda e pitões – retruquei. – O que é uma queda de trezentos metros se você estiver bem ancorado? Até depois do café da manhã, então.

Achei que ele tinha ficado inacreditavelmente pálido. Eu estava começando a me divertir pela primeira vez em anos.

Os americanos também não estavam com uma aparência muito boa. Babe parecia bem abatida. A Sra. Simpson também.

– Como vou conseguir desfrutar meu sono de beleza se continuarmos a ser acordados no meio da noite? – indagou ela.

– Sinto muito – falei. – Sei que você deve precisar muito disso hoje em dia.

Vi o Sr. Simpson dar um sorrisinho. Mais uma vez, senti pena do homem. Pelo menos ele tinha senso de humor.

Lachan e Murdoch entraram quando estávamos no meio do café da manhã. Eu estava comendo o de sempre – bacon, ovos e hadoque defumado – enquanto observava Babe e a Sra. Simpson beliscando meia toranja e uma fatia de torrada cada.

– Então, estamos todos prontos? – perguntou Lachan, se servindo de tudo que estava na mesa.

– Para quê?

– Vocês não disseram que queriam caçar *haggis*? – lembrou Lachan.

– Eu não. Não quero nada violento – respondeu a condessa rapidamente.

– Ah, eu acho que pode ser divertido – disse Babe, olhando para os ombros largos de Lachan. – Vamos com eles, Earl?

– Tudo que você quiser.

– E onde está aquele jovem encantador, o Hugo? – quis saber Babe. – Talvez ele queira se juntar a nós.

– Acho que o vi saindo há algum tempo – disse a Sra. Simpson. – Deve ter voltado para os amigos da lancha. Ah, e eu soube de fontes confiáveis que uma caçada está sendo planejada para amanhã em Balmoral, para vocês que gostam dessas coisas. Eu talvez vá fazer compras na cidade mais próxima, se houver uma cidade mais próxima. Meu esmalte está acabando.

– Temos que ficar para ir caçar, Babe – disse Earl. – Você sabe que eu adoro atirar em coisas. Estava ansioso por isso. Wallis nos prometeu caçadas diárias e até agora não houve nenhuma.

– Meu irmão não teve a intenção de pisar em uma armadilha e quase perder o pé – falei com frieza.

Eu estava um pouco irritada com a maneira como eles discutiam sobre minha família e minha casa como se não existíssemos.

– Claro que não, pobre coitado – retratou-se Earl. – Devo levar minha arma para sua pequena expedição hoje, meu jovem?

– Seria melhor não – disse Lachan. – Você pode errar, e eles ficariam enfurecidos.

Fiquei esperando Lachan cair na gargalhada ou alguém explicar a piada para eles. Mas ninguém explicou, e não seria eu que faria isso. Afinal, estava sendo muito divertido e eles tinham sido bem irritantes. Eu os deixei com os preparativos para a caçada e parti com Siegfried. A caminhada pela propriedade até o sopé de Bein Breoil levou algum tempo, tanto pela quantidade de equipamentos que Siegfried estava carregando quanto pelo fato de que as novas botas de escalada dele estavam apertando os dedos dos pés.

Enquanto caminhávamos, olhei para trás, em direção à estrada serpenteante sobre o desfiladeiro, e tentei imaginar de onde alguém conseguiria rolar uma pedra sobre um carro com algum grau de sucesso. Parecia impossível. Perto da propriedade, onde eles disseram ter sido atingidos, a área ao lado da estrada era arborizada e razoavelmente plana. A rocha com certeza atingiria uma árvore primeiro. Lá em cima, onde a passagem se estreitava, haveria uma chance maior de sucesso, mas não foi ali que o carro do príncipe foi atingido. Interessante.

Por fim chegamos à base do penhasco. Eu tinha que admitir que daqui de baixo ele parecia bem impressionante, com cerca de sessenta metros de granito puro se erguendo à nossa frente.

– Certo. Lá vamos nós, então – falei. – Você quer que eu lidere ou você vai na frente?

– Primeiro as damas – disse Siegfried.

Ele já estava suando de carregar todo aquele equipamento.

Comecei a escalar a face da rocha, meus dedos das mãos e dos pés se lembrando da velha rota testada e comprovada. Se você sabia onde estavam os apoios, não era muito preocupante. Quando cheguei a um ponto adequado para Siegfried me ultrapassar, enfiei um pitão em uma fenda e fiz sinal para ele subir. Ele me ultrapassou com a respiração muito pesada e a testa suada. Dessa forma, chegamos quase ao topo e mostrei a ele como contornar a plataforma. Por fim, alcançamos o topo do penhasco e descansamos, sentados em uma grande pedra enquanto admirávamos a vista. Um vento fresco soprava no nosso rosto e o lago lá embaixo refletia as montanhas. Respirei fundo, apreciando tudo naquele cenário, exceto a pessoa sentada ao meu lado.

– Conseguimos sem nenhum problema, viu só? – Siegfried parecia muito satisfeito consigo mesmo. Percebi que essa história seria floreada e recontada nas cortes da Europa.

– Muito bem, Vossa Alteza – falei.

– Por favor, me chame de Siegfried – pediu ele –, e eu a chamarei de Georgiana quando estivermos sozinhos.

Eu esperava que isso não fosse muito frequente.

– Sabe, Georgiana, eu estive pensando. Não seria uma má ideia se nós dois nos casássemos.

Fiquei feliz por estar sentada com firmeza naquela pedra, senão eu poderia ter mergulhado para a morte.

– Mas, Vossa Al… quer dizer, Siegfried, acho que se sente tão pouco atraído por mim quanto eu por você – comentei com tato.

Na verdade, isso significava *eu sei que você prefere homens*, e era melhor do que gritar "Nem se você fosse o último homem do universo" para toda a Escócia ouvir.

– Isso não importa – rebateu ele. – Nós, de origem nobre, não nos casamos por amor, mas sim para consolidar alianças entre as grandes casas da Europa. É importante que eu escolha a esposa certa. Posso ser rei um dia.

– Se seu irmão e seu pai forem assassinados, você quer dizer?

– Sempre há essa possibilidade.

– E o que faz você pensar que não teria o mesmo destino fatídico?

– Eu serei um rei justo e popular, ao contrário do meu irmão e do meu pai. E você vai ser uma consorte adequada para mim. Sei que sua família é a favor desse casamento e acredita que você não conseguiria encontrar nada melhor.

O guarda-caça local seria melhor, tive vontade de dizer.

– Eu teria algumas poucas exigências – continuou ele, acenando a mão. – Depois que você me der um herdeiro, vai ser livre para ter amantes, desde que seja sempre discreta.

E você também vai ter amantes e vai ser discreto?

– Naturalmente. É assim que as coisas são feitas.

– Não para mim, Siegfried. Eu pretendo me casar por amor. Pode ser ingênuo, mas acredito que um dia vou encontrar a verdadeira felicidade com o homem certo.

Ele pareceu muito chateado.

– Mas sua família deseja essa aliança.

– Sinto muito. Minha família não ajuda com nem um centavo para o meu sustento. Eles não podem opinar sobre minha felicidade. Eu espero que você encontre uma princesa adequada.

– Está bem. – Ele se levantou. – Acho que podemos descer agora. Pode ir, milady.

– Podemos usar a corda para baixar um ao outro do outro lado da plataforma. Quer que eu vá primeiro, enquanto você controla a descida para mim?

– Se assim deseja.

Ele estava frio, distante e seco. Obviamente não estava acostumado a ser rejeitado.

Ajustei meu arnês e andei de costas sobre o penhasco. Eu só tinha descido alguns metros, passando pela pior parte da plataforma, quando ouvi um som que associei a veleiros no mar. Era o rangido e o gemido de uma corda sob tensão. Enquanto meu cérebro ainda estava processando o pensamento de que a corda estava prestes a arrebentar, ela se rompeu, e eu caí.

Agarrei a face da rocha, mas meus dedos escorregavam dos apoios enquanto eu despencava. Tive a impressão de uma parede de pedra passando por mim, e as palavras surgiram na minha cabeça: *Eu vou morrer. Droga.* E, por algum motivo, eu estava mais irritada ainda porque ia morrer virgem.

Foi quase como se estivesse descendo em câmera lenta. Eu me preparei para o esmagamento inevitável quando toquei no cascalho na parte inferior da face da rocha. Então, de repente, fui puxada para cima e virei de cabeça para baixo. Fiquei balançando vertiginosamente no arnês com o céu sob meus pés e o chão girando acima de mim. Eu não sabia como tinha sido salva da morte certa, mas presumi que a corda devia ter se enroscado em alguma fenda. Nesse caso, ela podia ceder de novo a qualquer instante. Continuei a girar de cabeça para baixo. Tentei me virar, sem sucesso, mas tive medo de aplicar uma pressão repentina na corda.

Então fiquei ali pendurada, balançando em meio à brisa, rezando para que Siegfried tivesse o bom senso de encontrar a rota mais fácil para descer e pedir ajuda. Se ele não fizesse isso, eu não tinha certeza de quanto tempo ia conseguir me manter ali. Já estava sentindo o sangue correndo para a cabeça e zumbindo nos ouvidos. Ia desmaiar se ficasse nessa posição por muito tempo. O vento assobiava passando por mim, me balançando. Nuvens se precipitavam, já encobrindo os picos mais altos. Em breve ficaria impossível me enxergar.

– Socorro! – gritei para o nada. – Alguém me ajude!

O zumbido na cabeça se tornou um rugido. Manchas estavam dançando diante dos meus olhos. Aos poucos o mundo foi sumindo.

Vinte

Uma encosta perto do Castelo de Rannoch
19 de agosto de 1932

Quando abri os olhos, dois seres pálidos pairavam sobre mim, me olhando preocupados. Por um instante, eu me perguntei se aquilo era o céu e se os anjos eram loiros. Então notei que um deles tinha lábios de peixe e o outro disse:

– Ela está voltando a si, graças a Deus.

Percebi que um rosto pertencia a Siegfried e o outro a Hugo Bubume-Bestialy.

– Onde estou? – perguntei. – Eu caí?

– Eu diria que você, minha querida, é a garota mais sortuda da Escócia – disse Hugo. – Ouvi gritos e vim investigar, e lá estava o príncipe, gesticulando como um louco para o penhasco. Foi aí que notei que você estava pendurada no ar. A corda ficou presa em uma pequena árvore que se projetava da rocha. Foi quase impossível chegar até você, sabia?

– Então como foi que você chegou até mim?

Tentei me sentar. O mundo girou de forma alarmante e eu me deitei de novo.

– Seu primo Lachan se juntou a nós. Ele subiu e prendeu uma segunda corda com um pitão, depois segurou sua corda quando quebramos o galho que a estava segurando e então conseguimos baixá-la. Foi uma manobra complicada!

– Muito obrigada – falei. – Não sei onde você conseguiu essas cordas, Siegfried, mas elas deviam ser velhas. Devíamos ter testado antes.

– A corda não era velha – retrucou Siegfried. – O príncipe Jorge trouxe de Balmoral. Nós a abrimos para avaliar e estava ótima. Não tinha nada de errado com ela.

– Obviamente tinha alguma coisa errada com ela, senão não teria arrebentado – contestei.

Foi aí que percebi o rosto de Hugo. Ele estava com uma expressão estranha e preocupada. O que estava fazendo ali, para começar? E Lachan, a propósito? O lugar era meio fora do caminho para uma boa caçada aos *haggis*, tenho certeza, e eu me lembrava de alguém dizendo que Hugo tinha ido ficar com os amigos no lago.

O próprio Lachan apareceu naquele momento.

– Ah, ela está acordada e falando. Que ótima notícia. Bem, vamos levá-la de volta ao castelo, pequena Georgie. Precisa tomar um pouco de conhaque para superar o choque. Vossa Alteza, por que não corre na frente e avisa que estamos indo para que eles possam preparar uma cama com uma bolsa de água quente?

– Está bem – disse Siegfried. – Se vocês tiverem certeza de que os dois conseguem carregá-la.

– Os dois? – Lachan riu. – Mas ela pesa menos do que uma pluma. – Ele me levantou nos braços.

– Vou pegar o resto do equipamento deles – informou Hugo.

Lachan desceu pelo caminho íngreme como se eu não pesasse nada.

Eu estava começando a me recuperar.

– O que aconteceu com a caçada aos *haggis*? – perguntei. – Você com certeza não os trouxe aqui para caçar.

Ele sorriu.

– Foi cancelada. Eles cometeram o erro de contar a um dos jardineiros e ele riu como um idiota. Agora eles sabem que estávamos de brincadeira.

– Eu achei que era uma boa piada – falei.

– Eu também, mas seu irmão nos deu uma bronca. Mandou que parássemos com as travessuras bobas, senão ele vai nos mandar para casa.

– Vocês já fizeram outras travessuras, então? – perguntei.

– O quê? Ah, não. Nada mesmo.

Eu tinha certeza, pelo rosto dele, de que estava mentindo. Será que ele havia confessado a Binky que era o responsável por montar a armadilha? Com certeza ele não era a Dama Branca. Ninguém poderia ter confundido uma coisa tão grande, vermelha e notoriamente masculina com uma mulher fantasmagórica.

Ao nos aproximarmos do castelo, os serviçais correram para nos encontrar. Siegfried deve ter floreado a história ou contado com muito drama, porque eles pareciam aterrorizados.

– Ah, graças a Deus milady está segura – comemorou Hamilton. – E obrigado, Sr. Lachan, por salvá-la. Seu quarto está pronto, milady, e eu tomei a liberdade de pedir um chá quente com conhaque.

– Obrigada. – Eu sorri, me sentindo segura e cuidada.

Lachan me carregou escada acima e me colocou na cama.

– Você vai ficar bem, espero – disse ele.

Fig apareceu naquele instante em uma agitação assustadora.

– Disseram que você quase morreu, Georgiana! Eu sabia que nada de bom podia vir dessa escalada.

– A escalada não foi o problema – argumentei. – A corda se partiu na descida.

– Quem é o encarregado das cordas aqui? Vou mandar demiti-lo agora mesmo.

– Fig, o príncipe Jorge trouxe a corda de Balmoral – falei. – E Siegfried disse que ela parecia ótima quando eles a estenderam.

– Então imagino que uma pedra afiada deve tê-la cortado.

Minha cunhada empurrou Maggie para passar e colocou a bolsa de água quente ao meu lado. Foi uma boa ideia, pois eu estava muito trêmula. A bandeja de chá chegou e Fig serviu uma generosa dose de conhaque na minha xícara. Eu bebi, ofegante com a combinação de álcool e calor, e me deitei.

– Descanse bem agora, e depois vamos mandar seu almoço – disse ela. – A propósito, você já soube? Os americanos voltaram com um mau humor assustador. Parece que seu primo terrível contou uma longa história para eles sobre caçar *haggis*. Sério, esses homens não têm jeito.

– Bastante irônico esse comentário vindo de alguém que fez o gaiteiro tocar ao amanhecer – falei com um sorriso. – Você é tão má quanto eles.

– Bem, se isso ajuda a afastá-los, não posso reclamar.

– Eu achei muito engraçado – comentei. – Você devia ter ouvido Lachan descrevendo como os *haggis* eram ferozes e como atacavam o tornozelo das pessoas.

– Acho que isso é muito divertido. – O rosto de Fig realmente se iluminou com um sorriso. – Eu me pergunto o que eles vão dizer quando tivermos *haggis* para jantar hoje à noite. A cozinheira já preparou tudo, você sabe.

– Excelente. – Fechei os olhos.

Fig enxotou Maggie do quarto e eu fiquei deitada lá sozinha. Em resumo, havia sido uma manhã surreal, com Siegfried me pedindo em casamento e depois a queda. Passou pela minha cabeça que os dois fatos podiam estar relacionados. Será que ele tinha cortado a corda em um chilique de ressentimento por eu tê-lo rejeitado? Os estrangeiros, afinal, eram muito emotivos, e ele vinha de uma parte do mundo onde a vingança era uma ocorrência diária.

Devo ter adormecido, porque acordei com o som de uma porta se abrindo com um rangido. Todas as portas do Castelo de Rannoch rangem, assim como as tábuas do assoalho. Portas rangentes são um requisito de todo castelo que se preze. Meus olhos se abriram a tempo de ver Hugo Bubume-Bestialy entrando no quarto.

– Hugo! – exclamei. – O que você está fazendo aqui?

Ele se assustou, como se esperasse que eu estivesse dormindo.

– Desculpe. Eu só achei… bem, achei que você e eu podíamos ter uma conversinha.

– Eu não estou com vontade de conversar no momento – falei, desconfiada. – Acabei de acordar.

– Queria ter um momento com você sozinha, e agora parece ser uma boa hora. Tem sempre muita gente por perto.

Ele foi em direção à minha cama. Eu me sentei apressada, puxando as cobertas ao meu redor em uma bela demonstração de uma donzela afrontada.

– Sr. Bubume-Bestialy, este é o meu quarto, e eu não o convidei a entrar!

Com isso, um sorriso brilhou no rosto dele.

– Um sujeito tem que aproveitar todas as oportunidades que tiver na vida. Isso foi o que nos ensinaram na escola, você não sabia?

– Por favor, vá embora – pedi.

– Espere um instante, minha querida. Eu falei que só queria conversar. Não pretendo violentá-la, embora a ideia seja tentadora… – Ele fez uma pausa. – Eu não sei como dizer isso, mas acho que você gostaria de saber…

Naquele momento, a porta se abriu e Lachan ficou ali, fazendo uma boa imitação de um parente vingativo.

– O que você acha que está fazendo aqui? – bradou ele. – Saia agora mesmo! Você não vê que a mocinha precisa de descanso e de silêncio?

– Eu só queria trocar umas palavrinhas com ela – disse Hugo.

– Você quer trocar umas palavras com esse rapaz? – perguntou Lachan.

– Neste momento, não – respondi.

– Então saia.

Ele ia agarrar o invasor, mas Hugo entendeu a deixa e foi em direção à porta.

– Acho que vou montar acampamento em frente à sua porta hoje à noite, para o caso de haver mais alguma interrupção – comentou ele.

– Lachan, você não precisa proteger a minha honra. – Eu não sabia se devia rir ou não.

Ele foi até a porta e a fechou.

– Não é isso. Eu dei uma boa olhada naquela corda. Ela não parece ter arrebentado porque estava desgastada. Parece que foi cortada. Alguém a cortou quase inteira e deixou uns últimos fios para se partirem sozinhos.

– Entendi. – Respirei fundo. – E como posso ter certeza de que não foi você, fazendo uma das suas famosas brincadeiras?

– Que bela piada seria, pequena Georgie. Você teria caído de cabeça de uma grande altura e neste momento estaríamos no seu velório. – Ele se inclinou para perto. – É por isso que estou de olho nesse tal Hugo. Como foi que ele chegou tão rápido no local? É isso que quero saber. Ele não estava escalando com vocês, estava?

– Não, eu não o vi a manhã toda.

– Então o que ele estava fazendo em um local tão conveniente para oferecer ajuda quando você estava presa lá em cima? A menos que soubesse o que ia acontecer com você…

– Ai, meu Deus – falei. – Eu me senti mesmo muito desconfortável quando ele entrou sorrateiro alguns minutos atrás. Estou feliz por você ter aparecido na hora certa.

Ele deu um tapinha na minha perna por cima dos cobertores.

– Não se preocupe. Vou ficar em frente à porta, e só sendo um homem muito robusto para passar por mim.

– Obrigada, Lachan.

Ele ia embora, mas voltou.

– Georgie, sobre as minhas brincadeiras... sabe a pedra que caiu sobre o príncipe de Gales e a Sra. Simpson?

– Foi você?

– Não. Murdoch. E foi um acidente, posso garantir. Ele decidiu que podia praticar um pouco para os Jogos de Braemar. Aqui é um bom lugar, longe da concorrência. Ele estava prestes a treinar o arremesso de martelo, mas como não tinha nenhum martelo nas, digamos assim, imediações, ele resolveu improvisar amarrando uma corda em uma grande rocha. Bem, de alguma forma a pedra se soltou quando ele a estava girando sobre a cabeça e saiu voando na direção errada. Ouvimos o barulho horrível e os gritos e, quando vimos que era a mulher Simpson, nós fugimos.

– Bem, isso é uma boa notícia – falei, tentando não sorrir. – Pelo menos não foi de propósito. E por acaso foi você que montou por acidente a armadilha para Binky pisar?

– Por Deus, não. Eu nunca machucaria um parente. Poderia me sentir tentado a fazer isso com um Campbell, talvez, mas quem ia querer machucar Binky? Ele não deve ter um inimigo sequer em todo o mundo. Um pouco mole, talvez, e não foi agraciado com um bom cérebro, mas não existe nem um pingo de maldade nele.

– Isso é verdade – falei.

Lachan se inclinou e me beijou na testa, depois deu um tapinha no meu ombro.

– Bons sonhos, mocinha – disse ele. – Você fez um bom trabalho hoje. Sem nenhuma histeria boba. Exatamente o que se esperaria de uma Rannoch.

Lachan saiu e eu fiquei com vários pensamentos me fazendo companhia. Será que ele estava seriamente pensando em se casar comigo? Ele e Murdoch se descreveram como sem um tostão, apesar de Binky ter falado que a fazenda deles era próspera. Mas Lachan era o irmão mais novo. Ele não herdaria nada.

– Isso é ridículo – falei em voz alta.

Claro que eu não estava pensando em me casar com ele. Poderia conseguir um príncipe, um possível herdeiro de um trono. Sempre poderia conseguir alguém como Gussie, se quisesse, mas não queria. Eu sabia quem desejava, e ele não tinha nada para me oferecer no sentido material. Puxa, que coisa, dois homens interessados em mim no mesmo dia. Isso não era ruim. As coisas estavam de certa maneira melhorando.

Mas piorando em outros aspectos, claro, porque estava evidente que alguém tinha tentado me matar. Ou melhor, não tentado *me* matar, mas matar um de nós. Eu achava que os compatriotas brutais de Siegfried seriam mais diretos e jogariam uma bomba pela janela. Então, é claro, percebi o que devia estar óbvio o tempo todo: a corda viera de Balmoral. Ela era destinada ao príncipe Jorge. Novamente, alguém estava mirando em um herdeiro do trono – e, desta vez, alguém em sexto na linha de sucessão. Já estava na hora de eu sair da cama e começar a trabalhar, antes que fosse tarde demais e um dos acidentes provocasse algo mais sério.

Vinte e um

Castelo de Rannoch
19 de agosto de 1932

Devo ter cochilado por um bom tempo, porque, quando acordei, o quarto estava banhado pelo crepúsculo rosa e havia sons de comoção do lado de fora da porta. Vozes alteradas. Um homem gritando. Eu me levantei e abri a porta com cautela. A primeira pessoa que vi foi Earl, parado no topo da escada.

– Ela não está em lugar nenhum, posso garantir – falava ele.

Saí para o patamar.

– O que aconteceu? – perguntei.

– É a Babe. Ela desapareceu – respondeu Earl. – Não consigo encontrá-la em lugar nenhum.

– Talvez ela tenha saído para uma caminhada antes do jantar – sugeri.

– Saímos para uma caminhada mais cedo – disse ele. – Voltamos e ela disse que queria tomar banho antes do jantar. Ela nunca sairia para caminhar de novo depois de tomar banho. Enquanto isso, eu fiz outras coisas. Escrevi uma carta, tentei dar um telefonema para Londres... sem sucesso, devo acrescentar. E, quando voltei para o quarto, ela não estava lá. Eu simplesmente não estou entendendo nada.

Fig agora tinha subido a escada para se juntar a nós, e juntos subimos o segundo lance até o quarto de Earl e Babe.

– Ali, estão vendo? – indicou ele.

O vestido de jantar dela estava estendido, pronto para ser usado, sobre a cama. – Ela foi para o banheiro de roupão. E a nécessaire também sumiu.

– Você verificou o banheiro? – indaguei. – Ela pode ter adormecido no banho, ou até desmaiado.

– Esse foi o meu primeiro pensamento – disse Earl. – Mas o banheiro está vazio.

Seguimos pelo corredor até o banheiro mais próximo. Estava mesmo vazio e não havia nenhum sinal de que Babe tivesse estado ali. Nenhum vapor no espelho para indicar que alguém havia tomado banho pouco tempo antes. (É claro que o vapor não costuma durar muito no Castelo de Rannoch, graças à ventania que entra pelas janelas abertas.)

– É possível que ela tenha usado outro banheiro? – questionou Fig. – Pode ser que este aqui estivesse ocupado e ela tenha decidido procurar outro.

Atravessamos o patamar até o corredor do outro lado, onde os Simpsons e os Von Sauers estavam hospedados. Esse banheiro, sim, estava ocupado, mas pela Sra. Simpson. Sua voz irritada nos disse em termos inequívocos para irmos embora.

– Ela pode ter descido e usado um dos nossos banheiros? – perguntei.

Havia um no meu patamar e outro no lado de Fig e Binky.

– Acho que Babe não ia gostar de ser vista descendo a escada de roupão – refletiu Earl. – Eu não pensei em verificar nos outros andares, mas estou disposto a tentar qualquer coisa agora.

Descemos e examinamos meu banheiro. Também estava vazio. Por fim, atravessamos o corredor mais grandioso, dos quartos de Fig e Binky, do príncipe Siegfried e também do príncipe Jorge. O banheiro estava fechado. Batemos na porta. Nenhuma resposta. Earl bateu com mais força.

– Babe, você está aí? – Nenhuma resposta. – Ai, meu Deus! – exclamou ele. – E se ela se afogou na banheira? Temos que arrombar a porta.

– Ninguém vai arrombar porta nenhuma – repreendeu Fig. – Nós vamos pegar uma chave.

Fui despachada para chamar Hamilton, que chegou com as chaves mestras. Tentamos várias e, por fim, a porta do banheiro se abriu. A janela dava para a face de trás do castelo, e essa parte da casa já estava mergulhada na escuridão. Mas conseguimos distinguir uma forma branca deitada no chão.

– Ai, meu Deus. – Earl disparou adiante, enquanto Fig acendia a luz.

O brilho áspero da lâmpada revelou Babe, deitada ao lado da pia em uma poça de água e sangue com pedaços do que fora a caixa de descarga ao redor dela. Dava para ver de onde a caixa de descarga tinha se desprendido, bem alto acima do vaso, revelando um pedaço mais claro de papel de parede xadrez. O mais embaraçoso era que ela obviamente estava sentada no trono quando foi atingida. Não vestia nada além de um roupão curto, e o traseiro branco estava virado para cima de forma deplorável.

Seguiu-se o pandemônio. Hamilton foi enviado para chamar nosso médico e uma ambulância. Earl estava de joelhos implorando para Babe não morrer, depois de ter coberto o traseiro dela com sua jaqueta para evitar mais constrangimento. A condessa apareceu naquele momento, começou a ficar histérica e teve que ser levada pelo filho, resmungando:

– Uma casa de horrores, eu sabia. O que foi que eu disse? Alguém me tire daqui antes que a desgraça caia sobre todos nós.

Assim que ela desapareceu, o príncipe Siegfried chegou em um roupão de seda com uma máscara de dormir preta na testa, querendo saber o que era toda aquela confusão infernal quando ele estava tentando tirar uma soneca. Minha cunhada e eu éramos as únicas que continuavam calmas e sensatas. Fig sempre tinha se gabado de seu treinamento como escoteira, e devo dizer que a insígnia de primeiros socorros dela foi bem útil. Ela ficou de joelhos na sujeira, procurando os batimentos, até levantar o olhar e assentir.

– Ela ainda está viva. Peguem toalhas para limpar essa bagunça e cobertores para colocar em volta dela. Não devemos movê-la antes de um médico examiná-la. Pode estar com o crânio fraturado.

Tentei afastar os pedaços da caixa de descarga quebrada.

– Deve ter caído em cima dela quando puxou a corrente – falei.

– Que extraordinário. Eu nunca ouvi falar disso na minha vida – disse Fig. – Ela deve ter puxado a corrente com força.

– Vocês não deviam aceitar hóspedes em uma casa que está caindo aos pedaços – repreendeu Earl com raiva. – Este lugar é uma armadilha mortal. Eu falei isso para Babe hoje mesmo.

– Que dia impressionante – resmungou Fig enquanto saíamos da frente para dar espaço para as criadas que chegaram com pilhas de toalhas e cobertores e começaram a limpar o chão. – Primeiro você cai de uma montanha e quase morre, e agora isso. Qualquer um pensaria que há uma maldição ou algo do tipo no castelo. Você já ouviu falar de maldições sobre a família Rannoch?

– Teve aquela bruxa que foi jogada no lago – sugeri. – Mas ela teve seis séculos para nos amaldiçoar, então imagino que já teria feito isso.

Fig suspirou.

– Acho que ainda não acabou. Esse tal de Earl vai querer nos processar ou algo do tipo. É assim que eles fazem na América, não é? Vamos falir. Virar indigentes. Vamos ter que morar em um dos chalés…

– Não fique histérica – falei, colocando a mão no ombro dela para acalmá-la. – Lembre-se: um Rannoch nunca perde a coragem.

– Que se danem os estúpidos Rannochs! – bradou ela. – Este lugar não me trouxe nada além de tristeza. Eu devia ter me casado com o bom e jovem vigário de St. Stephen no nosso povoado, mas eu queria ser duquesa. – Ela estava mais perto da histeria do que eu jamais tinha visto.

Por sorte, o médico chegou ao mesmo tempo que a ambulância, fazendo com que Fig se mostrasse corajosa e retomasse seu papel de duquesa. O rosto dele estava sombrio enquanto examinava Babe.

– Uma coisa horrível – sentenciou ele. – Não vejo nenhum sinal de fratura no crânio, mas ficar inconsciente por tanto tempo indicaria no mínimo uma concussão grave, Precisamos tentar transportá-la para o hospital sem incomodá-la. Levantem-na com muito cuidado, homens. Eu vou com vocês.

Eles a colocaram em uma maca e foram embora. Earl foi com eles, assim como a condessa e Fritzi. O hospital mais próximo ficava em Perth, e eles anunciaram que ficariam em um quarto de hotel ali perto. A Sra. Simpson, por sua vez, decidiu não ir junto.

– É claro que quero oferecer apoio à querida Babe – disse ela –, mas não vejo sentido em ficar sentada em salas de espera tristes ou hotéis, esperando até que ela esteja bem o suficiente para receber visitas. Na verdade, acho que não seria sábio eu ser vista em um quarto de hotel escocês. Pode dar margem a fofocas, sabe?

Quer dizer que, no fim, o príncipe ganhou da amiga mais querida dela. O Sr. Simpson parecia farto daquilo. Eu me perguntei por quanto tempo ela o manteria por perto em nome da respeitabilidade.

Eles saíram para jantar, assim como Hugo Bubume-Bestialy, então, quando o *haggis* foi servido com a cerimônia da gaita de foles, só nossa família e Siegfried estavam jantando. Tivemos que fingir que gostamos, é claro. Não estava horrível nem nada, só que não era, como Fig tinha dito, do nosso gosto. Mas, depois de toda a confusão pela qual fizemos a pobre cozinheira passar, não podíamos devolver a comida. Assim, lutamos bravamente para comer, exceto Siegfried, que empurrou o prato para o lado, declarando que nunca comia nada que não conseguisse identificar de que parte do animal vinha.

Só Murdoch e Lachan mergulharam no prato com alegria, mastigando muito e estalando os lábios. Olhei para Lachan. Ó céus, eu nunca conseguiria me casar com um homem que estala os lábios comendo *haggis*.

Não houve nenhuma sugestão de recreação noturna. Subi para a cama logo depois do café. Eu estava me sentindo completamente exausta, imagino que pelo choque de dois eventos alarmantes em um dia só. Fiquei ali, ouvindo o suspiro do vento enquanto tentava apagar imagens da minha cabeça: o mundo balançando loucamente enquanto eu estava pendurada de cabeça para baixo, e depois Babe, deitada no meio de todo aquele sangue e água com a caixa de descarga quebrada ao redor e o traseiro branco exposto para todos verem. Havia alguém à solta que intencionava algo maldoso, isso se não fosse um assassinato. Eu tinha sido encarregada de tentar descobrir quem era e não fizera nada até agora. Era melhor eu apressar minha investigação. Isso tinha que acabar.

Vinte e dois

Castelo de Rannoch
20 de agosto de 1932
Promessa de um dia adorável

Fui acordada pelo som de batidas na minha porta. Já tinha amanhecido e estava enevoado do lado de fora. Não devo ter acordado com o gaiteiro, se é que ele tocou de novo hoje. Maggie entrou com meu chá matinal, seguida por Hamilton, que estava com uma expressão perplexa no rosto.

– Sinto muito por acordá-la, milady, mas...
– O que foi, Hamilton?
– Tem uma pessoa no salão da frente que deseja falar com milady.
– Que tipo de pessoa?
– Um senhor das classes inferiores, milady.
– E o que ele quer comigo?
– Disse para falar que ele veio "o mais rápido que pôde e tiro e queda, ele está aqui". Mas acho que não parece um atirador.

Eu me sentei na cama, rindo.

– É uma expressão de Essex, Hamilton. E não é uma pessoa qualquer, é meu avô.

– Seu... avô, milady? – Deu para ouvi-lo engolindo em seco.
– O pai da minha mãe, Hamilton.
– Devo entender que ele vai ficar aqui no castelo? – Ele devia estar perturbado, pois esqueceu de adicionar "milady".

– Ah, não, de jeito nenhum. Ele vai ficar em um dos chalés vazios da propriedade. Aquele ao lado da babá me pareceu muito bom.

Eu vi o alívio percorrer o rosto dele.

– Muito adequado, milady. E o que eu devo fazer com ele até milady descer?

– Coloque-o na sala matinal com uma xícara de chá e o jornal – respondi. – Pode ficar tranquilo, ele é domesticado.

– Milady, eu não quis insinuar... – gaguejou ele.

– Diga a ele que vou descer agora mesmo – falei e pulei da cama.

Hamilton saiu do quarto, e eu instruí Maggie a me entregar as primeiras peças de roupa que ela conseguisse encontrar. Estava tão empolgada que me contorci impaciente enquanto ela fechava meus botões. Se vovô estava ali, tudo ia ficar bem. Eu ia poder parar de me preocupar, porque ele ia saber o que fazer. Quando desci a escada, pensei que poderia surgir um problema chato. Se meu avô tivesse pegado o trem noturno, ele ia querer tomar o desjejum, e eu não sabia como apresentá-lo às pessoas que estariam na sala do café da manhã. Não podia me arriscar a deixá-lo ter contato com Fig. Não que eu achasse que ele não ia conseguir lidar com ela, mas Fig sabia ser muito esnobe, e ele não merecia isso. Talvez, se fosse cedo o suficiente, a sala pudesse ficar só para nós.

Corri escada abaixo. Vovô estava na sala matinal, empoleirado na beirada de uma cadeira de brocado dourada, com uma xícara de chá na mão, parecendo inquieto. Ele se levantou quando ouviu meus passos, e um grande sorriso iluminou seu rosto.

– Olhe só para você. – Ele deixou a xícara de chá de lado e abriu bem os braços. – Está uma belezura. Caramba, que lugar enorme e sombrio vocês têm aqui, não é?

– Você nunca esteve no Castelo de Rannoch?

– Nunca fui convidado, meu amor. E nunca tive vontade de vir tão ao norte, se quer saber. Nós de Londres acreditamos que a civilização termina ao sul de Birmingham. Eu só vim porque tive a sensação de que você me queria aqui.

– E quero mesmo – falei, abraçando-o com força.

Fig nunca teria aprovado uma demonstração de afeto tão obscena. Ela e os pais só apertavam as mãos uns dos outros. Eu me perguntava como o pequeno Podge tinha sido concebido, mas desconfiei que ela havia sido instruída a fechar os olhos e pensar na Inglaterra.

– Foi bom você vir tão rápido – continuei. – Eu não esperava vê-lo nos próximos dias.

– Não tem problema eu ter aparecido agora, não é? Quer dizer, tem algum lugar para eu ficar?

– Claro. O chalé está desocupado. Eu verifiquei outro dia.

– Então, vamos dar uma olhada nesse chalé? – perguntou vovô. – Este lugar está me dando arrepios.

Estávamos atravessando o grande salão quando Fig surgiu, parecendo preocupada.

– Foram todos para Balmoral. Um dia só para nós, graças aos céus – comemorou ela e depois notou meu avô. – Ah, eu não percebi…

– Esse é meu avô, Fig – falei. – Ele veio passar um tempo na Escócia.

– Seu avô? Você quer dizer o pai da sua mãe?

– Acho que ele não é o fantasma do velho duque, aquele que toca gaita de foles nas muralhas à meia-noite. – Eu sorri. – Claro que ele é o pai da minha mãe.

Fig estendeu a mão e disse, do jeito frio que usava com qualquer um que não fosse da classe dela:

– Como vai?

Vovô pegou a mão dela e apertou com força.

– É um prazer conhecê-la – cumprimentou ele.

– O senhor está só de passagem pela região? – perguntou Fig, ainda fria como se tivesse um ovo na boca.

– Não, ele vai ficar por um tempo. – Observei o rosto dela. – Se não tiver problema – acrescentei.

Consegui ver Fig tentando imaginar meu avô de Essex à mesa com um ou dois príncipes. Ela abriu a boca e fechou várias vezes.

– Em um dos chalés vazios – completei. – Ele vai poder fazer companhia à babá.

O alívio se espalhou pelo rosto dela.

– Um dos chalés. Claro. Claro. – E deu uma risada quase histérica.

– Vou levá-lo para lá agora – falei. – Com licença.

Eu o conduzi porta afora e degraus abaixo.

– Caramba – disse ele. – Aquela é sua cunhada?

Assenti.

– Parece que ela fica sentindo um cheiro ruim o tempo todo, não é? – zombou ele.

– Parece mesmo.

– Não me espanta você querer ir embora daqui.

Atravessamos o átrio. Percebi um dos carros de caçada sendo carregado com armas e sacolas prontas para a caçada em Balmoral. Pobre Earl – ele estava muito ansioso para caçar. Agora o grupo daqui ficaria reduzido ao príncipe Siegfried, os primos e Hugo Bubume-Bestialy. Eu me perguntei se os Simpsons estavam incluídos no convite. Duvidei.

– O que sua amiga, a Sra. Huggins, disse em relação a deixá-la para vir até aqui?

– Deu tudo certo, porque a filha dela alugou um chalé em Littlestone, na costa de Kentish, e ela quer que 'Ettie vá ficar com eles. "Vá e aproveite, Albert", ela me disse. "Vai fazer muito bem para você." Então, aqui estou eu.

– Estou tão feliz! – Olhei radiante para ele.

Era uma manhã enevoada, e as gralhas estavam grasnando loucamente nos grandes olmos. Os chalés se assomavam como formas indistintas através da névoa. Abrimos a porta daquele que eu tinha visto e comecei a tirar as capas de poeira dos móveis e, em seguida, localizei uma vassoura para dar uma boa varrida no local.

– Caramba, olhe só para você empunhando essa vassoura. – Vovô riu. – Não deixe aquele pessoal no castelo vê-la fazendo isso. Eles vão ter um ataque.

– É o que eu faço para viver hoje em dia – falei. – Na verdade, estou ficando muito boa nisso, você não acha?

– Ah, sim. Incrível – respondeu ele, tossindo no meio da nuvem de poeira.

– Agora, precisamos fazer a cama para você... – Encontrei um armário com roupas de cama, e nós dois a arrumamos. – E vou mandar suprimentos da cozinha. Eu o convidaria para ir ao castelo e comer conosco, mas acho que...

– Não precisa tirar as calças pela cabeça, minha querida – disse ele. – Eu não me sentiria bem no meio de tantos narizes empinados. Vou ficar muito bem neste lugarzinho confortável, se você não se importar de vir me visitar de vez em quando.

– Claro que eu virei. Na verdade, vou precisar da sua ajuda.

– O que aconteceu? – perguntou ele, me olhando preocupado. – Tem alguma coisa errada, dá para ver.

Eu sabia que tinha jurado segredo, mas sentia que podia contar qualquer coisa ao meu avô. E foi o que fiz. Contei toda a história, desde o encontro no trem até os diversos acidentes que tinham acontecido depois disso.

– Só posso concluir que a corda era destinada ao príncipe Jorge e que a caixa de descarga que caiu em cima daquela pobre mulher também era para o príncipe, embora Binky e Fig também usem aquele banheiro.

– Tem certeza de que você não está exagerando? Acidentes acontecem. Quando eu estava na polícia, costumávamos dizer que o azar vinha em trios. Talvez isso que você me contou tenha sido só azar, nada mais: uma corda que arrebentou, uma caixa de descarga velha que desabou…

– A corda foi cortada, vovô. Eu tenho certeza. E o fantasma que a condessa viu? E a armadilha que pegou o pé de Binky? É muita coisa de uma vez, ainda mais depois do que sir Jeremy me disse. Foi uma série de acidentes, e todos direcionados à família real.

Ele assentiu.

– Supondo que você esteja certa. Conseguiu alguma pista?

– Nada.

– Quando eu trabalhava para a polícia, meu antigo inspetor teria dito que a primeira pergunta a fazer é "Quem se beneficiaria disso?".

– Não consigo imaginar. Alguém que venha a seguir na linha de sucessão? Mas ninguém aqui se encaixa nisso.

– Tem certeza? – perguntou vovô. – E aquele tal Siegfried com quem você foi escalar?

Eu ri.

– Ele é herdeiro do trono do próprio país, se não assassinarem todos em um futuro próximo, e eu acho que ele não é nosso parente. Além do mais, por que Siegfried me atrairia para uma montanha e depois faria a corda arrebentar? Há muitas maneiras de matar alguém no Castelo de Rannoch sem uma escalada demorada.

– Então, tem mais alguém aqui que pode querer se enxergar com uma coroa na cabeça um dia?

Dei uma risada nervosa.

– Vovô, eu sou a trigésima quarta na linha de sucessão e acho que conheço todo mundo que vem antes de mim. Então teria que ser alguém que quisesse matar pelo menos trinta e quatro pessoas, o que simplesmente não faz sentido.

– Talvez seja alguém com rancor contra a família real, então – sugeriu ele.

– Como os comunistas, você quer dizer? Mas sir Jeremy disse que eles verificaram essa possibilidade e que não pode ser ninguém de fora.

– Então talvez alguém que está hospedado na região não seja o que afirma ser. Lembra aquele caso terrível com a princesa estrangeira? Os comunistas conseguiram enganar todos vocês, não foi? E eles quase mataram Suas Majestades.

Meus pensamentos foram direto para Hugo. Eu me lembrei de como ele tinha aparecido por milagre para me resgatar no dia anterior e, depois, de como tentara se infiltrar no meu quarto quando eu estava descansando. *Será que ele estava tentando acabar comigo?*, pensei.

– Acho que a primeira coisa que eu preciso fazer hoje é dar uma olhada nessa linha de sucessão – falei. – E conversar com Binky sobre um dos nossos convidados, Hugo Bubume-Bestialy.

– Caramba, que nome – comentou vovô. – Você acha que ele pode ser suspeito?

– Bem, ele apareceu muito rápido quando eu tive que ser resgatada daquela corda. O que estava fazendo na encosta de uma montanha? E eu não sei nada sobre ele. Ele se convidou para ficar no castelo e apareceu do nada.

– Como ele conseguiu se convidar?

– Parece que estudou com Binky na época da escola.

– Então pergunte ao seu irmão sobre ele. E, se aquela corda foi sabotada, descubra quem teve a chance de fazer isso. Onde ela estava guardada?

– Siegfried disse que ela veio de Balmoral com o príncipe Jorge.

– Essa é uma informação relevante – afirmou vovô. – Qual deles é o príncipe Jorge?

– Ele é o filho mais novo do rei. Sexto na linha de sucessão.

– E está aqui? – perguntou vovô.

– Estava. Ele foi chamado de volta para Balmoral.

– Então... ou alguém pode estar trabalhando para se livrar dele ou... – ele fez uma pausa e me fitou, os olhinhos brilhantes animados – ou ele mesmo armou os acidentes para dar a entender que tinham sido direcionados a ele.

– Por que ele faria isso?

– Isso eu não sei dizer. Mas por que ele não foi escalar, se trouxe a corda?

– Parece que ele foi convocado a voltar para Balmoral – falei, com a voz sumindo.

– E foi por isso também que ele não usou a caixa de descarga, imagino.

Fiz que sim com a cabeça, e em seguida neguei com veemência.

– Isso é tolice! Ele não teria motivos para pregar essas peças em outras pessoas. Para começar, ninguém aqui está à frente dele na linha de sucessão. E, de qualquer forma, ele disse que estava feliz por não ter que ser rei um dia e que não invejava em nada o irmão mais velho.

– Mesmo assim, eu verificaria essa corda, caso você ache que precisa fazer alguma coisa. Tem algo que eu possa fazer para ajudar?

– Nada, no momento. Por que não se acomoda e depois eu vou apresentá-lo à babá? Ela faz *scones*, uns pãezinhos doces maravilhosos. Aí você pode querer dar uma volta pela propriedade. Ver como são as coisas por aqui.

Ele colocou a mão no meu ombro.

– Olhe, se cuide, meu amor. Eu não quero que você se coloque em perigo e, se quer saber, é muita ousadia desse sir Sei Lá O Quê pedir para você se envolver.

– Mas eu já estou envolvida, vovô, querendo ou não. Fui eu que fiquei pendurada naquela corda ontem e meu irmão está com o tornozelo esmagado. Essa pessoa tem que ser detida antes que mate um de nós.

Vovô soltou um muxoxo.

– Então deixe que os profissionais treinados lidem com isso... aqueles sujeitos da polícia especial. Por que não estão aqui, fazendo o trabalho deles?

– Espero que estejam. Pelo menos um deles está. Eles me disseram que alguém estava a postos em Balmoral e ia se apresentar para mim.

Minha mente de imediato saltou um passo à frente quando comentei isso. Será que era possível que Darcy fosse essa pessoa? Por que mais ele estaria aqui?

– Bem, quanto mais cedo você for a Balmoral e encontrar esse sujeito, melhor – disse ele. – Não quero que se arrisque de novo. Isso tudo parece obra de uma pessoa rancorosa e pervertida... o tipo de pessoa que tem prazer no sofrimento de outras pessoas. Aquela história da armadilha, por exemplo, é simplesmente nefasta.

– Não se preocupe comigo. Vou ser bem cuidadosa – prometi, com toda animação que consegui.

Mas, enquanto voltava para casa, eu comecei a pensar. Como poderia ser cuidadosa quando o perigo estava à espreita em qualquer lugar ao meu redor e eu não sabia em quem confiar?

Vinte e três

Castelo de Rannoch
20 de agosto de 1932

Quando voltei ao castelo, depois de deixar vovô confortável no chalé, notei que o carro de caçada já tinha partido para a caça às perdizes em Balmoral. E lembrei que ainda não tinha tomado café da manhã. Encontrei a sala do café vazia, então montei um prato de bacon, rins e pão torrado, além de duas torradas e geleia de laranja da Cooper's. É realmente incrível o que o ar do campo faz com nosso apetite.

Em seguida, fui para a biblioteca e me sentei com papel e lápis. Primeiro, fiz uma lista de todos que estavam hospedados no castelo ou na região, depois verifiquei qual ligação eles poderiam ter com o trono britânico. Eu de certa forma esperava descobrir que Babe era uma parente perdida, mas não era. Gussie tinha conexões distantes, assim como Darcy, por intermédio da mãe. Mas não consegui encontrar ninguém entre os cem primeiros da linha de sucessão direta.

Talvez tenhamos entendido errado, pensei. Talvez seja um ressentimento pessoal. Eu sabia que o príncipe Jorge, por exemplo, andava com um grupo bem descontrolado. E se ele estivesse envolvido com drogas ou uma perseguição no submundo? Os dois acidentes de ontem pareciam ter sido direcionados a ele. Por outro lado, havia os anteriores – a cincha da sela quebrada no cavalo de polo e a roda que se soltou do carro do príncipe de Gales...

Parei de pensar nisso e balancei a cabeça. Se houvesse mesmo uma pessoa provocando esses acidentes, ela com certeza não se importava de correr riscos assustadores. Como é que alguém de fora conseguia mexer na cincha do cavalo ou na roda do carro do príncipe? A resposta, claro, era o que sir Jeremy suspeitava: não era alguém de fora. Um de nós. Por mais improvável que parecesse, alguém hospedado no Castelo de Rannoch deve ter adulterado aquela caixa de descarga. Fui até o andar de cima e a examinei. Infelizmente, não havia nada para ver. As criadas tinham feito um belo trabalho de limpeza e, tirando a ausência da caixa de descarga, o cômodo parecia normal. De qualquer forma, não teria sido difícil deixar a caixa de descarga instável o suficiente para que um bom puxão na corrente a derrubasse.

Segui pelo corredor até o quarto de Binky. Fig estava sentada com ele, observando-o enquanto ele comia um ovo cozido. Ele levantou o olhar quando entrei.

– Que coisa engraçada, Georgie – disse ele. – Você já ouviu falar de uma caixa de descarga caindo da parede em cima de alguém?

– Nunca – respondi –, mas acho que a queda não foi um acidente. Acho que alguém mexeu nela.

– Por que alguém faria isso?

– Não tenho a menor ideia. Mas por que você pisaria em uma armadilha? Por que a corda arrebentaria quando eu estava escalando?

– Está tentando dizer que tudo isso foi deliberado? – quis saber Fig. – Que animosidade. Quem faria uma coisa dessas?

– Não sei – falei. – Estou tão perdida quanto você. Nada disso faz sentido.

– Você não acha que aqueles seus primos considerariam esse tipo de coisa engraçada, não é? – indagou Fig. – Lembra aquela vez que eles levaram um porco vestido de bebê para a igreja e tentaram batizá-lo?

– Tem uma diferença entre brincadeiras e maldades – disse Binky. – Todos esses acidentes poderiam ter matado alguém. Talvez eles já tenham matado alguém. Tivemos alguma notícia da americana hoje de manhã?

– Ela está melhorando, graças a Deus. Acordou antes de a ambulância chegar ao hospital, mas eles a deixaram lá em observação.

– Bem, essa é uma boa notícia. Eles vão voltar para cá?

– Acho que decidiram que é mais seguro ficar em um hotel – explicou Fig com o que poderia ser interpretado como uma expressão triunfante.

Passou pela minha cabeça que ela podia ter adulterado a caixa de descarga no desespero para se livrar dos hóspedes indesejados.

– Quer dizer que o nosso grupinho do castelo está se desfazendo... – disse Binky. – A Sra. Simpson vai ficar?

– Enquanto o príncipe de Gales estiver a uma curta distância de carro – respondi.

Binky sorriu.

– E você, minha querida? Ouvi dizer que passou por uma bela provação ontem. Já está totalmente recuperada?

– Ah, estou, sim, obrigada. Foi bem assustador na hora. Eu achei que ia morrer.

– Eu devia chamar a atenção do Harris por não ter verificado aquelas cordas. – Harris era o chefe dos ajudantes. – Afinal, faz parte do trabalho dele garantir que elas estejam seguras.

– Mas o príncipe Jorge trouxe a corda de Balmoral – expliquei. – Eu vou lá hoje, se conseguir um carro.

– Não vejo por que não, não é, Fig?

Ela tentou encontrar um bom motivo para eu não poder usar a gasolina dela, mas no fim das contas teve que concordar.

– Claro, sem problemas. Vá e se junte à caçada. Vai fazer bem a você. Eu também iria se não estivesse presa aqui como anfitriã.

– E, Binky, tem mais uma coisa. – Parei perto da porta. – Esse Hugo Bubume-Bestialy. Me fale dele.

– Não tenho muita coisa a dizer – respondeu Binky. – Ele era novato na minha turma da escola quando eu era monitor. Um baixinho magrelo naquela época. Sofria muitas agressões, então eu me meti. Ele ficou muito agradecido. Mas eu não o via desde que saí da escola. Fiquei surpreso quando ele escreveu e pediu para ficar aqui, mas não se pode dizer não a um antigo colega.

Voltei ao meu quarto para vestir uma roupa adequada para Balmoral. Uma saia no padrão xadrez dos Rannoch (uma mistura horrorosa de vermelho, amarelo e marrom) e uma blusa branca. A caminho das garagens, procurei Harris, o chefe dos ajudantes. Era um senhor com uma mecha de cabelos brancos e pele marrom curtida como couro. Ele estava ocupado organizando equipamentos de pesca.

– Dê uma olhada nisso – disse ele, me mostrando um rolo de linha retorcida. – A bagunça que eles fazem com as coisas. Parece até que nunca pescaram na vida.

– Eles nunca devem ter pescado mesmo – comentei. – Eu queria perguntar a você sobre a corda que arrebentou ontem na subida.

– É, eu ouvi falar – respondeu ele, balançando a cabeça com seriedade. – Algo muito terrível, milady.

– Foi mesmo. Você guardou a corda aqui durante a noite?

– Não saiu nenhuma corda daqui. Não sei quem montou o equipamento para aquela escalada, mas não fui eu.

Agradeci e fui procurar um carro. Nosso motorista tinha ido com o carro de caçada, então peguei o veículo da propriedade em vez do Bentley. Eu não dirigia havia meses e gostava da liberdade de me sentar ao volante, seguindo pelas aleias conhecidas com as janelas abertas e a brisa fresca soprando no rosto. Não havia nenhum sinal de atividade no cais. Ainda estava enevoado em alguns lugares, e eu imaginei que uma parte do grupo da lancha tinha sido convidada a participar da caçada. Max, por exemplo. Quando cheguei a um pedaço de estrada mais reto no outro lado do lago, pisei fundo no acelerador e senti uma onda de empolgação quando o carro ganhou velocidade.

Admito que estava indo meio rápido demais, mas, quando fiz uma curva fechada, encontrei um carro indo ainda mais rápido. Só consegui perceber uma forma comprida e elegante se arremessando na minha direção. Virei o volante. Meu carro subiu na margem, balançou, quase capotou e depois se endireitou de novo. Parei com o coração acelerado e vi o automóvel esportivo se afastando a toda a velocidade pelo espelho retrovisor.

– Maldito idiota! – gritei para o carro enquanto ele desaparecia em um trecho coberto de neblina.

É, eu sei que uma dama nunca usa a palavra "maldito", mas foi um momento de extremo estresse. Além disso, só havia o gado das Terras Altas por perto para me ouvir, e eles nunca me entregariam. Então a névoa rodopiou e eu dei uma boa olhada no motorista enquanto ele se afastava ao longo do lago. Era Paolo dirigindo sozinho.

É claro que meu cérebro ficou a mil: ele tinha vindo na minha direção deliberadamente ou estava apenas dirigindo rápido demais daquele jeito imprudente de sempre? Não consegui encontrar um bom motivo para Paolo querer me matar, mas daí pensei também na criada de Ronny, que fora atropelada por uma motocicleta no aeródromo de Croydon. Será que também tinha sido obra de Paolo e ele nem se dera ao trabalho de parar? E é claro que me ocorreu que Paolo era exatamente o tipo de pessoa que gostava de se arriscar e podia ter preparado todos os acidentes que aconteceram conosco. Mas por que um rico conde italiano desejaria mal à família real britânica?

Fiquei pensando se eu devia falar alguma coisa com Belinda. Ela era minha melhor amiga e Paolo parecia inadequado em todos os aspectos – não só era um motorista imprudente com uma obsessão por velocidade, mas também estava noivo de outra pessoa. Eu não queria que ela se machucasse, mas, por outro lado, mulheres apaixonadas não querem ouvir nada de ruim sobre o objeto de seu afeto, não é mesmo? Se eu dissesse alguma coisa, teria que ser com cuidado.

Continuei dirigindo, com muito mais cautela do que antes, até chegar ao portão principal de Balmoral. O vigia saiu da sua pequena guarita octogonal esquisita, me reconheceu e bateu continência enquanto abria o portão. Assenti de maneira graciosa quando passei por ele. A entrada conduzia a um bosque exuberante, em contraste com a austeridade da charneca desolada ao redor do Castelo de Rannoch. Então surgia o Castelo de Balmoral com seu vasto gramado. Ele se parece com qualquer outro castelo escocês antigo e distinto, com torres dramáticas e cobertura de hera, mas é claro que é tudo mera imitação, pois foi construído na década de 1850 para a rainha Vitória. Se eu tivesse construído algo, teria optado mais pelo conforto e pela elegância e menos pela autêntica sensação de um castelo.

Dirigi sob o arco que levava aos estábulos e a diversos anexos na parte de trás do castelo. Estacionei discretamente e fui procurar um ajudante. Percebi no mesmo instante que todos os homens disponíveis estavam atuando como batedores para a caçada, então aproveitei a oportunidade para bisbilhotar. Descobri várias salas de arreios e vi outras cordas penduradas em bobinas ordenadas. Pela facilidade com que entrei, ficou claro que qualquer um poderia ter entrado ali sem ser visto – se tivesse tido permissão para estar na propriedade, claro. Mas, por outro lado, se alguém chegasse a pé pelas colinas, e não pela estrada, poderia ter encontrado um jeito de entrar na propriedade sem ser visto.

Verifiquei algumas das outras cordas e todas pareciam estar em perfeitas condições, então me lembrei de que Siegfried tinha dito que ele e o príncipe Jorge também haviam estendido a corda para ver o comprimento e não tinham visto nenhum defeito. Eles não teriam notado se alguém a tivesse cortado quase por completo em algum ponto? Será que isso indicava que o dano fora realizado depois que a corda entrou no Castelo de Rannoch, na noite anterior à escalada?

Eu não tinha como descobrir. Desisti e fui visitar Suas Majestades: o rei Jorge e a rainha Maria. Quando saí para o pátio do estábulo, ouvi o som de vozes infantis, e lá estavam as duas princesinhas, de mãos dadas com uma mulher que imaginei ser a governanta. Elas levantaram o olhar, surpresas, e o rosto da princesa mais velha se iluminou com um sorriso encantador.

– Eu me lembro de você – disse ela. – Você é nossa prima Georgiana, não é?

– Sou, sim. E você é Lilibet e essa é Margaret. – Eu sorri em resposta.

– Você tem que dizer princesa Margaret – corrigiu a menina de 3 anos, franzindo o narizinho –, porque eu sou uma princesa.

– Nesse caso, você tem que me chamar de lady Georgiana – respondi, tentando não sorrir.

Ela pareceu perplexa.

– Uma lady é melhor do que uma princesa? – perguntou à governanta.

– Espera-se que uma princesa cresça um dia e se torne uma lady – explicou solenemente a governanta.

– Ah – disse Margaret e ficou em silêncio.

– Fomos visitar os nossos cavalos – contou Elizabeth. – Nós levamos guloseimas para eles. – De repente, o rosto dela se iluminou também. – Já sei! Podemos cavalgar juntas. Quando estou com o cavalariço, ele não larga a minha rédea e temos que andar devagar, mas, agora que você está aqui, eu posso sair com você e podemos galopar.

– Acho uma boa ideia – falei. – Se os seus pais concordarem.

– Mas é claro que eles vão concordar. Você é nossa prima. Quando podemos ir?

– Hoje não – respondi. – Eu tenho que fazer uma visita à sua vovó real.

– Todo mundo saiu para caçar – disse Elizabeth –, mas acho que a vovó não foi com eles. Ela não gosta daquele barulho todo. Eu tenho pena dos cachorros, e você? Aposto que eles não gostam do barulho dos tiros. Os cachorros têm os ouvidos muito sensíveis, sabe?

– Tenho certeza de que eles se acostumam com isso – falei.

– Você precisa ver o nosso novo filhotinho de corgi. Ele é lindo. – Os olhos da princesa estavam brilhando.

– Eu vou ver, sim, prometo.

– E agora vamos lavar as mãos antes do almoço – instruiu a governanta, acenando com a cabeça para mim. – E não devemos prender lady Georgiana por muito tempo.

As meninas olharam melancólicas para trás enquanto eu me afastava. Observei o trajeto delas, imaginando se poderiam estar em perigo e se alguém estaria vigiando as duas. Quem eu poderia avisar? Onde eu poderia encontrar o homem de sir Jeremy?

O castelo estava banhado em um silêncio sonolento. O soar de um relógio em uma sala distante foi a única coisa que ouvi enquanto fiquei parada em cima do carpete xadrez, me perguntando para onde ir. Então pensei ter escutado o murmúrio de vozes vindo de um corredor à esquerda e fui naquela direção, passando pelo olhar atento das esculturas de mármore preto – Balmoral era mais empenhado no quesito decoração do que o Castelo de Rannoch. As vozes vinham de uma porta aberta à esquerda, e eu bati de leve antes de entrar. Sua Majestade estava sentada a uma mesa diante de uma grande janela saliente, ao que parecia escrevendo cartas. Várias mulheres mais velhas estavam sentadas em um grupo ao redor da lareira vazia, conversando. A conversa parou quando eu entrei.

– Georgiana! – A rainha parecia surpresa. – Eu não sabia que você tinha chegado. Nós só estávamos esperando você na próxima semana. – Ela parecia um pouco irritada. Era uma pessoa que não gostava de ser pega de surpresa.

– Eu vim para o Castelo de Rannoch por causa do acidente do meu irmão, madame – falei. – Não podia deixar minha cunhada cuidando de um grupo em casa sozinha. – Fui até ela e tentei a combinação usual de beijo na bochecha e reverência, fazendo tudo errado como sempre e esbarrando o nariz na bochecha real. – Então achei que devia vir visitá-la assim que eu me instalasse.

– Fico feliz com isso, minha querida. – A rainha deu um tapinha na minha mão. – Espero que você fique para o almoço. Infelizmente, não será um entretenimento dos mais estimulantes. Todo mundo foi caçar, exceto nós, mulheres idosas.

– Obrigada, madame. Eu ficaria encantada.

A rainha olhou para as damas.

– Vocês conhecem a jovem Georgiana, não é? A filha de Henry Rannoch? Lady Peebles, lady Marchmont, lady Ainslie e lady Verian.

Quatro rostos serenos e idosos sorriram para mim.

A rainha deu um tapinha no assento ao lado dela.

– E como está seu pobre irmão? Que coisa horrível que aconteceu. Meu filho Jorge nos contou tudo.

– Ele parece estar melhorando, obrigada, madame.

– Ótima notícia. Que verão estranho. O rei não estava nada bem. Está parecendo muito melhor desde que chegou aqui para tomar ar fresco. Só espero que a caçada não seja demais para ele.

Um gongo nos chamou para o almoço. Segui a rainha e as damas até a sala de jantar. Enquanto caminhávamos pelo corredor, fiquei pensando como poderia descobrir quem estava hospedado em Balmoral. Os serviçais saberiam, se eu conseguisse sair sem ser observada para conversar com eles.

O almoço foi, como é costume nos círculos reais, uma refeição bem pesada. O rei gostava da boa comida inglesa, então tomamos *mulligatawny*, uma sopa de frango, arroz, legumes e curry. Em seguida tivemos bife e torta de rim, e depois uma versão bem impressionante de pudim de pão com creme. Me sentindo meio cheia, voltei com as damas para a sala de estar.

– Acho que podemos ir até lá para ver como está a caçada, não é? – sugeriu a rainha. – Quero ter certeza de que o rei não está exagerando.

Um carro de caçada foi chamado. Seguimos aos solavancos por uma trilha através de um bosque frondoso e depois subimos uma encosta íngreme até o veículo não conseguir mais prosseguir no meio das rochas e urzes. Então saímos e caminhamos, seguindo uma trilha estreita entre as samambaias. Ainda estava enevoado, e a charneca à nossa frente se revelava uma forma fantasmagórica enquanto a brisa abria e fechava a névoa de novo.

– Eles não devem ter tido muito sucesso hoje – comentou a rainha, se voltando para nós. – Como eles esperam ver as aves com essa névoa toda? Eu não estou ouvindo nenhum tiro, e vocês? Espero que esteja tudo bem. – Ela foi na frente com lady Ainslie enquanto o restante seguia atrás.

– É tocante ver como ela fica preocupada com o rei – murmurou lady Marchmont, se aproximando de lady Peebles. – Você já viu um casal tão unido?

– Ainda mais porque ela ia se casar com o irmão dele – respondeu lady Peebles. – Devo dizer que ela mudou de afeição bem rápido.

– Ora, você não mudaria, se tivesse opção? – retrucou lady Marchmont.

Eu estava perto o suficiente para ouvir essa conversinha e me virei para elas.

– Eu me lembro de ouvir falar disso – comentei. – O duque de Clarence, não era? O que aconteceu exatamente? Ele morreu, não foi?

– Pouco antes do casamento.

– Que trágico.

– Ah, não, minha querida – disse lady Peebles. – Foi uma grande bênção para todos. Uma grande bênção para a Inglaterra. Ele teria sido um péssimo rei… não tinha a menor compostura. Era completamente libertino, uma vergonha para a família.

Lady Marchmont assentiu.

– Houve aquele escândalo com o clube homossexual, não foi?

Lady Peebles lançou um olhar para ela, avisando que esses assuntos provavelmente não deviam ser discutidos perto dos meus ouvidos delicados.

– Ela não deve saber nada dessas coisas – disse lady Marchmont, me dispensando com um aceno. – Eu não sabia, na idade dela. Não tinha a menor ideia de que isso existia. Eu me lembro de alguém dizendo que um dos meus pretendentes era um "veadinho" e achei que isso significava que ele gostava de animais.

Eu ri com elas.

– O duque de Clarence era mesmo homossexual? – perguntei.

– Eu desconfio que ele jogava nos dois times – respondeu lady Marchmont. – Dizem que também não conseguia tirar as mãos das criadas, e havia boatos de visitas a prostitutas...

– Eu até ouvi alguém sugerir que ele era Jack, o Estripador – disse lady Peebles com uma fungada depreciativa –, embora isso esteja fora de cogitação.

– Mas desconfio que os boatos sobre prostitutas sejam verdadeiros. E havia muitas histórias de drogas e bebida. Não, acho que Sua Majestade teve é sorte. Ele teria dado muito trabalho a ela. O rei Jorge pode ser um velho chato, mas pelo menos é confiável. E está claro que ele a adora. A Inglaterra está em boas mãos.

– Como foi que o duque de Clarence morreu? – indaguei.

– Epidemia de gripe – respondeu lady Peebles. – Quase tão ruim quanto a de 1918. Eu me lembro com clareza porque era jovem na época e ia ser apresentada à corte naquele ano, mas meus pais decidiram adiar para a temporada seguinte porque não queriam se arriscar a trazer a família do interior. Fiquei muito frustrada. Eu não conseguia entender o motivo de toda aquela confusão por causa de uma simples gripe. Claro que agora sabemos que a gripe nem sempre é tão simples.

– Ouvi um boato de que ele não morreu – comentou lady Marchmont em voz baixa. – Parece que ele estava sendo mantido prisioneiro em um hospício.

– Que podridão absurda – disse lady Peebles com veemência. – Meu pai foi ao enterro. E nunca deixe Sua Majestade ouvir você repetindo esse tipo de fofoca popular.

Ela parou de falar quando ouvimos o som de cães latindo à frente.

– Ah, aí estão eles. – A rainha se virou para nós com um aceno de satisfação.

Ela acelerou a caminhada. Para uma mulher mais velha, ela com certeza conseguia andar muito bem a passos largos.

– Acho que eles nos viram – acrescentou ela, porque alguém estava vindo na nossa direção.

O sujeito estava correndo muito rápido, e a maneira como quase nos atropelou deixou claro que não tinha nos visto e que também não esperava encontrar ninguém no caminho.

– Ah, Vossa Majestade – gaguejou ele, com o rosto vermelho de esforço e vergonha –, eu não tinha a menor ideia. Não esperava…

– Está tudo bem, Jack – disse ela. – Por que tanta pressa?

– Eles me mandaram buscar um médico e a polícia – respondeu ele, as palavras ainda saindo ofegantes. – Houve um acidente horrível. Alguém levou um tiro.

Vinte e quatro

Propriedade de Balmoral
20 de agosto de 1932

Lady Peebles assumiu o comando.
– Precisamos levar Sua Majestade de volta para o castelo agora mesmo – alertou ela.
– Eu não vou desmaiar por ver um pouquinho de sangue, Blanche – disse Sua Majestade –, mas o que aconteceu? Quem foi?
– Eu não saberia dizer, Vossa Majestade. Foi um dos jovens cavalheiros.
– Ele está muito ferido?
– Parece horrível pelo que eu vi, Vossa Majestade.
– Não é melhor levá-lo de volta para a casa no automóvel? – sugeriu Sua Majestade. – O carro está aqui perto.
– Acho que ele não pode ser carregado, madame – disse o serviçal. – Eles podiam ter levado o rapaz para o carro de caçada, mas me pediram para chamar o médico e a polícia.
– Então é melhor você voltar de automóvel conosco – comentou a rainha. – Acho que, se ficarmos, só vamos atrapalhar, e não queremos que nosso automóvel bloqueie o caminho da ambulância.
Ela acenou para as damas. Lady Peebles foi pegar o braço dela, mas depois pensou melhor.
Eu me afastei e continuei subindo a trilha, atravessando a neblina. Tive uma sensação terrível de pânico. Um jovem cavalheiro havia sido baleado.

Eu não sabia se Darcy estava na caçada ou não, mas me vi rezando – *Por favor, que não seja Darcy, que não seja Darcy* – e comecei a correr, tropeçando em tufos de urzes, pedras e tocas de coelhos. Figuras se assomavam adiante através da névoa, mas havia um silêncio inquietante. Dava para ouvir uma cotovia cantando em algum lugar acima da penumbra. A névoa de repente se abriu e eu os encontrei. Eles estavam parados, quase como se estivessem posando para um quadro: o rei, ainda segurando a arma, no meio da cena, três de seus filhos – o príncipe de Gales, o duque de York e o príncipe Jorge – e a nora, a duquesa de York, estavam de pé ao redor dele, formando um grupo de proteção. Os participantes socialmente inferiores estavam ao lado. Mais adiante estavam os serviçais, segurando os sacos de caça, as armas sobressalentes e os cães, que esticaram as guias ao me verem chegando e começaram a latir de novo. Havia um olhar de choque e perplexidade em todos os rostos. E, atrás do quadro posado, consegui distinguir alguma coisa caída no chão entre duas pessoas ajoelhadas.

– Quem está vindo? – A voz do rei foi conduzida pelo ar.

– Parece a jovem Georgie – disse alguém, provavelmente o príncipe de Gales, pela voz.

– Georgie?

– A irmã de Binky, do Castelo de Rannoch.

Eu os alcancei, meio sem fôlego por ter subido a colina.

– Olá, senhor. – Fiz um sinal com a cabeça para o rei. – Sua Majestade estava vindo para ver como o senhor estava, mas voltou de automóvel com seu serviçal para chamar um médico.

– Infelizmente, é tarde demais para um médico – sentenciou o rei, com a voz entrecortada, se esforçando para não demonstrar emoção. – O pobre coitado já se foi.

– Quem era? – Meu coração batia tão forte que eu mal conseguia respirar.

– Um rapaz que está hospedado com vocês, pelo que eu soube – respondeu o príncipe de Gales. – Beastley alguma coisa. Eu não olharia, se fosse você. Não é uma visão bonita.

Meu olhar foi do grupo maior para o quadro menor no chão. No caminho até lá, vi minha mãe. Ela estava agarrada ao braço de Max, mas se afastou e correu na minha direção.

– Não é muito, muito horrível? – disse ela. – Aquele pobre rapaz. Tão bonito. Que coisa abominável. Eu me sinto muito fraca, e ninguém pensou sequer em trazer um frasco de conhaque. Só espero que eles nos levem logo de volta para a casa. Eu posso desmaiar a qualquer momento.

– Mamãe, você é forte como um boi – falei. – Tenho certeza de que vai aguentar muito bem.

– Que filha insensível – criticou ela com um suspiro dramático. – Max, você vai me segurar se eu desmaiar, não vai?

– O que devo fazer, *Liebchen*? – perguntou, já que a palavra "desmaiar" estava além do vocabulário dele. Assim como provavelmente a palavra "segurar".

Passei por ela para ver o corpo com meus próprios olhos. Hugo Bubume--Bestialy estava deitado, olhando para o céu com uma expressão de surpresa. Havia uma quantidade considerável de sangue espalhada ao redor dele. Ajoelhados a seu lado estavam Darcy e um homem mais velho com um bigodinho grisalho. Darcy se levantou rápido quando me viu.

– O que você está fazendo aqui? – perguntou ele.

– Eu vim visitar a rainha – falei. – O que aconteceu?

O homem mais velho se levantou um pouco rígido, como se já estivesse ajoelhado há muito tempo. Ele era alto e tinha um porte militar.

– Eu falei que não devíamos ter saído com esse clima – lembrou ele. – É muito arriscado, com a névoa indo e vindo. O tolo do jovem deve ter se adiantado e entrado na linha de fogo. É isso que acontece quando trazemos novatos que não conhecem as malditas regras. Você conhecia o sujeito?

– Ele estava hospedado no Castelo de Rannoch – respondi, olhando para ele com pena e repulsa –, mas antes disso eu nunca o tinha visto.

– Eu também nunca o havia encontrado até algumas semanas atrás. Ele apareceu lá em casa algumas vezes – disse o homem. – Acho que estava interessado na minha filha. – Ele se aproximou de mim. – A propósito, sou o major Padgett. Já nos encontramos. Conheço sua família há anos. Somos vizinhos.

– Ah, sim, claro. Georgiana Rannoch. Como vai?

– E você conhece esse jovem? – Ele apontou para Darcy.

– Conheço, sim. – Os olhos de Darcy encontraram os meus. – Olá, Darcy.

– Eu fui amigo do pai dele uma época – contou o major Padgett. – Ele tinha um belo estábulo de cavalos de corrida.

– Não tem mais – comentou Darcy. – Passou para o status de indigente, infelizmente.

– Nós todos passamos, não é mesmo? – disse Padgett com certa amargura na voz. – Nós todos... Estamos sendo obrigados a viver de migalhas nos dias de hoje. Uma época ruim.

– Olhe, eu acho que a Georgie não deveria estar aqui – afirmou Darcy. – Não é um lugar adequado para uma mulher. Vou levá-la de volta para o castelo.

Eu estava prestes a argumentar que conseguia suportar a visão de um cadáver tão bem quanto qualquer outra pessoa, mas reparei no olhar de Darcy. Ele estava tentando me dizer alguma coisa.

– Boa ideia – concordou o major Padgett. – Leve todas as mulheres de volta no primeiro automóvel, mas nós, homens, devemos ficar por aqui até o policial local chegar. Eu não sei o que ele vai poder fazer. É um sujeito decente, mas não dos mais brilhantes. Mas é preciso fazer o procedimento, afinal houve uma morte que precisa ser oficialmente considerada acidental.

Minha ficha estava começando a finalmente cair sobre ter acontecido uma morte. Vários acidentes quase fatais ao longo de alguns dias e agora alguém havia morrido de verdade. Claro que pode ter sido uma casualidade. Com essas condições climáticas, alguém poderia ter sido de fato baleado por azar caso se afastasse do grupo principal, perdesse o rumo na névoa e entrasse na linha de fogo. Mas era um número exagerado de acidentes. E eu não conseguia entender de jeito nenhum por que tinha sido Hugo. Não fora ninguém da nossa linha de sucessão. Não era sequer alguém que eu já conhecia.

– Está bem – falei. – Acho que não posso ser útil aqui, de qualquer maneira. Vai ser melhor eu estar lá para garantir que o chá esteja pronto quando vocês voltarem.

Darcy pegou meu braço e me levou embora.

– Tem uma coisa engraçada acontecendo aqui – murmurou ele para mim. – Hugo Bubume-Bestialy não estava à frente do grupo. Eu o vi parado na lateral, ao lado do príncipe de Gales.

Eu devo ter ficado branca e boquiaberta com a surpresa.

– Bem, isso explica tudo, não é? – sussurrei. – Alguém estava mirando no príncipe e errou, acertou Hugo por engano. Ou a pessoa achou que Hugo era o príncipe. Os dois têm cabelos louros e estão com roupas parecidas.

Darcy me olhou de um jeito estranho.

– Você não me parece muito surpresa.

– Acho que já era esperado que isso acabasse acontecendo. – Parei de andar e me virei para ele. – Pressuponho que você é meu contato aqui.

– Contato? Querida, você sabe que estou muito interessado em ter qualquer tipo de contato com você a qualquer momento, mas não tenho ideia do que você está falando.

– Então, se não é você, quem é? – falei sem pensar.

Eu nunca serviria para ser espiã. Costumo falar as coisas erradas sob pressão.

– Você se importa de me explicar antes que eu ache que está maluca?

– Você está me dizendo que não foi mandado para cá por sir Jeremy?

Ele me olhou desconfiado.

– Eu vim para cá porque achei que você estaria aqui no norte, se quer saber. E era a oportunidade de ter comida e hospedagem garantidas com Paolo e os amigos. E você sabe que eu nunca recuso uma refeição grátis. Nem a oferta de uma cama. – Ele me lançou um sorriso malicioso. – E o único sir Jeremy que conheço é o chefe de um setor chato do Departamento de Assuntos Internos. – Ele estava lendo meu rosto. – É esse? Você acha que eu posso ser um burocrata assistente de um funcionário público?

Ele estendeu a mão e me tocou de leve no braço. O efeito em mim foi desconcertante, mesmo nessas circunstâncias.

– Olhe, Georgie, o que está acontecendo? Alguém está tentando matar o príncipe de Gales?

– Sinto muito, mas não posso contar – falei. – Eu jurei segredo.

– Você não confia em mim? – Ele tirou a mão do meu braço. – Eu levei um tiro pelo rei e pela rainha, e mesmo assim você ainda não confia em mim?

– É claro que eu confio em você – respondi. – Só que sir Jeremy me disse que ninguém podia saber e que eu encontraria um contato trabalhando disfarçado em Balmoral.

– Você achou que esse contato podia ser eu?

Fiz que sim com a cabeça.

– Desculpe decepcioná-la – disse ele. – E esse sir Jeremy pediu que você protegesse o príncipe de Gales de um assassino louco? Qual é exatamente o treinamento que você tem nesse aspecto?

– Não, ele me pediu para ficar de olhos e ouvidos abertos. E não é só o príncipe de Gales, Darcy. Ele suspeita que alguém esteja tentando matar os herdeiros do trono. E agora que eu vi com meus próprios olhos, tenho que concordar com ele.

– Mas por que pedir a você?

– Porque ele acha que só pode ser um de nós, e não alguém de fora. E eu posso observar de dentro, digamos assim.

– Interessante. O que você observou até agora?

– Até agora, pareceram só acidentes mesmo, nada que alguém pudesse dizer que foi deliberado. Teve o pé do Binky preso em uma armadilha. A caixa de descarga do banheiro que caiu na Babe…

– Eu soube disso pelo marido dela. Ele estava bem irritado.

– Ora, e você não estaria se sua esposa quase fosse morta por uma caixa de descarga voadora?

– Não é a maneira mais bonita de morrer. Mas eu soube que ela sobreviveu para voltar a dar descargas.

– Isso não é engraçado, Darcy – falei, quase dando um tapa na mão dele, mas desistindo. – Isso se encaixa no padrão desses acidentes.

– Quais foram os outros acidentes?

– Teve a corda que arrebentou quando eu estava escalando com o príncipe Siegfried…

– O quê?

Relatei os detalhes do incidente.

– E você acha que a corda foi sabotada de propósito? – questionou Darcy. Ele não estava mais brincando. Seu rosto ficou sombrio.

– Eu não tive a chance de ver a corda desde o acidente e não sei se poderia identificar se uma corda foi cortada de propósito, mas Siegfried disse que a corda havia saído de Balmoral com o príncipe Jorge e que eles a estenderam para medir e ela parecia em boas condições.

– Então você acha que alguém estava tentando se livrar de você ou do príncipe Siegfried? Eu sei qual dos dois eu escolheria – acrescentou ele, me fazendo sorrir.

– Eu fiquei me perguntando se o príncipe Jorge era o alvo. Afinal, foi ele que trouxe a corda. E a caixa de descarga do banheiro que caiu em cima de Babe... estava no banheiro que ele usava.

– Entendi. – Darcy e eu caminhamos lado a lado em silêncio. – Quem será esse seu contato? – perguntou ele por fim. – E, obviamente, esse seu sir Jeremy não é um sujeito tão chato como eu imaginei que fosse.

– Então me diga: quem estava na caçada?

– O rei e três filhos dele. A duquesa de York. Sua mãe e o amigo alemão gordo dela. O príncipe Siegfried. O major Padgett e alguns homens mais velhos que acredito serem cavalariços de Sua Majestade. E os forasteiros: Gussie, eu, Hugo, seus dois primos peludos... ah, e o americano, Earl, apareceu com um jovem conde austríaco.

– Fritzi – falei. – Estou surpresa de Earl estar aqui. Achei que estaria velando o leito de Babe.

– Ele disse que não podia recusar a chance de caçar com o rei. Vai poder contar essa história para sempre nos jantares lá na América.

– É, acho que sim.

Minha mente já estava trabalhando mais do que devia. Babe no hospital e Earl ainda tão ansioso para fazer parte da caçada. Isso não dava a impressão de um marido dedicado. Seria possível que alguma coisa bem diferente estivesse acontecendo? E se Earl tivesse armado para aquela caixa de descarga cair na cabeça da esposa e Hugo tivesse visto? Hugo parecia alguém capaz de tentar uma chantagenzinha. A morte dele podia não ter nada a ver com a linha de sucessão da realeza.

O primeiro de uma série de carros de caçada apareceu lá embaixo, na beira da charneca. Darcy colocou a mão no meu braço e me virou para encará-lo.

– Olhe, Georgie. Eu não estou gostando nada disso. E não quero você envolvida nessa história de jeito nenhum. Espero que o alvo da corda arrebentada não tenha sido você, mas não podemos descartar essa possibilidade. Você também faz parte da linha de sucessão.

– Trigésima quarta, Darcy. Se alguém quisesse ser rei, teria que matar muita gente antes de mim. Alguém ia pegar a pessoa antes que ela chegasse ao número um.

Darcy ainda estava com a testa franzida.

– Eu me pergunto que motivo essa pessoa pode ter. Eu tenho certeza de que ninguém pode achar que vai acabar sendo rei se matar todos entre ele e o trono! Será que é um rancor específico contra a família Windsor ou a realeza em geral? Alguém a quem o rei poderia ter concedido o perdão real mas não o fez?

– É uma possibilidade – falei –, mas não leva em conta um fator: teria que ser alguém que fizesse parte do nosso grupo. Um intruso teria sido visto se estivesse infiltrado no Castelo de Rannoch. E como um intruso poderia ter chegado à caçada de hoje? Para começar, tem um muro ao redor da propriedade, e ele com certeza teria sido visto.

– Não necessariamente – disse Darcy. – Não é difícil encontrar um caminho para entrar na propriedade. E tem uma grande cobertura florestal abaixo da charneca das perdizes. Com a neblina de hoje, acredito que a pessoa poderia ter se aproximado o suficiente para atirar em alguém.

– Você viu onde ele foi baleado?

– Nas costas e no pescoço. Cheguei um pouco tarde, mas foi o que Padgett disse.

– Será que é possível matar alguém com uma arma de perdiz? – questionei. – Aquele chumbinho miúdo conseguiria matar uma pessoa?

– Se atingisse o ponto certo, conseguiria. Uma artéria no pescoço, por exemplo. Havia muito sangue ao redor.

– Você saberia dizer se eram vários furos de chumbinho ou um único buraco feito por um projétil?

Darcy balançou a cabeça.

– Quando vimos que ele já estava morto, nós o deixamos onde estava. Não queríamos adulterar as provas até a polícia chegar.

– Em breve vamos saber se foi alguém do grupo com uma arma de perdiz ou um intruso com um tipo diferente de arma.

– Você está pensando em entrar para a polícia? – indagou ele, parecendo se divertir por um instante. – É surpreendente que uma moça bonita e bem-educada como você fale sobre armas sem desmaiar.

– Isso é bobagem, e você sabe disso. Pense em todas as moças bonitas e bem-educadas que foram enfermeiras voluntárias na Grande Guerra e viram os horrores mais inimagináveis sem desmaiar.

– Isso é verdade, acho, mas eu ficaria muito mais feliz se você não se metesse mais nisso e ficasse em casa em segurança. Pelo menos agora eles vão fazer uma investigação policial, ou assim esperamos. Pode aparecer alguma coisa da qual não suspeitávamos: talvez um dos batedores de caça com um bom motivo?

– Se fosse um batedor, Hugo teria sido baleado no peito, não nas costas – observei.

– Você sabe aonde estou querendo chegar… alguém que dá um jeito de servir à realeza com o objetivo de fazer mal à família.

– Sir Jeremy disse que eles fizeram extensas verificações de antecedentes e não encontraram nada. Segundo ele, só pode ser um de nós.

Darcy refletiu.

– Estávamos em pequenos grupos, mas praticamente em fila. E tinha uma fila de batedores na nossa frente. E ajudantes atrás de nós com os cães. Pensando bem, quem entre nós ia querer matar alguém? Os únicos sobre quem eu não sei nada são o americano e o conde austríaco.

– Você teria notado se alguém tivesse ficado para trás?

Darcy balançou a cabeça.

– Não posso dizer que teria. Quando você está determinado a esperar que a próxima perdiz seja liberada, não olha ao redor.

Tínhamos chegado aos carros. Darcy segurou minhas mãos nas dele.

– Volte para a casa. Eu vou ficar com o grupo de caçada até a polícia chegar. E, Georgie, não saia sozinha. Fique com a rainha e as damas, entendeu? A polícia vai chegar logo. Isso está nas mãos deles.

Ficamos ali por um instante, de mãos dadas, só olhando um para o outro.

– Eu lhe devo um pedido de desculpas – falei. – Tive certeza de que você é que tinha avisado o sir William sobre minha gafe estúpida.

Ele corou.

– Ah, bem, infelizmente fui eu mesmo.

– Viu? Eu sabia! – Tentei afastar as mãos, mas ele as segurou com força.

– Ouça, Georgie, eu só liguei para contar que tinha havido um engano terrível e que, se a imprensa ficasse sabendo de alguma coisa, ele devia dizer para não publicarem. Eu estava protegendo você, só isso.

– Entendo. Então você não fez parte do esquema abominável para me enganar e me atrair para a Escócia para fazer o trabalho sujo por eles?

– Eu juro que não.

Nós nos entreolhamos de novo.

– E você veio para a Escócia só para ficar perto de mim?

Ele sorriu.

– Eu sabia que você ia vir para Balmoral em breve, então pensei em arriscar.

Não pude deixar de notar como ele estava maravilhoso com a brisa descabelando seus cachos escuros e desarrumados. Senti vontade de passar as mãos neles. Eu queria… obriguei meus pensamentos a voltarem para o problema atual.

– É melhor você ir – disse ele. – Não devo deixá-los sozinhos lá em cima. Eles vão bagunçar tudo. Se cuide, está bem? – Darcy se inclinou para me beijar.

– Ah, que bom, aí estão eles. – Era a voz de uma mulher.

Olhamos para cima e vimos a duquesa de York correndo encosta abaixo com minha mãe a tiracolo.

– Não vão embora sem nós! – gritou ela.

Esperamos com paciência até elas nos alcançarem.

– Você vai voltar para a casa, não é? – continuou a duquesa. – Que ótimo. Sua pobre mãe estava quase desmaiando, e eu achei que devia voltar para minhas filhas. Esse é o tipo de coisa que é melhor elas saberem por mim, e não pelas fofocas do palácio. Elizabeth é muito sensível, sabe? Não quero que fiquem angustiadas.

Assenti.

– Eu as vi há pouco tempo, madame. Elizabeth quer que eu vá cavalgar com ela.

– Ah, ela adoraria, se você tiver tempo. Ela fica muito frustrada por ter que ir devagar ao lado da Margaret e do cavalariço, e está virando uma excelente amazona.

– Eu venho amanhã, se quiser. Pode ser melhor que ela esteja longe do castelo caso a polícia volte lá.

A duquesa pareceu surpresa.

– A polícia? Por que eles iriam ao castelo?

– Houve uma morte – respondi.

– Sim, eu sei, mas foi um tiro acidental. É lamentável e muito triste para o pobre jovem, mas não é um problema para a polícia.

Eu ia comentar que as perdizes costumam ser abatidas no ar, então, a menos que Hugo tivesse o poder de levitar, não era provável que estivesse na linha de tiro, mas vi o olhar de alerta de Darcy e fiquei calada. O motorista já tinha voltado e ajudou a duquesa a se sentar no banco de trás. Minha mãe se sentou ao lado dela. Olhei para Darcy enquanto entrava no carro.

– Se cuide – pediu ele.

Vinte e cinco

Balmoral e, depois, o lago ao lado do Castelo de Rannoch
20 de agosto de 1932

Éramos um grupinho desanimado tomando chá na sala de estar de Balmoral naquela tarde. Os homens tinham voltado, resmungando porque a caçada do dia fora arruinada e querendo saber quem havia convidado um rapaz como aquele que não fazia ideia das regras de etiqueta em caçadas. Percebi que Darcy não estava mais entre eles. Nem o major Padgett, nem Earl, nem Fritzi. Olhei ao redor para o grupo reunido: o rei e a rainha, os amigos mais velhos deles, seus filhos, meus primos, Siegfried, Gussie, minha mãe e Max. Com certeza ninguém aqui podia ter atirado em Hugo, e com certeza nenhuma dessas pessoas era meu contato da polícia especial.

Percebi que a tragédia não os tinha feito desistir do chá. Havia a variedade habitual e deliciosa de comidas preferidas da hora do chá nas mesas baixas – panquecas quentes com manteiga, bolinhos quentes com creme e geleia, biscoitos assados na hora, fatias de bolo Dundee, um bolo Rainha Vitória. As criadas passavam entre nós, enchendo as xícaras de chá. Os homens comiam com prazer. Por mais que eu adorasse essas coisas e tivesse sido privada delas nos últimos tempos, não consegui comer mais do que algumas garfadas. Esperava que Darcy fizesse a polícia local considerar a possibilidade de ser um assassinato e não um acidente e que fossem tomadas precauções adicionais em torno da família real.

Esperei um pouco para ver se Darcy ia aparecer ou se tinha havido algum desdobramento com a polícia. Eu temia que a polícia local ficasse tão admirada com os participantes desse drama que acabasse considerando a morte como acidental. E talvez fosse mesmo. Eu esperava que Darcy pelo menos sugerisse à polícia que eles trouxessem um inspetor de Aberdeen. De repente, eu queria me afastar da atmosfera sufocante daquela sala de estar. Então me despedi e voltei dirigindo para o Castelo de Rannoch – mais devagar, dessa vez. Eu não queria correr o risco de encontrar Paolo, o corredor maníaco, de novo. Quando entrei no trecho de estrada que passava ao lado do lago, vi que havia atividade no cais e parei para ver o que estava acontecendo. A lancha azul estava na água, a poucos metros da margem, com várias pessoas trabalhando nela. Belinda se encontrava sentada com Conchita no cais, e esta ostentava um top e um short bem ousados. Belinda também estava usando um short, e os dedos dos pés descalços das duas balançavam na água. Era uma cena deliciosamente inocente. Saltei do carro e fui me juntar a elas.

– Vocês estão se divertindo? – perguntei.

– Ah, estamos nos divertindo muito, absurdamente – ironizou Belinda, revirando os olhos. – Conchita e eu acabamos de concordar que não nos lembramos de quando tivemos um dia tão empolgante.

– Existe alguma coisa mais chata do que homens que só falam de máquinas? – questionou Conchita. – Primeiro Darcy e Augustus vão embora para atirar em pobres passarinhos, depois Paolo, o americano e Ronny não fazem nada além de falar sobre motores e hélices e coisas chatas. Ficamos muito felizes quando o tempo melhorou e pelo menos Belinda e eu pudemos tomar um pouco de sol, mas os rapazes se esqueceram de trazer as cadeiras.

– Em resumo, um dia muito irritante – disse Belinda. – Você estava na caçada em Balmoral?

– Eu estava lá, fazendo uma visita à rainha, mas não fui atirar com eles. E estou bem feliz por não ter me juntado ao grupo, porque houve uma tragédia terrível. Você se lembra de Hugo Bubume-Bestialy? Ele levou um tiro e morreu.

– Nossa Senhora! – exclamou Conchita e se benzeu.

– Que horrível – disse Belinda. – Sinceramente, eu o achava muito chato e meio seboso demais, mas não merecia morrer. Quem atirou nele?

– Não se sabe. A teoria é que ele seguiu adiante no meio da névoa e entrou na linha de fogo.

– Que horrível. – Belinda estremeceu. – E que burro. As pessoas podiam ser sensatas e ficar junto com o grupo, não acha?

Assenti. Belinda olhou para Conchita.

– Eu acho que a Ronny ainda não soube dessa novidade – comentou ela.

– Ela vai ficar aliviada – respondeu Conchita, sem a menor sensibilidade. – Ronny não gostava dele lançando olhares sedutores para ela o tempo todo. E ele era novo demais também. Recém-saído do berço, foi o que ela disse.

– Onde está a Ronny? – perguntei.

Belinda fez um sinal com a cabeça.

– No barco. Onde mais? A verdade é que ela gosta de mexer em motores, como um homem. E está tentando convencer o Paolo a deixá-la pilotar aquela coisa terrível.

– Ela deve ser muito boa nisso – falei. – Já a vimos pousar aviões.

– Tenho certeza de que ela seria fabulosa, mas você conhece o Paolo. Ele não está disposto a compartilhar o brinquedinho novo, mesmo que não esteja pagando por ele.

Conchita se levantou, se espreguiçando como um gato.

– Bom, por mim já deu. Eu vou voltar para a casa e tirar uma soneca. Achei que passear de lancha seria empolgante, mas é muito chato. E não tem nenhum homem interessante por perto.

– Tem aquele americano no barco – mencionou Belinda com um sorriso.

– Aquele? Ele não saberia o que fazer com uma mulher de verdade nem se a encontrasse na cama. Já Darcy... ele saberia, mas acho que eu não sou o tipo dele.

– Tem o Gussie – falei, animada por saber que Darcy não tinha tirado vantagem do fato de Conchita estar pronta, ser disposta e muito capaz. – Ele é rico e está disponível.

– Então pode ficar com ele – desdenhou Conchita com grosseria. – Os ingleses são os piores amantes possíveis. Eles fazem amor como se estivessem jogando rúgbi, com grunhidos pavorosos. E nem ocorre a eles que as mulheres também gostam de se divertir. – Ela passou as mãos pela roupa de banho em um gesto muito sugestivo, depois virou as costas para nós e começou a caminhar pela beira do lago.

– Ela está de mau humor porque Darcy a recusou – contou Belinda. – Espero que você não o deixe escapar por entre os dedos dessa vez, Georgie. Ele está bem interessado em você, sabe? Só pode estar. Poucos homens recusariam um convite tão explícito de alguém como a Conchita, ainda mais sendo podre de rica como ela é.

– Eu não quero deixá-lo escapar por entre os dedos, pode acreditar – falei. Peguei o lugar de Conchita no cais ao lado dela.

– Você ainda está loucamente apaixonada por Paolo?

Belinda deu de ombros e chutou os pés para cima e para baixo na água.

– Acho que eu nunca estive loucamente apaixonada. Loucamente lasciva, talvez. E eu tenho que confessar que o sexo é celestial, e adoro a empolgação da velocidade.

Eu hesitei, me perguntando se devia compartilhar minhas suspeitas. Afinal, ele estava saindo de Balmoral com muita pressa.

– Você precisa ter cuidado com toda essa velocidade – falei por fim. – Ele quase me jogou para fora da estrada hoje de manhã.

– Eu sei. Ele acha que ninguém mais tem o direito de estar na estrada além dele. Completamente egoísta, como a maioria dos homens. E tem uns lapsos estranhos de culpa católica… resmunga sobre precisar se confessar e tem medo de passar centenas de anos no purgatório. Homens são muito engraçados, não são?

– Quer dizer que ele perdeu a graça?

– Para dizer a verdade, eu não gosto de ser menos importante do que um barco. Querida, desde que chegamos aqui ele mal percebeu que eu estou viva. Exceto à noite, é claro, mas ele trabalha tanto o dia todo que não sobra energia para fazer aquilo mais de uma vez. E ele está falando que precisa voltar para a noiva por causa do aniversário dela.

– Fico feliz.

– Feliz porque ele vai voltar para a noiva?

– Feliz porque você não se apaixonou de verdade por ele. Eu não ia querer ver você sofrer.

– Não se preocupe comigo. – Ela deu um tapinha no meu joelho. – Sou uma sobrevivente, Georgie. Sou igual a um gato. Eu sempre caio de pé, como sua mãe.

– Eu não quero que você acabe como minha mãe.

Ela deu de ombros.

– A vida que ela teve não é tão ruim. Pelo menos nunca ficou entediada, e o tédio é um negócio que eu odeio mais do que qualquer coisa. Meu pavor é me casar e ficar presa em uma propriedade rural sombria e a maior emoção do dia ser colher rosas e ouvir as crianças recitarem poesias na hora do chá.

– Você obviamente precisa se casar com alguém rico, porque aí vai poder ter casas por toda parte e fugir de uma para a outra.

– E ter um amante em cada lugar. – Os olhos dela brilharam. Então Belinda franziu a testa, olhando para a estrada atrás de mim. – Eu não sabia que o policial local tinha um carro – comentou ela. – Achava que eles só andavam de bicicleta.

– Ele só tem uma bicicleta mesmo – respondi, virando para seguir o olhar dela. – Espero que sejam os rapazes de Aberdeen à paisana para analisar a cena da caçada em Balmoral.

– Nesse caso, por que eles estão se afastando de Balmoral? – perguntou ela.

– Boa pergunta. Talvez estejam indo para o Castelo de Rannoch para falar comigo. Preciso avisar que estou aqui.

Mas, quando eu me levantei, o carro da polícia já tinha saído da pista e estava avançando sobre o cascalho em direção ao cais. Dois homens saltaram, ambos detetives à paisana, usando capas e chapéus fedora, alinhados com a tradição consagrada pelo tempo. Eu não reconheci nenhum deles – não que eu fosse familiarizada com toda a polícia local.

Estava prestes a dizer "Posso ajudá-los?" quando um deles gritou:

– Estamos procurando o conde Paolo di Martini! Alguma de vocês, garotas, sabe se ele está por aqui?

Minha irritação aumentou um pouco ao ser tratada como "vocês, garotas".

– Ele está naquele barco azul – informei com frieza.

– O que o senhor quer com ele? – perguntou Belinda, mas eles passaram direto, como se ela não existisse.

No fim do cais, eles gritaram o nome de Paolo e gesticularam para que ele fosse para a margem.

– Vão embora! – gritou Paolo. – Vocês não estão vendo que eu estou ocupado?

– Detetive inspetor Manson, Polícia Metropolitana! – gritou um deles e ergueu a identificação. – Gostaríamos de falar com o senhor agora mesmo, se não se importar.

– Eu me importo – disse Paolo.

– Então vou reformular. *Signor* Di Martini, gostaríamos que o senhor nos ajudasse na nossa investigação.

– Vão para o inferno – praguejou Paolo.

– Nesse caso, o senhor não me deixa nenhuma alternativa. Paolo di Martini, o senhor está preso.

– O quê? Do que está falando?

Não sei quanto tempo a gritaria teria durado se Ronny não tivesse ligado o motor e levado o barco para o cais.

– Que maluquice é essa? – quis saber Paolo enquanto cambaleava para a margem.

– Paolo di Martini, o senhor está preso em nome da lei pelo homicídio culposo de Mavis Pugh.

Paolo pareceu quase achar engraçado.

– Quem é Mavis Pugh, em nome de Deus? Nunca ouvi esse nome.

Ronny deu um gritinho e saltou para a margem atrás dele.

– Foi você, Paolo? Você a atropelou? Seu animal horrível e insensível. Como você pôde fazer uma coisa dessas? – Ela se atirou em cima dele como se fosse atacá-lo.

Paolo levantou os braços para se defender.

– Mas eu não conheço essa pessoa. – Agora ele parecia confuso e assustado. – O que é isso? Eu sou inocente. Belinda, diga a eles que eu sou inocente. Vocês estão dizendo que eu matei alguém? Isso não é possível.

– O senhor tem uma motocicleta, não tem? Uma motocicleta que encontramos no seu hangar no aeródromo de Croydon.

– Tenho, mas…

– Naquela motocicleta, encontramos evidências conclusivas que ligam o senhor à morte de uma jovem por atropelamento e fuga. Encontramos vestígios do cabelo e da fibra do casaco dela nos pneus e na estrutura da moto. Agora devo alertar que o senhor tem o direito de ficar calado e que qualquer coisa que disser pode ser usada como prova contra o senhor. Então, o senhor pode vir conosco sem causar nenhuma confusão. – Ele pousou a mão grande no braço de Paolo.

– Não. É um engano. Eu nunca atropelei ninguém. Nunca na minha vida toda.

– Se o senhor for mesmo inocente, tenho certeza de que tudo será resolvido com muita facilidade. – Ele guiou Paolo em direção ao carro e abriu a porta traseira para ele. – Entre, senhor.

– Belinda, não deixe eles me levarem! – Paolo lançou um olhar assustado para ela quando a porta do carro se fechou.

Belinda ficou totalmente atordoada.

– Ai, meu Deus, Georgie. Isso é horrível. Eu devia fazer algo. Você entende dessas coisas. O que eu posso fazer?

– Belinda, você viu como ele dirige. Você não acha possível que ele seja culpado? Lembre-se de que ele quase me atropelou na porta do seu chalé.

– Mas ele não atropelou! Essa é a questão. Ele dirige rápido, mas tem os reflexos de um piloto de corrida. E eu tenho certeza de que ele nunca ia atropelar alguém e continuar dirigindo sem parar para ajudar. Ele não é assim. É um cavalheiro. – Dava para ver que ela estava lutando contra as lágrimas.

Era a primeira vez que eu via Belinda sem conseguir se conter.

– Vamos até o castelo para tomar um chá – falei com delicadeza.

Ela balançou a cabeça.

– Não, eu tenho que voltar para casa e ficar lá para o caso de ele me ligar.

– Tudo bem, eu levo você – disse Ronny. – Meu carro está aqui. Tenho certeza de que Digby pode colocar as lonas no barco, não é, amigo? – Ela sorriu para o jovem americano, que estava de pé ao lado dela, encarando-a boquiaberto, em choque.

– Você quer que eu vá com você? – perguntei.

Antes que ela pudesse responder, ouvimos o som de passos apressados e vimos uma figura correndo pela estrada na nossa direção. Quando ela se aproximou, percebemos que não tinha sido talhada para tal atividade: perninhas redondas, curtas e atarracadas. Era Godfrey Beverley.

– Minhas queridas, quanta emoção – disse ele. – Aquilo era mesmo um automóvel da polícia? Eu achava que conseguia perceber policiais a um quilômetro de distância. Eles falam que estão à paisana, mas todos usam capas idênticas, não é? E era aquele belo conde italiano que eles estavam arrastando? Imagino que tenha a ver com o acidente na caçada.

– Caçada? Que caçada? – perguntou Ronny de repente.

– Minhas queridas, vocês não souberam? Alguém levou um tiro por acidente em Balmoral hoje. Eu estava lá, dando uma volta, e agora o lugar está lotado de policiais.

– Quem levou o tiro? – indagou Ronny apressada.

– Um jovem, pelo que eu soube. Ninguém de quem eu tivesse ouvido falar antes. Há boatos de que ele estava hospedado no Castelo de Rannoch, lady Georgiana. Hugo alguma coisa?

– Ah, não. – Ronny levou a mão à boca. – Hugo não. Que coisa horrível. Eu era tão má com ele, e ele era tão louco por mim! Agora estou me sentindo péssima.

– E eles prenderam o conde por isso, não foi? – Os olhos de Godfrey estavam esbugalhados. – E eu estava lá, no local. Minhas queridas, que choque.

– Eles não prenderam o conde por isso – falei com frieza. – Querem que ele ajude em um assunto bem diferente. Um probleminha em Londres. Eles nem eram policiais locais.

– Ah, entendi. Bem, não importa.

Ronny colocou o braço nos ombros de Belinda.

– Vamos? Eu não aguento ficar aqui nem mais um segundo.

– E eu preciso voltar para o castelo – falei. – Por favor, me deem licença.

Godfrey estava olhando para a estrada na direção de Balmoral enquanto Ronny e Belinda caminhavam até o velho Morris Cowley de Ronny.

– Ora, ora, que estranho – disse ele.

– O quê?

– Duas armas – comentou ele. – Por que alguém precisaria de duas armas?

Vinte e seis

Um chalé e, depois, um lago
20 de agosto de 1932

Assim que voltei ao castelo, guardei o carro da propriedade e já estava subindo os degraus da frente quando decidi ver meu avô. Eu precisava de alguém confiável e imperturbável naquele momento. Os últimos dias tinham sido repletos de emoções. Talvez vovô e eu pudéssemos até desfrutar de um jantar simples juntos no chalé, longe da agitação e dos Simpsons, dos primos e de Fig. Eu quase comecei a correr quando os chalés apareceram do outro lado da horta murada.

Vovô estava sentado do lado de fora com uma xícara de chá. Ele se levantou enquanto eu me aproximava.

– Que vida boa, não? Ar fresco e agradável, uma boa xícara de chá. Eu já consigo sentir esses pulmões velhos melhorando.

– Fico feliz, vô – falei.

– A chaleira ainda está quente – disse ele. – Quer uma xícara de chá, meu amor?

– Quero, sim.

Ele me olhou de um jeito interrogativo.

– Você está parecendo muito pálida. Não me diga que alguma coisa deu errado hoje.

– Muito errado. – Eu contei tudo a ele. – Me parece que alguém estava mirando no príncipe de Gales – falei. – Eles estavam bem perto um do outro e eram muito parecidos vistos de trás. Afinal, ninguém ia querer matar Hugo. Ele não tem nada a ver com a família real.

– E você tem certeza de que não foi mesmo um acidente? – Ele levantou os olhos do chá quente que estava servindo em uma xícara de cerâmica decorada com listras azuis e brancas.

– Como alguém poderia confundir Hugo com uma perdiz? Estava tudo muito enevoado, mas com certeza dava para distinguir a forma de uma pessoa através da névoa. E, depois de tudo que aconteceu, só posso concluir que o tiro foi deliberado. Darcy também pensa assim.

– Ah, ele está aqui, é? – Vovô abriu um dos seus sorrisos atrevidos. – Bem, isso deve animá-la.

– Animaria, se eu não estivesse com tanto medo. Eu devia ficar de olhos e ouvidos bem abertos, mas até agora não fiz nada além de quase ser morta. E se a polícia especial enviou um homem deles, esse homem está muito bem disfarçado. – Tomei um longo gole de chá.

Era mais doce, mais forte e mais leitoso do que o que eu costumava tomar, mas também era muito mais reconfortante.

– Talvez ele esteja entre os serviçais e ainda não tenha encontrado um jeito de falar com você – sugeriu vovô. – E, de qualquer maneira, a polícia foi chamada, não foi?

Fiz que sim com a cabeça.

– Bem, a menos que eles sejam muito tolos aqui na Escócia, vão saber dizer se houve um crime. E agora não está mais nas suas mãos, graças a Deus. Como o caso aconteceu em Balmoral, sem dúvida vão mandar um figurão da força policial, então você pode dar uma palavrinha com ele... contar o que está acontecendo. Aí eles vão conduzir a investigação e você fica de fora.

– É – respondi. – Isso seria maravilhoso.

– Que tal um bolinho quente, minha querida?

– Seria uma maravilha. Eles mandaram alguns da cozinha?

– Não. Mandaram coisas suficientes para alimentar um exército, mas os bolinhos vieram da minha vizinha, sua antiga babá.

– É mesmo? Que simpático da parte dela!

– Aparentemente, ela adora cozinhar e é muito boa nisso. Na verdade, ela vai me fazer uma torta de carne hoje à noite. Dá para ver que vou ficar mais gordo do que um porco se não começar a sair para caminhar. – Então ele fez uma careta. – Acho que você está pensando que me trouxe aqui para ajudá-la, mas, sinceramente, não sei como posso fazer isso.

– Você pode conversar com os serviçais – falei. – Ou fazer amizade com os carregadores de armas.

Ele deu uma risadinha triste.

– Eu não tenho a menor relevância por aqui, meu amor. Nenhum carregador de arma escocês vai ficar amigo de um cara de Londres.

Imaginei que isso devia ser verdade, mas ele acrescentou:

– Além do mais, como eu disse, você está fora da situação. Agora está nas mãos da polícia, e já era hora mesmo.

Então o rosto dele se iluminou.

– Quer saber? Por que você não se junta a nós para jantar?

– Eu não fui convidada – respondi.

– Quanto mais gente, melhor.

– Talvez a babá esteja interessada em você e não veja a minha intromissão com bons olhos.

– Escute, minha querida. – Ele sorriu. – A Sra. 'Uggins, minha vizinha, está arrastando as asas para mim há muito tempo e eu ainda não fui capturado, não é? Venha se juntar a nós. Sua velha babá vai ficar muito empolgada. Pode anotar o que eu estou dizendo.

Claro que ele estava certo. A babá sorriu o tempo todo durante a refeição. Mandei avisar que não ia me juntar à família para o jantar no castelo, depois troquei a calça por um vestido simples de seda. Pelo menos eu achava que era um vestido simples de seda até os dois me verem.

– Caramba, aqui não é o Palácio de Buckingham, sabia? – brincou vovô, olhando para a babá e rindo.

– Normalmente não usamos roupas especiais para jantar nos chalés, mas estamos muito lisonjeados por você ter feito isso – disse a babá. – Pelo menos eu sei que criei você para ter boas maneiras.

– Só troquei a calça velha e suja – falei. – E o que você está cozinhando está com um cheiro divino.

Voltei para o castelo quando a luz do dia estava desaparecendo, me sentindo saciada e contente. Acho que eu nunca havia estado em uma sala com duas pessoas que me amavam. Assim que entrei no salão da frente, Hamilton apareceu.

– Ah, milady acabou de receber uma visita. O honorável Darcy O'Mara.

– Onde ele está? – Olhei ao redor, esperando que Darcy saísse das sombras.

– Ele foi embora. Dissemos a ele que milady estava jantando fora e ele disse que não podia esperar.

– Há quanto tempo foi isso? – perguntei.

– Há mais ou menos meia hora, milady.

Agradeci com o máximo de paciência que pude, me odiando por não ter mencionado que ia jantar no chalé com a babá. Então corri de volta para fora. Percebi que havia poucas chances de alcançá-lo, mas chamei o motorista e o fiz trazer o carro da propriedade. Então saí dirigindo pela noite.

– Isso é ridículo – falei para mim mesma. – Eu não devia estar correndo atrás de um homem. Além disso, ele já deve estar de volta na casa do outro lado do lago.

Assim que cheguei ao lago, vi alguém descendo para o quebra-mar. Estacionei o carro e saltei.

– Darcy? – chamei.

Minha voz ecoou nas colinas, estranhamente alta na quietude da noite. Ele se assustou com o som do próprio nome, depois veio na minha direção com um grande sorriso.

– Disseram que você tinha saído. Eles só estavam querendo me afastar porque eu não pareço adequado? Tive que dizer que era filho de um nobre para que seu mordomo de nariz empinado parasse de ficar me olhando de cima a baixo.

Eu ri.

– É, às vezes ele sabe ser muito esnobe. Eu estava jantando com minha antiga babá e com meu avô em um dos chalés.

Ficamos ali, olhando um para o outro.

– O que você está fazendo no cais? – perguntei.

– Eu não tenho carro e não consegui pegar um emprestado hoje à noite. Então remei e depois caminhei.

– É uma longa caminhada.

– Eu só queria ver se você estava bem.

– Eu estou muito bem, obrigada.

– Que ótimo. Olhe, Georgie, eu quero que se cuide, porque pode ser que eu tenha que me ausentar por um tempo.

– Ah. – Minha voz revelou com clareza a decepção.

– Acho que a polícia local não vai investigar a morte de Hugo – disse ele. – O major Padgett os convenceu a tratar o caso como um tiro acidental, para que o grupo da realeza não seja mais incomodado. Ele acha que não podem se arriscar a constranger um membro da família real, porque um deles pode ter sido acidentalmente responsável pelo tiro fatal. A polícia concordou que ninguém ia ganhar nada tentando descobrir quem puxou o gatilho.

– Entendi. Então voltamos à estaca zero.

– Por isso que vou dar uma palavrinha com aqueles que podem ser persuadidos a levar o caso adiante, incluindo seu sir Jeremy. – Ele me viu prestes a falar e completou: – Ah, não se preocupe, não vou contar que você abriu o bico.

– Fico feliz por você fazer isso. Alguém tem que fazer. O que aconteceu com o corpo do Hugo? Eles não vão realizar um exame médico para descobrir como ele morreu?

– Vão. Mas se eles chegarem à conclusão de que um projétil azarado atingiu uma artéria, isso só vai confirmar que o tiro foi um acidente terrível, não acha?

– É, acho que sim.

– De qualquer maneira, vamos torcer para que alguém se arrisque a questionar a situação e comece uma investigação adequada. – Ele estendeu a mão e tocou meu rosto. – Enquanto isso, por favor, não faça nada que a coloque em perigo. Nada de escalada, tiros nem buscas arriscadas, ouviu?

– Está bem, senhor – retruquei.

Ele riu e passou a mão no meu rosto outra vez.

– Eu tenho que ir. Um táxi vai me levar até a estação. Eu volto assim que puder.

Assenti. O toque dele me deu vontade de chorar. Então Darcy me puxou para perto e me beijou na boca com vontade.

– Essa é a primeira parcela – disse ele, se afastando rapidamente. – Depois tem mais.

Ele correu pelo cais e entrou em um barco a remo. Ouvi o barulho dos remos enquanto se afastava.

Vinte e sete

Castelo de Rannoch
21 de agosto de 1932

O GAITEIRO DEVE TER SIDO INFORMADO DE que não precisava mais tocar de manhã, porque o dia já tinha raiado quando acordei com uma batida na porta do quarto. Eu esperava que fosse Maggie com a bandeja de chá e olhei para cima com os olhos embaçados. Em vez da figura robusta de Maggie usando um avental branco, vi um sobretudo e me sentei. Era Hamilton.

– Sinto muito por acordá-la, milady, mas chegou um cavalheiro aqui para vê-la.

– Um cavalheiro? – Eu me lembrava de ele ter se referido a vovô como "uma pessoa". Então devia ser alguém da classe alta.

– Sim, milady. Ele me mostrou o cartão de visitas. Sir Jeremy Danville, de Londres. Ele disse que era urgente.

– Obrigada, Hamilton. Por favor, leve-o para a sala matinal e diga que vou descer assim que puder.

– Está bem, milady. – Ele fez uma ligeira reverência e começou a recuar, mas se virou de novo para mim. – Homens estranhos aparecendo ao raiar do dia. Milady acha que isso será uma ocorrência contínua?

– Espero que não – respondi, rindo.

Eu me lavei, me vesti e desci. Os efeitos de pegar o trem noturno se viam evidentes no rosto de sir Jeremy. Os olhos dele estavam inchados, e o cabelo não estava arrumado com tanta perfeição como na última vez que o vi. Ele se levantou com elegância quando entrei.

– Lady Georgiana. Sinto muito por incomodá-la tão cedo, mas peguei o trem noturno assim que soube da notícia.

– Estou feliz com sua presença. O senhor gostaria de tomar o café da manhã ou devemos ir a algum lugar onde possamos conversar em particular?

– Uma xícara de café seria muito bem-vinda, mas acho que temos que conversar o mais rápido possível. O tempo pode ser vital.

Pedi que mandassem um bule de café e torradas para o gabinete de Binky e, em seguida, conduzi sir Jeremy para lá.

– Milady ouviu falar da morte pelo tiro infeliz, tenho certeza.

– Eu cheguei ao local logo depois que aconteceu. Bem, agora temos provas conclusivas das suas suspeitas, não é? Alguém obviamente estava tentando matar o príncipe de Gales e, vendo de trás, confundiu-o com Hugo Bubume-Bestialy.

– É isso que milady acha? – indagou sir Jeremy, me olhando de um jeito estranho.

– O que mais eu deveria achar?

– B.B. teve a chance de falar com milady? Ele compartilhou alguma suspeita? Porque eu tenho a impressão de que alguém atirou nele de propósito porque ele descobriu algo importante.

– Hugo? Alguma coisa importante?

– Então ele não teve a chance de compartilhar as suspeitas dele com milady? Eu achei que seria mais fácil se ele ficasse hospedado no Castelo de Rannoch.

– Ah, não! – exclamei enquanto minha ficha caía. – O senhor quer dizer que Hugo era o contato que o senhor colocou aqui?

– Claro. Achei que ele já teria tido a chance de falar com milady.

– Ai, meu Deus... – lamentei. – Ele tentou várias vezes, mas eu achei, sabe, que ele só estava tentando me seduzir. Ele se apresentou como um jovem mulherengo. Achei que só estava tentando ficar sozinho comigo por... motivos totalmente diferentes. – Dava para sentir meu rosto ficando corado.

Sir Jeremy suspirou.

– Como milady disse, "ai, meu Deus". Ele costumava passar a imagem de um jovem imprestável mesmo. Achava que era o disfarce perfeito. "Todo mundo acha que eu sou um idiota inofensivo e mimado", costumava dizer.

– E o senhor acha que ele fez uma descoberta importante e alguém teve que silenciá-lo? – Senti um calafrio pelo corpo.

Se alguém tinha matado Hugo, essa pessoa não teria escrúpulos em me matar, caso achasse que Hugo havia me contado alguma coisa. Será que essa pessoa sabia que eu tinha sido mandada para o castelo com o objetivo de espionar? Então, é claro, lembrei que a corda arrebentada na subida podia não ter sido destinada ao príncipe Jorge nem a outra pessoa. Podia ter sido mesmo destinada a mim. E se ela não tivesse enganchado naquela pequena árvore na fenda, eu já estaria morta.

Houve uma batida na porta, e uma das criadas entrou com uma bandeja de café e pães fresquinhos.

– A cozinheira disse que acabou de tirar os pães do forno e achou que milady ia gostar mais do que de torradas – informou ela, colocando a bandeja em uma mesa de canto. – Ela lembrou que milady sempre gostou dos pães dela.

– Obrigada. – Senti que estava prestes a chorar.

Era ridículo aquele contraste com a normalidade: um lar onde eu devia me sentir segura e o conhecimento de que nada mais era seguro.

Servi o café, e sir Jeremy suspirou de prazer ao dar a primeira mordida no pão.

– Perde-se muito da vida morando em um apartamento em Londres – refletiu ele. – Meu funcionário sabe se virar bem no quesito culinário, mas, se eu quiser mais do que um ovo cozido, tenho que ir ao meu clube.

– Voltando ao Hugo. O senhor tem alguma ideia do que ele pode ter descoberto? Ele tinha compartilhado alguma suspeita?

Sir Jeremy fez que não com a cabeça.

– Nada. Ele alternou entre Londres e Escócia várias vezes neste verão, mas não me deu nenhuma indicação de que tinha descoberto alguma coisa.

– Que pena… – murmurei. – Como eu disse, cheguei ao local pouco tempo depois de ele ter sido baleado. Eu vi os membros da caçada. Não havia ninguém presente que pudesse ter atirado em Hugo. Tirando um americano e um conde austríaco, conheço todo mundo.

Sir Jeremy limpou a boca meticulosamente.

– Ao longo da minha extensa carreira, uma coisa que aprendi foi que os assassinos são muito bons em esconder suas verdadeiras personalidades. Posso falar de vários psicopatas brutais que foram descritos como bons homens de família, até mesmo pelas esposas. No entanto, eu recebi a lista dos que estavam presentes e vamos tentar comparar as armas e as impressões digitais. Mas temo que seja uma tarefa ingrata.

– Com certeza não é possível identificar de qual espingarda específica saiu o projétil de chumbinho.

– É verdade – concordou ele. – Só que B.B. não foi morto por um projétil de chumbinho.

– Não foi?

– Não. O assassino foi ardiloso, lady Georgiana. Suspeitamos que ele disparou um único projétil de um rifle para derrubar a presa, depois disparou uma espingarda à queima-roupa para acabar com ele e fazer parecer que foi isso que atingiu uma artéria e matou B.B.

– Meu Deus! – exclamei. – Isso é interessante. Então o questionamento de Godfrey faz sentido.

– Godfrey Beverley? O fofoqueiro?

– É, ele está hospedado na região. Questionou por que alguém precisaria de duas armas. O senhor acha que ele pode ter visto alguma coisa importante?

– Vou falar com ele. Milady sabe onde ele está hospedado?

– Em uma estalagem próxima. Isso é tudo que sei. Não deve ser muito difícil encontrá-lo. Não existem muitas estalagens por aqui.

– Vou colocar meus homens para ver isso.

– E tudo que o senhor precisa fazer é procurar um rifle que foi disparado há pouco tempo.

– Como diz milady, "tudo que precisamos fazer" – ecoou ele de um jeito seco. – Duvido que o assassino deixe o rifle para inspeção, e não vai ser fácil conseguir permissão para vasculhar os quartos de certos personagens da realeza.

Eu o encarei com a xícara de café erguida no ar.

– Com certeza o senhor não está achando que um membro da família real pode ter feito isso, certo?

– Tenho que considerar possíveis suspeitos todos que estavam no local – respondeu ele. – Não importa o sangue.

– Céus! – falei, antes de lembrar que essa interjeição me fazia parecer uma colegial.

Nota para mim mesma: desenvolver interjeições mais sofisticadas.

Sir Jeremy deixou a própria xícara de lado e se levantou.

– O que eu gostaria de fazer agora, se não se importa, milady, é dar uma olhada no quarto de B.B.

– Claro – respondi. – Pode vir por aqui. Não tenho certeza de qual era, mas um dos serviçais pode nos dizer.

Eu o conduzi pela escadaria central. Ele acenou com satisfação para as espadas, os escudos, estandartes e cabeças de veado nas paredes.

– Nada de fru-frus – comentou ele.

– Não mesmo. Nós, os Rannochs, matamos pessoas com muito sucesso há gerações – falei.

Ele me deu um meio sorriso perplexo.

– Então devo considerar que um parente de milady pode ser suspeito?

– Não temos nada a ganhar com isso – respondi. – Binky é o trigésimo segundo na linha de sucessão. Eu acho que ele não está disposto a eliminar trinta e uma pessoas. Além do mais, está deitado com um tornozelo destroçado. – E contei os detalhes.

Sir Jeremy franziu a testa.

– E milady acha que isso pode estar relacionado à nossa investigação?

– Tenho quase certeza disso. Não sei se o senhor conhece meu irmão, mas ele é um sujeito inofensivo e simpático. Tenho certeza de que ele não tem inimigos. A única coisa que o diferencia de um homem comum é o fato de ser duque e primo do rei.

– Mas não próximo o suficiente do trono para fazer alguma diferença – comentou sir Jeremy. – Então, alguém que tenha algum rancor contra pessoas com certo nível de sangue real... é isso que devemos procurar?

– É possível – respondi.

Eu o levei até o fim de um longo corredor e abri a porta. Como em todos os quartos do Castelo de Rannoch, o vento estava soprando por uma janela aberta. Era uma manhã brusca, como se diz na Escócia, e as nuvens estavam correndo pelo céu. Ou Hugo era uma pessoa deveras organizada, ou a criada já tinha passado por lá. O roupão dele estava em cima do edredom; os chinelos estavam ao pé da cama. As escovas prateadas e os utensílios de barbear estavam na cômoda, mas não havia nenhum indício da personalidade do homem que tinha ocupado o quarto. Sir Jeremy abriu as gavetas e tornou a fechá-las.

– Nada – comentou. Então ele se inclinou e olhou debaixo da cama. – Ahá! – Ele tirou uma pasta e derramou o conteúdo sobre a cama.

Havia um exemplar da revista *Horse and Hound*, passagens de trem e um caderninho. Sir Jeremy o abriu com expectativa, depois grunhiu.

– Olhe isso – disse ele.

Várias páginas tinham sido arrancadas. As restantes estavam em branco.

– Alguém chegou aqui primeiro – concluiu ele.

Eu o encarei.

– O senhor não pode achar de verdade que alguém entrou no quarto e arrancou as páginas do caderno.

– É exatamente o que eu acho.

– Mas isso é impossível. Não há ninguém no castelo no momento, exceto os Simpsons, o príncipe Siegfried e meus dois primos, e eles não fariam isso.

– Príncipe Siegfried? Da Romênia?

Fiz que sim com a cabeça.

– Amigo da família?

– Eu acho que a rainha está tentando formar um casal. Ela quer que eu me case com ele.

– Mas milady não está interessada?

– De jeito nenhum.

– E por que o príncipe Siegfried não deveria estar na nossa lista de suspeitos?

– Ele é franzino e inofensivo, essa é a verdade – afirmei.

Mas, enquanto eu dizia isso, me lembrei do acidente na escalada.

Siegfried estava lá. Mas por que adulterar uma corda que ele mesmo ia usar?

Sir Jeremy foi até a janela e olhou para fora.

– Aqui é bem alto – comentou ele –, mas não seria impossível alguém chegar a este quarto pelo lado de fora. A pessoa poderia escalar a hera com pouquíssimo risco de ser vista.

Fiquei atrás dele e olhei para fora.

– É uma longa subida, e bastante arriscada.

– Já sabemos que essa pessoa gosta de correr riscos – disse ele. – Ela precisou ter muita ousadia para esperar o momento perfeito de atirar em alguém, depois andar com calma até Hugo e dar o segundo tiro.

– É – falei e estremeci de novo.

Continuamos a vasculhar o quarto, mas não havia mais nada de interessante, a não ser um cartão-postal que Hugo tinha escrito para a mãe. *Estou me divertindo muito na Escócia. Espero ver você em breve.*

Eu o coloquei de volta na penteadeira.

Vinte e oito

O ouvido do lorde e, mais tarde, Balmoral
21 de agosto de 1932

Sir Jeremy se despediu logo depois, dizendo que tinha um encontro com a polícia de Aberdeenshire em Balmoral. Ele ficaria em um quarto na estalagem em Braemar, para se manter à disposição, e se precisasse eu poderia deixar um recado para ele lá.

– Mas isso agora está nas mãos da polícia – acrescentou ele enquanto eu o acompanhava até a porta da frente. – Eles vão tirar impressões digitais e, com alguma sorte, as armas certas vão aparecer. E vamos colocar homens extras para proteger os membros da família real.

Eu o observei indo embora, me sentindo vazia e assustada. Desejei que Darcy não tivesse partido. Meu avô estava em um chalé ali perto, mas esse caso estava além da alçada dele. Ele não podia invadir Balmoral e encontrar um integrante do meu grupo social que estava tentando matar membros da família real.

Então parei para pensar no assunto. Será que eu tinha testemunhado alguém tentando matar membros da família real? A caixa de descarga que caiu e a corda arrebentada não eram necessariamente para o príncipe Jorge. Hugo deve ter sido baleado de propósito por causa do que ele descobriu. Então quem tinha feito alguma coisa que precisava manter escondido? Claro que meus pensamentos foram direto para Paolo. Ele adorava coisas arriscadas. Estava preso por atropelar uma criada indefesa.

Eu me lembrei dele dirigindo muito rápido ao sair de Balmoral no dia anterior. Será que tinha atirado em Hugo e depois ido ao Castelo de Rannoch para recuperar as anotações dele antes de ir para o barco, tranquilo como em um domingo?

Saí pela porta da frente e comecei a atravessar o parque. Havia uma manada de gamos nas sombras. Ao som dos meus passos, eles levantaram o olhar e se afastaram correndo. Eu os observei indo embora e me perguntei como seria sempre precisar viver de olho em predadores. Eu me identifiquei com eles naquele momento. Meus pensamentos correram soltos, repassando tudo que tinha acontecido desde que eu chegara à Escócia. Eu me encolhi de vergonha quando me lembrei de Hugo tentando falar comigo. Ele tinha tentado me levar para o ouvido do lorde – o único lugar onde não haveria a menor chance de sermos ouvidos.

Fiquei paralisada ali. O ouvido do lorde – seria possível que Hugo tivesse deixado alguma coisa lá para eu encontrar? Corri de volta para a casa e atravessei o grande salão, depois afastei uma tapeçaria no corredor escuro. A portinha na parede se abriu, e eu tateei subindo os degraus até a pequena câmara redonda. Só quando a porta se fechou atrás de mim, me deixando mergulhada na escuridão total, foi que eu percebi que era óbvio que não havia luz elétrica ali. Fui tomada por um medo repentino e irracional de que o assassino estivesse esperando por mim e meio cambaleei, meio deslizei escada abaixo. Não consegui encontrar a maçaneta e estava prestes a bater na porta quando meus dedos se fecharam em torno dela. Empurrei a tapeçaria, quase provocando um ataque cardíaco em uma das criadas.

– Ah, milady, que susto! – Ela ofegou. – Eu não tinha a menor ideia de que havia uma porta aí. Ai, meu Deus. – E ela teve que se apoiar na parede, com a mão no coração.

– Vá tomar uma xícara de chá, Jinty – falei. – Sinto muito. Eu não queria assustá-la.

Ela foi embora, e eu procurei vela e fósforos. Por sorte, não foi difícil localizá-los em um lugar onde era comum faltar energia durante o mau tempo. Eu também levei comigo um calço de porta e prendi a porta aberta. A luz das velas cintilou nas paredes de pedra quando entrei na câmara. Claro que estava vazia. Parecia mais uma cela de prisão, com um banco de pedra ao longo da parede e o teto se afunilando em uma abóbada pouco acima da minha cabeça. Na parede havia fendas estreitas que permitiam que os lordes do passado ouvissem as conversas nos cômodos do outro lado – presumivelmente para ver se alguém estava tramando assassiná-los.

Eu me senti tola com o pânico e estava prestes a sair quando notei um mapa sobre o banco no canto mais distante. Eu o peguei. Era um mapa da Escócia central com a marcação das rotas entre as cidades. Alguém tinha desenhado um círculo que se estendia por cerca de trinta quilômetros ao redor da área de Balmoral e escrito as palavras: *Castelo Craig? Gleneagles? Ddec?* O último parecia uma palavra inacabada.

Fiquei olhando para o mapa à luz bruxuleante da vela. Esse mapa ficou no ouvido do lorde por muito tempo, deixado por alguém que queria passear um pouco pelos vales, ou será que Hugo o deixara ali para que eu o encontrasse? A última opção parecia um pouco viagem minha, até que olhei para o chão e notei que não era varrido havia algum tempo e que havia sinais de pegadas frescas de um sapato maior do que o meu. Um homem tinha estado ali recentemente.

Ao sair, fechei a porta e ajeitei a tapeçaria, então encontrei Hamilton saindo dos aposentos dos serviçais. Perguntei a ele sobre os nomes.

– Castelo Craig? Gleneagles? Dde-alguma coisa? Não, não posso dizer que ouvi falar de nenhum desses lugares.

– Então você acha que esses lugares não são aqui perto?

– Não são povoados que eu conheça, milady – reforçou ele.

Eu não sabia o que fazer a seguir. Passar a informação para sir Jeremy, acho. Também fiquei pensando no que Fig diria se eu pedisse um carro de novo. Toda aquela gasolina para ir a Balmoral e voltar ia começar a pesar no bolso. Quando entrei no grande salão, ouvi o som de vozes vindo da sala do café da manhã.

– E eu prefiro achar que eles foram cavalgar. – Era a voz de Fig, parecendo irritada.

Mas as palavras dela despertaram uma lembrança: eu havia prometido à princesa Elizabeth que a levaria para cavalgar hoje. Eu tinha a desculpa perfeita para voltar a Balmoral e passar minhas informações para sir Jeremy. Subi a escada para vestir os culotes e a jaqueta de equitação, depois peguei o pão restante do prato no gabinete de Binky e saí para encontrar um automóvel.

– Ficarei muito feliz em levá-la, milady – disse nosso motorista com uma voz um tanto irritada quando pedi as chaves.

– Acho que devia estar disponível caso Suas Graças precisem de você – falei de um jeito diplomático. – Além do mais, é um prazer raro eu poder dirigir sozinha.

– Entendo, milady. – Ele me entregou as chaves, e eu entrei no carro da propriedade.

No instante em que saí do pátio de carruagens, me lembrei de que ainda não tinha visitado meu avô. Eu devia pelo menos dar um pulo lá para vê-lo antes de sair. Ele ia ficar feliz em saber que eu estava fazendo uma coisa inofensiva como cavalgar com uma princesa. Saí do pátio e deixei o carro da propriedade sob a sombra de um castanheiro-da-índia, depois atravessei a horta até o chalé.

Estava passando pelas vagens quando tive uma ideia brilhante. Então comecei a correr e cheguei ao chalé do vovô sem fôlego.

– Onde é o incêndio? – perguntou ele.

– Que incêndio?

– Você entrou aqui bufando como se os cães do inferno estivessem atrás de você. Não me diga que aconteceu outra coisa.

– Não, mas acabei de ter uma ideia maravilhosa. Estou indo de carro a Balmoral. Queria saber se você gostaria de ir comigo, como meu motorista.

Ele me olhou e caiu na gargalhada.

– Como seu motorista? Eu não seria nada bom nisso, minha querida. Não sei dirigir. Nunca aprendi. Também nunca tive necessidade, já que eu moro em Londres.

– Venha mesmo assim. Eu sei dirigir. Muitas pessoas da minha classe dirigem e levam o motorista para cuidar do motor enquanto não estão no carro. Vou encontrar um boné com viseira para você e tiro e queda, como você diria.

Ele me olhou com a cabeça inclinada para o lado, como um pardal, depois riu de novo.

– Você é uma figura, só posso dizer isso. Agora, você consegue ver um sujeito como eu em Balmoral, confraternizando com a realeza e a nobreza?

– Você só vai confraternizar com os serviçais, e isso pode me ajudar muito. Talvez você consiga alguma informação sobre a caçada de ontem.

Os serviçais adoram fofocar. E quando você teria outra chance de visitar um palácio real?

O sorriso dele tinha desaparecido.

– Você quer mesmo que eu vá, não é?

– Eu gostaria muito que você fosse. Eu me sinto mais segura com você por perto.

Ele franziu a testa.

– Você acha que vai acontecer mais alguma gracinha? Porque, se for assim, eu não quero que você chegue perto daquele lugar.

– Eu vou cavalgar com a princesa Elizabeth. Tenho certeza de que estaremos bem seguras – falei.

– Está bem, então. O que estamos esperando?

Cinco minutos depois, estávamos passando rapidamente ao lado do lago. Não havia nenhum sinal de atividade no cais. Por um lado, estava ventando demais para os testes com a lancha; além disso, o piloto da lancha tinha sido preso e devia estar em Londres, enfrentando acusações. *Pobre Belinda*, pensei. Depois mudei de ideia. Pela nossa última conversa, parecia que ela estava ficando cansada dele. Além do mais, Belinda sempre caía de pé. Ela ia seguir em frente sem pensar duas vezes.

Deixei o lago para trás e me concentrei enquanto a estrada subia e serpenteava pelas montanhas. O vigia do portão de Balmoral pareceu cansado ao abri-lo para mim.

– Muita gente entrando e saindo, Vossa Senhoria – disse ele com uma reverência digna. – Está parecendo a Estação Waverley na hora do rush. A polícia está aqui de novo. Há homens andando por todo lado.

Eu tinha notado mesmo um homem parado não muito longe da entrada de carros, nos observando. *Sir Jeremy e Darcy já tinham gerado resultados*, pensei com um suspiro de alívio. Pelo menos estavam fazendo alguma investigação.

No castelo, deixei vovô vigiando o carro da propriedade no pátio dos estábulos, depois fui levada ao quarto das princesas, onde as duas meninas estavam ocupadas com cavalinhos de brinquedo. Elizabeth deu um pulo de alegria.

– Você veio! – exclamou ela, com os olhos brilhando. – Eu tinha muita esperança que você viesse. – Ela se virou para a governanta. – Agora eu posso cavalgar, Crawfie?

A duquesa de York foi consultada e concordou que seria bom a princesa sair comigo, desde que não nos afastássemos muito. Elizabeth vestiu seus trajes de montaria e deixamos o quarto sob os protestos e resmungos de Margaret, que dizia também saber cavalgar bem. Os cavalos foram selados e lá fomos nós. Estava um dia glorioso para cavalgar, e partimos em um trote rápido.

– Podemos ir um pouco mais rápido? – perguntou Elizabeth depois de um tempo. – Trotar é tão chato, não é?

– Está bem. Mas não caia, senão eu vou ficar encrencada.

– Eu não caio nunca – disse ela com desdém e incitou o cavalo a começar um galope rápido.

Eu a deixei cavalgar na minha frente. Ela era mesmo uma pequena amazona esplêndida. Subimos por um caminho largo, atravessando a floresta, e depois saímos na charneca.

– Ei, Lilibet, vá mais devagar! – gritei para ela. – Lembre-se de que não podemos nos afastar muito da casa.

Ela parou o cavalo e esperou por mim.

– Não é divino aqui em cima? – elogiou Elizabeth, olhando ao redor para a ampla vastidão de colinas e vales. – Eu adoro o fato de termos liberdade para sermos normais em Balmoral.

– Eu costumo ser normal o tempo todo – falei –, mas entendo.

Continuamos em frente.

– A mamãe até nos leva à loja do vilarejo e assim posso fazer umas comprinhas – continuou Elizabeth. – Eu queria poder ficar aqui o ano todo.

– Seu pai tem um trabalho importante a fazer pelo país – expliquei.

– Estou feliz porque o tio David vai ser rei – disse ela. – O papai odiaria ser. Eu também. Quando eu crescer, quero me casar com um fazendeiro e ter muitos animais: cavalos, cachorros, vacas e galinhas. – Ela olhou para mim. – Com quem você quer se casar?

– Ah, não sei.

– Você está corando – apontou ela. – Aposto que sabe com quem gostaria de se casar. Ele é bonito?

– Muito.

– Você vai me contar o nome dele? Eu juro que sei guardar segredos. Aí eu conto para você o nome de um menino bonito que eu conheço.

Ela parou quando ouvimos um som estranho, sibilante. Alguma coisa passou zunindo por nós. No início, achei que fosse uma abelha. Depois, quando veio o segundo, seguido por um barulho metálico quando alguma coisa atingiu uma rocha, percebi o que era.

– Alguém está atirando em nós – falei. – Cavalgue o mais rápido que conseguir.

– Mas você acha... – começou ela.

– Vá. Cavalgue. Vá! – Bati no traseiro do cavalo dela, e ele partiu como um foguete.

Eu a deixei ter uma vantagem antes de ir atrás. O cavalo dela seguia o mais rápido possível, mas era pequeno, e nosso progresso parecia dolorosamente lento. Eu esperava sentir um tiro me atingir nas costas a qualquer instante. Em seguida, o caminho mergulhou em um conjunto de árvores e contornou algumas rochas. Só então percebi que já devíamos estar fora de alcance e diminuí a velocidade para um trote.

– Tem certeza de que alguém estava atirando em nós? – perguntou Elizabeth, com os olhos arregalados.

– Tenho. Na velocidade que aquelas coisas passavam por nós, só podiam ser tiros. E eu ouvi um barulho metálico quando uma delas atingiu uma pedra.

– Mas quem ia querer atirar em nós?

– Não faço a menor ideia. Mas alguém foi baleado ontem.

– Eu sei. A mamãe me contou. Ela disse que ele era tolo por ter se afastado e que os outros atiradores não conseguiram vê-lo na névoa, mas hoje não está nublado, não é? E nem estamos perto da charneca das perdizes.

– Deve ter policiais em toda a propriedade cuidando de nós. Vamos torcer para encontrar alguns deles em breve, porque não podemos correr o risco de voltar pelo caminho por onde viemos.

– Tem uma casa ali. – Elizabeth apontou para uma grande construção de pedra cinza aninhada em um canto da paisagem e meio escondida por grandes pinheiros.

– Boa ideia. Vamos lá, talvez eles possam telefonar para o castelo.

Incitamos os cavalos de novo e desmontamos em frente a um portão branco.

– Você sabe quem mora aqui? – perguntei.

Elizabeth balançou a cabeça.

– Alguém que trabalha para o vovô, acho.

Amarramos os cavalos na cerca da frente.

– É melhor afrouxarmos as cinchas, se formos ficar aqui por muito tempo – disse Elizabeth. – Não queremos que meu cavalo fique desconfortável.

– Tenho certeza de que ele vai ficar bem. E não vamos ficar aqui por muito tempo.

Deixamos os cavalos e subimos por um pequeno caminho de cascalho até a porta da frente. Eu estava prestes a bater quando vi o nome. Gleneagles.

Vinte e nove

Gleneagles
21 de agosto de 1932

A PORTA FOI ABERTA POR UMA MULHER alta e magra usando um vestido de seda verde meio disforme. O cabelo grisalho estava preso em um coque, fazendo o rosto estreito parecer ainda mais comprido. Ela me olhou com cautela.

– Sim? Posso ajudar?

Então ela olhou para trás de mim e viu a princesa.

– Vossa Alteza Real! – exclamou ela e fez uma reverência. A mulher franziu a testa para mim, tentando se lembrar, e sorriu. – E lady Georgiana, certo? Fazia muito tempo que não a via. Que gentileza vocês nos fazerem uma visita.

– Na verdade, não pretendíamos visitar ninguém – falei. – Estávamos cavalgando e viemos aqui porque alguém estava atirando em nós.

– Atirando em vocês? Com uma arma? Tem certeza? Vocês não entraram na linha de tiro como aquele pobre homem ontem?

– Não – respondi. – Não estávamos nem perto de uma caçada, por isso concluo que alguém estava realmente mirando em nós.

– Meu Deus. – Ela ofegou. – Por favor, entrem. – Ela olhou para trás de nós como se esperasse ver uma figura encapuzada com armas bem ali. Fechou a porta bem rápido depois que entramos. – Venham até a sala de estar.

– Eu preciso telefonar para o castelo primeiro e avisar o que aconteceu – falei. – A senhora tem um telefone?

– Normalmente, sim. – Ela franziu a testa. – Mas a linha caiu quando uma grande tempestade fez um carvalho desabar, e eu estava esperando os homens nos reconectarem. E, infelizmente, meu marido e minha filha saíram com nossos dois veículos. Mas vocês estão bem seguras aqui. Meu marido deve voltar em breve, e ele pode levá-las de volta ao castelo.

A mulher nos conduziu até uma sala de estar espaçosa, mas bem escura. A mobília era de boa qualidade, mas com um ar desbotado.

– Sentem-se, por favor. Vou pedir à garota que prepare um chá para vocês, mas Vossa Alteza Real prefere leite, não é?

– Muito obrigada. Leite seria ótimo. – Mesmo em momentos de estresse, Elizabeth não esquecia sua educação.

A mulher voltou para o corredor, chamando uma serviçal. Eu me inclinei para perto de Elizabeth.

– Quem é ela? Você sabe?

Ela assentiu.

– Acho que o marido dela é encarregado da propriedade do vovô.

– Major Padgett, você quer dizer?

– Isso mesmo. Ele é simpático, não é? Já me ajudou a cavalgar, no verão passado.

Paramos de falar quando a Sra. Padgett voltou.

– O chá vai estar pronto em um instante – disse ela. – Que provação terrível. Nenhuma das duas foi ferida, não é?

– Não. Por sorte, a princesa Elizabeth é uma ótima amazona. Nós saímos do alcance dos tiros rapidamente.

– Extraordinário. Muito extraordinário. – Ela balançou a cabeça. – E dentro da propriedade! Quem poderia entrar nessa área sem ser notado?

– Acho que não é difícil, se a pessoa for determinada – falei.

– Vocês acreditam que podem ser anarquistas estrangeiros? Lemos sobre essas coisas em outros países, mas com certeza a Grã-Bretanha está segura. – Ela me encarou.

Percebi que a mulher tinha olhos castanhos pesarosos, como os de um cocker spaniel, mas não tão brilhantes.

– Acredito que sim – falei.

O chá foi trazido junto com um copo de leite para Elizabeth. A Sra. Padgett nos serviu e ofereceu um prato de bolinhos de aveia.

– Nossa cozinheira é especialista na culinária local – contou ela. – Os bolinhos de aveia dela são famosos.

Tentei comer, mas, na verdade, eu ainda estava muito angustiada. Ficava o tempo todo ouvindo o zunido estranho daquele tiro passando perto de mim e depois imaginando-o atingindo as costas de Elizabeth. Pensar nisso me deixou bem enjoada.

Olhei ao redor da sala, tentando manter uma conversa leve, e meu olhar se deteve em uma coleção de fotografias com molduras de prata na escrivaninha no canto. Reconheci um major Padgett muito mais jovem, com bigode resplandecente e o peito cheio de medalhas, ao lado da rainha Vitória. Outra com o rei Eduardo VII. Uma em um cavalo de polo. Ele tinha sido um homem elegante na juventude. Também havia fotos de Ronny: ao lado de um avião, segurando um troféu; mais jovem em trajes de banho, rindo em meio às ondas.

– Ronny é a única filha de vocês? – perguntei.

– É – respondeu a mulher. – Ela veio para nós bem tarde. Não podíamos ter filhos, sabe? E alguém nos ofereceu ela. Na época, pareceu um milagre.

– Ela fez proezas maravilhosas – comentei.

Um sorriso brilhou no rosto triste e cansado.

– Não é mesmo? E ficamos muito felizes em vê-la tanto neste verão. Normalmente ela acha a Escócia muito chata, mas este ano ficou indo e vindo durante todo o verão. Eu sei que ela vem por causa dos testes da lancha, e não dos pais, mas é ótimo mesmo assim. Ficamos bem isolados aqui durante a maior parte do ano. – Então a expressão dela foi retomada pela tristeza.

– Hester, minha velha, alguma chance de termos uma xícara de chá? – soou uma voz retumbante pelo corredor, e o major Padgett entrou.

Ele ficou claramente assustado quando nos viu.

– Meu Deus! – exclamou ele. – Vossa Alteza Real. Lady Georgiana. O que diabos estão fazendo aqui?

– Alguém atirou nelas – respondeu a Sra. Padgett. – Elas se refugiaram aqui, e ainda estamos sem telefone, então não pude avisar a ninguém no castelo.

– Alguém atirou nelas? Tem certeza? – Ele franziu a testa. – Mas não tem nenhuma caçada acontecendo hoje. Na verdade, o lugar está cheio de malditos policiais, pisoteando tudo e fazendo perguntas idiotas. Bem, espero que minha esposa as tenha entretido.

Percebi que os dois se entreolharam de um jeito que não consegui interpretar.

– Ela fez isso muito bem, obrigada.

– Então é melhor eu levar as duas de volta ao castelo, não é? – disse ele. – Seus pais vão começar a se preocupar se Vossa Alteza não aparecer logo.

– Nós estamos com os nossos cavalos – avisou Elizabeth com firmeza. – Não podemos deixá-los aqui.

– A princesa Elizabeth pode ir de automóvel com o senhor, e eu sigo com os cavalos – falei.

– Esplêndido. – Ele sorriu para mim. Ainda era um homem bonito quando sorria.

Chegamos de volta ao castelo sem nenhum incidente. Sir Jeremy não estava à vista, mas o major Padgett me levou ao inspetor-chefe Campbell, que ouviu tudo com uma expressão incrédula.

– Tem certeza de que isso não foi só fruto da sua imaginação? – perguntou ele. – Depois de saber do pequeno incidente de ontem, talvez?

– Tenho certeza – respondi com frieza. – Se o senhor quiser mandar alguns homens, eu posso acompanhá-los e mostrar onde a bala atingiu a rocha. Assim o senhor vai saber que não foi histeria feminina. E também pode recuperar a bala e ver se combina com a arma usada no assassinato de ontem.

– Meu Deus! – exclamou ele, me olhando como se eu fosse um cachorrinho fofo que de repente revelou ser um lobo. – Muito bem. Vou providenciar homens e um carro.

Refizemos nossos passos, e eu fiquei bastante satisfeita quando consegui localizar a pedra, apontar o risco onde o tiro ricocheteou e, por fim, vê-los encontrar o projétil. Os homens estavam sombrios enquanto voltávamos. Assim como o inspetor-chefe. Quase deferentes. E ele se lembrou de me chamar de "milady" dessa vez.

Às vezes é bom estar certa.

Ninguém sabia onde eu podia encontrar sir Jeremy, e isso era irritante. Ele tinha falado que eu poderia deixar recados para ele na estalagem em Braemar onde estava hospedado, então decidi que eu teria que fazer isso. Enquanto atravessava o corredor, o gongo do almoço soou. Eu estava com fome a essa altura, mas não ia conseguir encarar uma conversa educada com a rainha e suas damas, então escapei porta afora. Não havia mais nada que eu pudesse fazer em Balmoral. Eu estava a caminho de encontrar meu avô e o carro quando encontrei lady Peebles chegando pela porta da frente com uma cesta no braço.

– Olá, minha querida – cumprimentou ela. – Esse gongo já é o do almoço?

– É, sim.

– Ai, ai. Como o tempo voa. – Ela afastou uma mecha rebelde de cabelo grisalho do rosto. – Que coisa chocante ontem, não foi? Espero que você tenha se recuperado.

– Obrigada. Estou muito bem.

– Aquele pobre rapaz… – lamentou ela. – Não era um de nós, claro. O que ele estava fazendo aqui, afinal? Quem o convidou, você sabe?

– Ele veio como parte do grupo do Castelo de Rannoch, mas eu não o conhecia. Era um amigo de escola do Binky, pelo que entendi.

– Então não é tão ruim, é? – Ela deu um sorriso tranquilo. – Quer dizer, é mais fácil de aceitar se não for alguém que conhecemos intimamente.

– Claro – falei, olhando para a cesta. – Você colheu flores.

– É. Essas rosas não estão lindas? A rainha adora as brancas, então gosto de trazer algumas para ela quando estão se abrindo. E para onde você está indo?

– Eu estava cavalgando com a princesa Elizabeth, agora estou voltando para casa.

A mulher sorriu.

– Ela precisa da companhia de pessoas mais jovens como você. Não é bom ficar o tempo todo enclausurada com nós, velhos dinossauros. Ela merece uma infância normal, acho.

Estávamos prestes a seguir cada uma o próprio caminho quando um pensamento me ocorreu.

– Lady Peebles, me fale do major Padgett – pedi.

– Major Padgett? O que quer saber sobre ele?

– Como ele chegou à posição atual, acho.

– O que eu posso contar? Ele fez parte do serviço real durante a maior parte da vida. Um homem do Exército, é claro. Uma distinta carreira militar antes de entrar na casa da antiga rainha. Amigo do rei Eduardo quando ele era o príncipe de Gales.

– E o que aconteceu com ele?

– Não sei exatamente. Eu não estava na corte na época. Na verdade, estava me preparando para ser apresentada à sociedade. Mas eu soube que houve um escândalo. Tudo muito abafado. Ouvi alguém dizer que ele teve um colapso nervoso. De qualquer forma, foi mandado para cá para se recuperar e acabou ficando. Devo dizer que ele administra a propriedade com muita eficiência, mas talvez seja o tipo de homem que não aguenta pressão.

Eu a deixei e fui encontrar vovô. Ele estava sentado em um muro na sombra e se levantou quando me viu, colocando apressadamente o boné com viseira de volta na cabeça careca.

– Ah, aí está você, meu amor, quer dizer, Vossa Senhoria. Já acabou?

– Já, podemos ir para casa.

– Que ótimo. Este lugar me dá arrepios.

– Você disse que o Castelo de Rannoch lhe dava arrepios.

– Também dá. Eu não estou acostumado com esse tipo de coisa. Até os serviçais daqui andam com o nariz empinado. Um deles me perguntou por que Vossa Senhoria tinha trazido um motorista de Londres quando havia homens perfeitamente bons precisando de emprego por aqui.

– Acho que ele tem certa razão. O que você respondeu?

– Eu disse que Vossa Senhoria estava sendo muito gentil e me dando a chance de respirar um pouco de ar fresco, porque estou com o peito ruim. O que é verdade – acrescentou ele.

– Você descobriu alguma coisa?

– Todos estavam falando nesse assunto – respondeu ele. – Os boatos estavam se espalhando loucamente na sala de arreios onde fomos tomar uma xícara de chá. A maioria das pessoas acha que foi um acidente, mas alguém acha que o jovem era um espião russo ou um espião alemão e que alguém que trabalha para o nosso governo acabou com ele. Nenhuma sugestão de quem poderia ter dado o tiro. Mas uma coisa é certa: ele não estava à frente do grupo. Vários batedores estavam lá e juram que ficaram o tempo todo de olho nos atiradores que vagavam e podiam se colocar em perigo.

Saímos da propriedade e seguimos ao longo do rio Dee em direção a Braemar. Decidi ficar calada sobre o incidente de hoje com os tiros. Não fazia sentido preocupar meu avô sem necessidade. Mas descobri que não conseguia tirar essa história da cabeça. Eu ficava ouvindo o barulho dos tiros voando e passando por mim. Mas quem ia querer atirar em nós?

Repassei a cena na sala de estar sombria dos Padgetts e minha cabeça começou a zumbir com pensamentos estranhos. Alguém com rancor contra a família real? Alguém mentalmente instável? Alguém com acesso ilimitado ao estilo de vida real? Tudo isso não apontava para o major Padgett? Ele tinha visto uma carreira promissora e um favor real se transformarem em uma casa sombria escondida no fim do mundo.

Trinta

Castelo Craig, Braemar
21 de agosto de 1932

Enquanto eu dirigia, pensei no que devia dizer em um bilhete para sir Jeremy. Afinal, eu estava fazendo uma acusação absurda, mas parecia a única pista concreta até aquele momento. Eu me lembrei da Sra. Padgett toda ansiosa e precavida. Será que ela teve que proteger um marido com problemas mentais durante todos esses anos? Será que suspeitava que ele tinha alguma coisa a ver com os tiros? Se suspeitava, ela era uma boa atriz. Havia parecido genuinamente assustada. Assim como o próprio major. Portanto, era melhor tomar cuidado.

A estrada corria ao longo da margem do rio através de um vale impressionante, emoldurado por colinas altas. Em alguns lugares, o vale se estreitava e o rio corria veloz, dançando alegremente sobre as pedras a caminho da costa. Em outros pontos, ele era mais tranquilo, com prados de ambos os lados. Pessoas que faziam pesca com mosca e usavam calças impermeáveis estavam nas águas rasas jogando e puxando as linhas para dentro da água. Depois de um passeio agradável, a antiga torre de granito da igreja de Braemar ficou visível através das árvores e chegamos ao povoado. Não havia ninguém na estalagem, exceto uma jovem de aparência apalermada que ria enquanto falava usando tantas palavras do dialeto escocês que eu tive dificuldade para entendê-la. Presumi que a garota não era a recepcionista oficial, pois isso prejudicaria os negócios.

Dadas as circunstâncias, escrevi um bilhete simples. *Preciso falar com o senhor com urgência. Georgiana Rannoch.*

Eu estava saindo quando uma mulher grande entrou, ofegante com o esforço.

– Ah, me desculpe, minha querida – disse ela. – Eu saí para entregar uma refeição para o velho Jamie. Ele não consegue cozinhar hoje em dia, e a filha dele é palerma demais para eu confiar que ela não vai derramar nada. Não é, sua palerma? O que eu posso fazer por você?

Falei que tinha deixado um bilhete para sir Jeremy e pedi a ela que fizesse o favor de entregar a ele imediatamente. Assim que abri a boca, ela ficou pálida e fez uma reverência.

– Ah, eu não a tinha reconhecido, milady. Como está seu querido irmão, o duque? Espero que ele esteja bem.

– Está bem, obrigada. – Eu decidi que preferia não entrar nos detalhes da armadilha.

Eu a deixei e estava voltando para o carro, mas as palavras ficaram girando na minha cabeça. *Seu querido irmão, o duque.*

Em seguida, me peguei pensando em uma ocasião recente em que uma frase parecida foi usada em uma carta de Mavis Pugh para mim. *Irmão mais velho, o duque de...* O que ela queria com meu irmão? O que queria me dizer ou me perguntar? E é claro que agora uma dúvida incômoda tinha surgido na minha mente. Será que ela havia descoberto algo importante e foi morta por causa disso?

Depois lembrei que lady Peebles também tinha falado sobre o irmão enquanto subíamos o caminho em direção à charneca das perdizes. *Ela ia se casar com o irmão dele, o duque de Clarence...*

O duque de Clarence, pensei. O filho mais velho que era tão inadequado, tão moralmente insensato e que tinha morrido de maneira conveniente, deixando o trono para o filho mais novo e mais confiável. E me lembrei que lady Peebles se manifestou com veemência quando lady Marchmont mencionou o boato estúpido de que ele não tinha morrido, mas que estava trancado em algum lugar. Absurdo, claro. Alguém no país já teria tomado conhecimento disso e alguma coisa já teria vazado. Afinal, isso havia acontecido quarenta anos antes. O duque de Clarence agora seria um homem velho, com quase setenta anos.

– Certo – falei. – Fizemos tudo que podíamos. Vamos para casa.

Comecei a longa e sinuosa viagem que nos levaria pelo desfiladeiro e depois desceria até o Castelo de Rannoch. A cerca de um quilômetro e meio de Braemar, passamos por um portão alto de ferro forjado à esquerda. Eu já tinha notado o portão, mas não prestara atenção. Minha mente o associava a um hospital. Agora eu diminuí a velocidade e notei que havia uma placa na parede de tijolos ao lado do portão. Dizia *Sanatório Castelo Craig.*

Parei o carro e saltei.

– Eu já volto! – gritei.

Do outro lado do portão, uma entrada de carros desaparecia em meio às árvores. Tive só um vislumbre de uma construção mais além. Tentei abrir o portão, mas estava trancado.

– Você não vai conseguir entrar aí – disse uma voz atrás de mim. Então me virei e vi um velho com um cão pastor sorridente ao lado.

– O local está em quarentena porque é para pacientes com tuberculose?

Ele balançou a cabeça, com um sorriso lento se espalhando pelos lábios.

– Isso é o que eles querem que você pense, mas é para pessoas que são ruins da cabeça.

– Um manicômio, o senhor quer dizer?

– Eles não gostam de chamar assim. Um lugar para quem teve colapsos nervosos… é assim que chamam hoje em dia, não é? É onde os ricos colocam os parentes que ficaram meio esquisitos. Você sabe, os que acham que são Napoleão ou alguma coisa assim. – Ele deu uma risadinha. – O que você quer aí dentro, afinal?

– Eu só estava curiosa.

– Você precisa marcar hora para poder entrar – informou ele. – Passaram a ser muito rigorosos com a segurança desde que um dos pacientes escapou e matou a mãe com um machado. Você deve ter lido sobre isso.

– Ah, entendi. Obrigada.

Ele assentiu e seguiu caminho. Voltei devagar para o carro. Eu estava pensando nos três nomes escritos naquele mapa. Já tinha encontrado dois. E o terceiro: Ddec…

– Ah, não… – falei em voz alta.

Será que essas letras significavam Duque de Clarence? E aquele boato de que ele não havia morrido, mas sido trancado em algum lugar para que o irmão mais novo e mais adequado pudesse assumir o trono. Eu me lembrei da rapidez e da firmeza com que lady Peebles tinha rechaçado essa possibilidade. Será que ela sabia de alguma coisa? Seria possível que ele estivesse aqui e que alguém estivesse tentando matar os herdeiros do trono em seu nome? Parecia quase absurdo demais para colocar em palavras...

– O que aconteceu agora? – perguntou vovô quando eu voltei para o carro.

– Vovô – falei com cuidado –, você é um bom ator?

– Ator? Deixamos essa parte para a sua mãe. Ela sempre foi exibicionista, desde pequena.

– Eu estava pensando se você conseguiria interpretar meu velho tio maluco por alguns minutos. Não precisa fazer muita coisa nem falar muito, porque não quero que eles ouçam seu sotaque. Mas você consegue parecer alheio e sorrir muito, não é?

– Por quê?

– Este lugar é um manicômio chique – respondi. – Eu preciso de um motivo para entrar e visitar, e você seria o motivo perfeito.

– Escute aqui, você não está pensando em me deixar lá, não é?

Dei um tapinha no joelho dele.

– Claro que não. Mas tenho que descobrir se uma pessoa específica está trancada lá, então preciso de uma desculpa para entrar.

– Acho que eu consigo fazer isso – disse ele. – Sua avó sempre disse que eu devia ter um irmão gêmeo, porque uma pessoa só não podia ser tão idiota. – Ele deu um sorriso melancólico.

– Ótimo. Vamos voltar para o povoado e procurar a cabine telefônica mais próxima.

Em pouco tempo, eu estava em frente ao pub Cock o' the North, pedindo ao operador para me conectar com o Castelo Craig. Uma voz refinada entrou na linha.

– Sanatório Castelo Craig.

Tudo que eu tinha que fazer era colher as vantagens da minha posição privilegiada.

– Boa tarde, quem fala aqui é lady Georgiana Rannoch – comecei, entrando totalmente no modo da realeza. – Eu gostaria de falar com a enfermeira-chefe sobre meu tio-avô. Ele tem agido de um jeito, bem, um pouco estranho nos últimos tempos, e nós da família sentimos que... ele precisa de um lugar onde seja cuidado.

– Entendo perfeitamente, milady – disse ela. – E nós seríamos exatamente o lugar que milady está procurando. Quando gostaria de nos visitar?

– Essa é a questão. Meu tio está no carro neste momento, então eu achei que poderia levá-lo até aí daqui a alguns minutos. Ele vai voltar para a casa dele no extremo norte amanhã e, sinceramente, não devia ir para lá sozinho.

– Isso seria muito irregular. – Ela pareceu irritada. – A enfermeira-chefe nunca deixa ninguém visitar sem hora marcada.

– Eu esperava que vocês abrissem uma exceção, já que a propriedade está em uma terra originalmente comprada da propriedade dos Rannochs e por sermos vizinhos de longa data. – Era mentira que a terra dos Rannochs se estendesse até tão longe a leste, mas ela não teria como saber disso.

– Só um instante, por favor. Vou falar com a enfermeira-chefe – informou ela. – Por favor, aguarde na linha.

Houve um longo silêncio, depois eu ouvi o som de passos e a voz disse, um pouco ofegante:

– A enfermeira-chefe disse que está disposta a abrir uma exceção no seu caso.

– Esplêndido. Chego daqui a alguns minutos.

– Você se importa de me dizer do que se trata? – perguntou vovô enquanto voltávamos para o sanatório. – Por que exatamente precisamos entrar em um hospício?

– Porque o nome dele estava escrito em um mapa que foi deixado para mim, e a pessoa que o escreveu foi assassinada – respondi.

– Você acha que um dos internos está solto por aí fazendo travessuras?

Pensei na pergunta. Se, por algum acaso ridículo, o duque de Clarence estivesse trancado ali, praticamente um prisioneiro, não seria provável que ele tivesse a capacidade de influenciar algumas ações no mundo exterior. Seus captores fariam de tudo para que ele não tivesse contato com ninguém.

Balancei a cabeça. Esdrúxulo demais para colocar em palavras.

– Eu não sei muito bem por que estamos indo para lá, mas sei que deve ter algo relevante. Vamos ficar de olhos abertos, procurando especialmente por um homem idoso, mais ou menos da sua idade.

– Que tipo de homem idoso?

Balancei a cabeça.

– Não tenho a menor ideia. Um que se parece com o rei Jorge?

Quando chegamos ao portão, ele estava aberto, e um homem de uniforme escuro com botões de bronze estava parado ao lado. Ele me cumprimentou enquanto entrávamos. Pelo espelho retrovisor, percebi que estava trancando o portão. Um tremor de apreensão percorreu meu corpo. Será que eu estava entrando de forma imprudente em uma cova de leões? A entrada de carros passava por um terreno parecido com um parque até chegar a uma elegante casa de tijolos vermelhos, construída em forma de E. Uma mulher com um uniforme branco engomado estava parada nos degraus na parte central do E.

– Que surpresa agradável, milady – cumprimentou ela com a voz refinada. – Entrem. E esse deve ser seu querido tio.

– Isso mesmo. Este é o Sr. Angus MacTavish Hume. Tio Angus, vamos fazer uma visita rápida a este lugar adorável.

– Hospital? – perguntou ele, a palavra soando como um sussurro alto.

Eu ri alegremente.

– Não, não é um hospital. É uma espécie de hotel. Você vai ver.

A mulher de branco nos conduziu a um saguão de entrada com piso de azulejos pretos e brancos e nos ofereceu um assento em um sofá de couro.

– Se vocês tiverem a bondade de esperar aqui, vou avisar à enfermeira-chefe que chegaram.

Ela se afastou, os saltos batendo no piso de azulejos. Assim que a mulher virou a esquina, eu me levantei com um pulo.

– Fique de olho para mim – sussurrei e comecei a testar as portas nos dois lados do corredor.

A primeira era de um armário; a segunda dava em um escritório. Havia arquivos encostados nas paredes, mas achei que não teria tempo de examiná-los sem saber o que eu estava procurando. É claro que nem por um minuto achei que haveria um arquivo chamado *Duque de Clarence. Confidencial.* Se ele estivesse internado, seria com um nome falso.

Mas sobre a mesa havia um grande livro de visitas aberto na data de hoje. Nenhum visitante até agora. Voltei para o dia anterior e o dia antes desse. Notei que poucas pessoas visitavam os parentes malucos. Então notei um nome que reconheci: V. Padgett. E, embaixo, o nome da paciente: Maisie McPhee.

– Alguém está vindo – sibilou vovô do outro lado da porta.

Corri de volta para o sofá bem na hora em que apareceu uma mulher mais velha com o rosto fino e usando um uniforme azul.

– Eu soube que milady trouxe seu tio para conhecer nossa instituição – disse ela em tom de desaprovação. – Isso foi muito irregular. Nós gostamos de fazer as coisas com hora marcada por aqui.

– Eu entendo, mas pareceu tão oportuno estarmos de passagem quando meu tio estava comigo no carro... Naturalmente, ele tem que se sentir confortável com os arranjos que fizermos para ele.

Olhei para meu avô e ele deu sua melhor imitação de um sorriso vazio. Eu o ajudei a ficar de pé.

– Como foi que milady ficou sabendo de nós? – perguntou ela.

Lancei um sorriso bem condescendente.

– Somos quase vizinhos. Eu moro aqui desde que nasci. Sei o que acontece nas propriedades que fazem fronteira com a nossa.

– Entendi. – Será que eu tinha detectado um leve endurecimento na expressão dela? – Nossas taxas não são baixas, mas é claro que isso não deve ser uma preocupação para alguém como milady.

– Meu tio tem seus próprios recursos – falei, pegando a mão dele. – Mas precisamos ter certeza de que este lugar é bom para ele.

Vovô deu um sorriso bobo, como eu tinha instruído.

– Ele tem algumas exigências definidas – continuei. – Gosta do sol da manhã, sabe, de uma boa vista, de muitos gramados para passear e de uma boa conversa com os outros hóspedes. Então eu queria saber se vocês podem nos mostrar o local e alguns quartos.

– Nós não sabíamos que milady viria. – Ela parecia um pouco nervosa. – Não estamos preparados...

– Ah, por favor – interrompi, fazendo uma boa imitação da minha bisavó austera, a rainha Vitória –, se seu lugar é tão precário que precisa ser preparado para ser visto por alguém de fora, não deve ser um local adequado para meu tio-avô.

– Milady, nós seguimos os mais altos padrões – retrucou ela com muita frieza –, só que eu não sei quais quartos estão disponíveis para visita. Alguns dos nossos residentes se assustam com pessoas de fora. Alguns podem até ficar violentos, e eu não gostaria que milady testemunhasse nada desagradável.

– Acho importante eu ver o lugar como ele realmente é, não acha? Se eu for confiar meu querido tio a vocês, tenho que saber o que estou fazendo.

– Entendi. – Um traço de sorriso surgiu entre os lábios dela, mas não alegrou seus olhos. – Bem, acho que eu posso lhe dar uma ideia do que temos a oferecer. Por acaso temos algumas vagas no momento. Me sigam, por favor.

Enquanto ela andava na frente, eu agarrei vovô.

– Veja se você consegue encontrar Maisie McPhee – sussurrei.

Ele me lançou um olhar inquisitivo.

A enfermeira-chefe olhou para trás.

– Venham. Por aqui – ordenou ela bruscamente.

Ela nos conduziu por um corredor longo e bem iluminado. As portas dos dois lados tinham janelinhas e placas de identificação. Tentei dar uma olhada em cada uma.

– Vocês têm muitos homens da idade do meu tio? Ele é um sujeito muito sociável, então gostaria de poder jogar xadrez e conversar com outros contemporâneos.

Ela me lançou um olhar de advertência, encarando vovô, que estava deliberadamente ficando para trás.

– A maioria dos nossos residentes não pode mais jogar xadrez e conversar. Tem certeza de que seu parente não ficaria mais feliz em uma instalação residencial para idosos?

– Mas ele foge – sussurrei. – Tenta escapar o tempo todo. Os funcionários o encontraram parado na estrada, tentando pegar carona, usando apenas as roupas de baixo.

– Ah. Entendo.

Ela entrou em uma área clara e aberta com poltronas e mesas baixas. Havia um piano no canto e um rádio em uma mesa lateral.

– Nossos residentes mais... hum, sociáveis geralmente se encontram no salão comunitário.

Algumas cadeiras estavam ocupadas. Um idoso usava o que parecia ser uma touca de dormir e tinha um copo do que parecia ser uísque na mesa ao lado. Ele levantou o olhar quando entramos.

– Já está na hora do almoço? – perguntou ele.

– O senhor acabou de almoçar, Sr. Soames. Foi um linguado grelhado, lembra?

Uma mulher de olhos vazios ergueu o olhar.

– Eu também quero almoçar – disse ela. – Eles tentam nos matar de fome aqui, sabia? Ficamos sem comida por semanas.

– Que mentira, lady Wharton. A senhora conta histórias horríveis. – A enfermeira-chefe tentou dar uma risada.

– Podemos conhecer a cozinha e a sala de jantar? – pedi. – Meu tio é muito exigente com a comida.

– Nossa comida é da mais alta qualidade, milady – disse a enfermeira--chefe –, e o pessoal da cozinha deve estar lavando a louça do almoço, mas posso lhe mostrar a sala de jantar.

Ela nos guiou pelo salão comunitário até uma sala agradável com mesinhas. Tinha janelas nos dois lados, com vista para as colinas, e metade do teto era de madeira.

– Viu? Uma vista agradável. Exatamente o que seu tio pediu – afirmou ela com um sorriso.

– Há quantos idosos residentes no momento? – perguntei.

Será que eu tinha detectado uma leve hesitação?

– Deixe-me ver. Coronel Farquar, Sr. Soames... Acho que são dez. E temos quinze mulheres residentes. As mulheres sempre parecem viver mais do que os homens, não é? – Outra tentativa de sorriso.

– E se eu pudesse dar só uma olhadinha na cozinha? – falei. – É por aqui?

Entrei sem esperar a permissão. A equipe da cozinha, assustada, levantou o olhar quando entrei. Estava tudo em perfeita ordem. Impecável, na verdade, e os cheiros não eram desagradáveis. Na verdade, se eu tivesse mesmo um tio senil, este não seria um lugar ruim para ele.

– Milady, eu realmente não acho... – A enfermeira-chefe chegou a segurar meu braço. – Não devemos incomodá-los agora. Continuem, todos.

Ela quase me arrastou para fora da cozinha, depois olhou ao redor.

– Para onde foi seu tio?

Vovô tinha fugido. Que ótimo!

– Ah, não... – falei. – Está vendo o que eu quero dizer? Ele está sempre tentando fugir. Mas não há como ter ido longe.

A enfermeira-chefe já estava correndo, os saltos batendo no chão sem tapete.

– James, Frederick, tem um velho solto no prédio! – gritou ela, e dois jovens saíram para procurá-lo.

– Não o deixem sair. Nós nunca vamos encontrá-lo no meio de todos aqueles arbustos! – gritei para eles.

Um deles mudou de rumo e correu para a porta da frente. Segui o outro escada acima. Passamos apressados por um corredor, depois saímos para a lateral da letra E. Diminuí a velocidade e tentei ler as placas de identificação nas portas e dar uma olhada dentro de cada quarto. Então ouvi gritos e um barulho de briga. Corri virando a esquina e vi dois jovens de jaleco branco lutando contra vovô para conseguirem segurá-lo. Parecia que eles estavam usando uma força considerável, na minha opinião.

– Soltem ele! – gritei.

A enfermeira-chefe apareceu ofegante atrás de nós.

– Ele ainda não é um dos nossos, Sims! – bradou ela.

Os jovens largaram os braços de vovô. Ele ficou parado ali fazendo uma boa imitação de alguém apavorado. Fui até ele.

– Você é muito travesso, tio – falei, pegando a mão dele. – Você prometeu não fugir, lembra? Venha comigo.

A enfermeira-chefe nos alcançou, respirando pesadamente.

– Isso foi uma tolice, Sr. Hume – disse ela. – O senhor não precisa fugir. Está entre amigos. Vai ser bem cuidado aqui. – Ela me puxou para o lado. – Estou vendo que ele é bem difícil – sussurrou ela. – Milady gostaria de deixá-lo conosco agora mesmo?

– Não, acho que ele gostaria de ir para casa, se despedir dos funcionários e colocar os negócios dele em ordem primeiro – falei, apressada, puxando-o para perto de mim. – E ainda não vimos um quarto vago.

– Ah, sim. Fomos interrompidas, não é? Acredito que o da ala Raio de Sol seja o mais próximo, e milady disse que era importante seu tio receber a luz do sol da manhã. James, você pode ir na frente e verificar se o quarto está pronto para receber visitas?

O jovem correu na frente enquanto caminhávamos devagar de volta à parte central do E e depois ao longo da letra até a outra ala. Enquanto passávamos por ali, vi a placa de identificação *M. McPhee*. Tentei espiar pela janela, mas a única coisa que consegui ver foi um calombo na cama.

– Ah, chegamos – disse a enfermeira-chefe e abriu a porta de um quarto vazio. Era espartano, para dizer o mínimo. – Nós incentivamos os hóspedes a trazerem seus próprios móveis. Isso torna a transição mais fácil para eles.

– Que ótimo – falei. – Muito adequado, na verdade. Acho que meu tio vai resistir à ideia no começo, mas vai ficar muito feliz aqui. – Eu me virei para sorrir de novo.

A enfermeira-chefe estava atrás dele, bloqueando as chances de fuga.

– Vou conversar com meu irmão, o duque, e entraremos em contato o mais rápido possível para comunicar nossa decisão.

– Estamos ansiosos para que seu tio se junte a nós, milady – disse ela com um sorriso submisso.

Ao voltarmos pelo corredor, fingi notar a placa de identificação pela primeira vez.

– Meu Deus! Essa não seria Maisie McPhee, seria? – perguntei.

– É, sim. Milady a conhece?

– Se for a mesma, ela trabalhou para nós anos atrás, quando eu era criança – respondi.

– Não acredito que seja a mesma pessoa – afirmou a enfermeira-chefe.

– Eu a reconheceria imediatamente, e talvez ela ainda se lembre de mim. Era muito gentil. Muito boa.

Eu estava com a mão na maçaneta, tentando abrir a porta.

– Eu acho que ela não a reconheceria, milady – retrucou a governanta, tirando apressadamente minha mão da porta. – Ela não conhece mais ninguém.

O barulho do lado de fora da porta despertou Maisie McPhee. Ela se sentou na cama e nos encarou, ansiosa. Fiquei surpresa ao ver um rosto jovem e sem rugas, com olhos azul-claros e cabelos que já tinham sido ruivos, mas agora estavam desbotados e com mechas brancas.

– Está tudo bem, querida – disse a enfermeira-chefe através da porta fechada. – Você está bem segura aqui. Volte a dormir.

– Mas ela é jovem demais para estar aqui – comentei. – Que pena.

A enfermeira-chefe assentiu.

– Sífilis avançada, infelizmente – sussurrou ela. – Nada pode ser feito. – Ela pegou meu braço e nos levou embora.

Trinta e um

A estrada de Braemar para casa
21 de agosto de 1932

Soltei um enorme suspiro de alívio quando saímos por aqueles portões e viramos de novo na estrada. Vovô, ao meu lado, soltou um suspiro semelhante.

– Caramba, minha querida, as coisas que eu faço por você... Achei que tinha dado tudo errado, que eles iam me arrastar e me prender na mesma hora. Isso que é ter arrepios. E aquele lugar me deu muitos!

– Deu mesmo, não foi? Embora fosse tudo muito bonito, limpo e claro. Aliás, você foi brilhante. Absolutamente perfeito. Agora eu vejo de onde veio a capacidade de atuar da mamãe.

– Até parece. – Ele quase corou. – Eu só tive que ficar parado lá e parecer idiota.

– Mas você fugiu e nos deu a chance de ver outros lugares do prédio. Nós nunca teríamos ido ao andar de cima se você não tivesse fugido. E eu nunca teria visto Maisie McPhee.

– Quem é ela, afinal?

– Não sei – respondi. – Mas Veronica Padgett a visita sempre, e ela não me parece ser do tipo filantrópico que visitaria uma antiga serviçal.

– O que faz você pensar que ela é uma antiga serviçal? Eu achei que todo mundo ali era rico.

– Maisie McPhee é o tipo de nome que os serviçais da região teriam.

Mas por que eles pagariam para colocar uma antiga serviçal em um lugar como o Castelo Craig?

Então, de repente, eu percebi.

– A menos que... ela seja a verdadeira mãe de Ronny. A Sra. Padgett disse que Ronny foi adotada. E se uma das serviçais tivesse se metido em uma encrenca e eles tivessem sido gentis e adotado o bebê?

Afinal, ela tinha a cor da pele bem parecida com a de Ronny. Mas por que eles continuariam a sustentá-la durante tantos anos e colocariam a mulher em uma instituição tão cara... a menos que o major Padgett fosse o pai, é claro.

Tudo estava começando a se encaixar. O major Padgett teve o que foi descrito como um ataque ou um colapso e foi mandado para um chalé na propriedade. E se tivessem revelado que ele havia contraído sífilis e depois gerado uma filha com uma criada? A rainha Vitória não suportava nenhum tipo de imoralidade. Será que ela havia sido gentil e o mantido no serviço só de fachada, mas, na prática, o tinha banido? E a sífilis muitas vezes levava à insanidade, não é? Será que o major Padgett era louco mesmo?

– Você está muito quieta – disse vovô.

– Eu só estou pensando nas coisas, e elas estão começando a fazer sentido. Espero que sir Jeremy apareça logo. Acho melhor eu colocar tudo em uma carta e deixar para ele na estalagem de Braemar, se ele não aparecer hoje à noite.

Enquanto conversávamos, as nuvens apareceram, ocultando as montanhas e cobrindo a estrada à frente com uma névoa úmida. Segurei o volante com força enquanto a estrada serpenteava por uma série de curvas fechadas.

– Estou morrendo de fome – falei depois de um tempo. – Eu não almocei.

– Não fale de comida agora, por favor – disse vovô.

Dei uma olhada para ele. Vovô parecia meio enjoado.

– Sinto muito, eu não sabia que você sentia náuseas em automóveis – falei.

– Eu não sabia até agora. Não andei em muitos carros na vida, sabe, e nunca em estradas como esta, e muito menos com alguém dirigindo do jeito que você dirige.

– Eu dirijo muito bem – argumentei.

– Não estou questionando isso, minha querida, mas você dirige bem rápido, e são muitas curvas.

– Desculpe. – Eu sorri e desacelerei para fazer a curva seguinte bem devagar. – Não falta muito agora, juro. Olhe. Já dá para ver o lago lá embaixo.

Viramos outra curva e lá estava o lago, que se estendia negro e sombrio diante de nós. As nuvens estavam mais escuras e parecia que ia começar a chover a qualquer segundo. Quando nos aproximamos do cais, vovô disse:

– Ei, o que está acontecendo ali?

Uma pequena multidão estava reunida, e eu vi que a lancha azul se encontrava na água de novo, prestes a ser amarrada no cais. Saí da estrada e saltamos, abrindo caminho pelo meio da multidão.

– O que está acontecendo? – perguntei. – Estão todos aqui só para ver a lancha?

– Não, milady. Alguém acabou de ver o monstro – disse um menino. Era o filho de um dos funcionários da nossa propriedade.

– O monstro? Que bobagem. Quem viu?

– Ellie Cameron – respondeu ele, apontando para uma garota um pouco mais velha, de pé segurando o braço de um amigo.

– Que história é essa de monstro, Ellie? – indaguei.

Ela fez uma reverência apressada.

– Eu vi, eu vi, sim, milady. Estava observando aquele barco e umas ondas estranhas apareceram e no início eu pensei que era só o rastro e o vento, sabe, mas aí vi uma cabeça monstruosa surgir sobre a onda e gritei.

– Uma cabeça monstruosa? – Eu sorri. – Acho que você tem uma boa imaginação, Ellie.

– Ah, não, Vossa Senhoria. Eu sei o que vi. Era uma coisa grande e esbranquiçada no meio do lago.

– Bem, não tem nada lá agora – falei. – Viu, está bem calmo.

A tripulação do barco estava subindo para o cais, quando, de repente, alguém gritou:

– Olhem ali! O que é aquilo?

Bolhas estavam subindo na água negra. Então alguma coisa rompeu a superfície – uma coisa grande e branca. Alguém berrou. Depois outra pessoa gritou:

– É um corpo!

A tripulação desceu para dentro do barco outra vez e estava ligando o motor quando alguém gritou:

– Não se preocupem. Eu pego. Fiquem aí.

Eu conhecia aquela voz. Era Darcy, a última pessoa que eu esperava ver ali. Eu o notei bem a tempo de vê-lo tirar a jaqueta e mergulhar do cais, nadando até o corpo com braçadas magistrais. Vimos quando ele agarrou uma perna e depois rebocou o corpo até a margem.

– Se afastem, por favor – pediu ele, ofegante quando chegou ao raso e se levantou. – E alguém chame a polícia.

Vários meninos saíram correndo enquanto o resto da multidão observava fascinado em silêncio para saber o que ia acontecer a seguir. Era uma cena estranha: Darcy parado na água rasa pingando, com a camisa e a calça grudadas no corpo como uma segunda pele, parecendo muito vivo, enquanto atrás dele, balançando nas ondas, estava o corpo inchado de Godfrey Beverley, usando apenas roupas de baixo.

Naquele momento, Darcy notou minha presença.

– Georgie. – Eu vi os olhos dele se iluminarem, para minha satisfação. – Você está com um carro aqui? Pode ir para casa e telefonar para a polícia?

– Está tudo bem, senhor – disse um dos meninos. – Freddie MacLain já foi de bicicleta até a cabine telefônica pública.

– Você quer ajuda com… – Eu não consegui terminar a frase corretamente, olhando com fascínio para a coisa inchada balançando na água.

– Só para afastar todo mundo – respondeu ele. – Vou arrastá-lo para a terra firme e depois vamos tentar não perturbá-lo até a polícia chegar.

– Você acha que pode ser um crime?

– O que mais poderia ser? – murmurou ele, grunhindo com esforço enquanto arrastava o corpo de Godfrey para a margem.

– Ele estava sempre rastejando na margem do lago, tentando ouvir a conversa de outras pessoas – falei. – Pode ter escorregado, caído e batido a cabeça em uma pedra.

– É possível. Mas por que ele estaria espionando outras pessoas?

– Ele é Godfrey Beverley, o colunista de fofocas. Sempre tentando encontrar o próximo furo de reportagem.

– Então eu acho que ele encontrou e pagou com a própria vida – disse Darcy de um jeito sombrio. – Se não houvesse nenhuma outra morte por aqui, eu poderia chamar de acidente, mas, depois de tudo que estamos descobrindo…

Ele parou quando o grupo ligado aos barcos veio na nossa direção pelo cais e ouvimos claramente uma voz exclamar:

– Ah, não. Eu não posso passar perto dessa coisa! Não consigo nem olhar. Alguém me dê a mão.

Claro que era minha mãe, parecendo ridiculamente teatral em um terno azul-marinho e branco de marinheiro e chapéu combinando. Várias mãos masculinas se ofereceram para ajudá-la a descer do cais. Ela começou a cambalear pela praia de pedras com seus sapatos de salto alto e solado plataforma até que me viu.

– Querida – gritou ela, correndo para os meus braços –, isso não é muito, muito horrível? É o Godfrey, não é? O pobrezinho. Eu ainda não consigo acreditar.

– Você o detestava – lembrei a ela.

– Sim, mas com certeza não fui eu que o empurrei na água e o afoguei – disse ela. – Por mais que eu quisesse ter feito isso. Ele parece mais nojento na morte do que em vida, não é? Como um balão disforme. Você acha que ele explodiria se alguém enfiasse um alfinete nele?

– Mamãe, não seja horrível – repreendi.

– Eu só estou tentando aliviar essa situação terrível – disse ela. – Meu Deus, estou me sentindo muito fraca. Preciso de um conhaque. Eu queria que o Max deixasse aquele barco estúpido em paz e se apressasse.

– Vamos, minha filha. Venha se sentar no carro – sugeriu vovô, saindo de repente do automóvel.

– Jesus, o senhor... o que diabos está fazendo aqui?

– Que absurdo é esse de "senhor"? Eu sempre fui só "pai", e isso basta para mim. Você sempre foi esnobe, não é?

– Não se esqueça de que eu era uma duquesa, papai – disse mamãe, olhando ao redor para saber se a conversa estava sendo ouvida. – E você não respondeu à minha pergunta.

– Eu vim para ficar de olho na sua filha, e isso é mais do que você fez em toda a sua vida.

– Não comece com isso de novo – retrucou ela. – Algumas de nós simplesmente não foram feitas para a maternidade. Eu fiz o melhor que pude, e ela acabou ficando bem, não é?

– Ela ficou uma belezinha, mas isso não vem ao caso. De qualquer forma, não vamos discutir agora. Venha se sentar no carro. Parece que você teve uma tontura bem forte.

– É, acho que é melhor eu me sentar até o Max chegar aqui.

Ela se permitiu ser levada até o carro da propriedade e desabou de um jeito bem dramático no banco da frente. Voltei minha atenção para o cais para ver se Max estava em algum lugar à vista e fiquei surpresa ao ver que Paolo estava vindo na minha direção com Belinda segurando o braço dele.

– Ah, Georgie! – gritou Belinda, soltando o braço de Paolo e correndo até mim. – Que coisa horrível. Eu estava olhando da parte de trás do barco e o corpo surgiu na superfície. Nem consegui imaginar o que era.

Eu coloquei a mão no ombro dela para tranquilizá-la.

– Foi muito terrível, não foi?

Ela assentiu.

– Que sorte o Paolo não ter atingido o corpo quando estava indo muito rápido. Ele com certeza teria morrido.

– Mas o que Paolo está fazendo aqui? – perguntei. – Na última vez que o vi, ele estava sendo enfiado em um carro da polícia.

– Tiveram que soltá-lo – disse ela com um aceno triunfante. – Ele provou que, na verdade, estava jantando com pessoas do outro lado de Londres quando a pobre moça foi atropelada. Eu naturalmente já sabia que ele não podia ter feito uma coisa dessas.

Paolo pegou o braço dela.

– Venha, *cara*. Não quero estar aqui quando a polícia chegar. Estou farto da polícia inglesa.

– Essa polícia é escocesa – comentei.

Ele deu de ombros.

– Inglesa, escocesa, é tudo a mesma coisa. São todos muito estúpidos e não conseguem ver além do próprio nariz. Eu ficava dizendo que eles haviam cometido um erro e que alguém tinha roubado minha moto, mas eles não ouviam.

– Vejo você mais tarde, Georgie – disse Belinda enquanto Paolo a arrastava para longe.

Max chegou com Digby Flute, e minha mãe saiu do carro e voou para o lado dele.

– Max, meu querido. Foi um choque tão horrível! Me leve embora daqui – pediu ela, fazendo uma imitação fabulosa de uma heroína trágica prestes a morrer.

– Não se preocupe, *Liebchen*. Vamos – disse ele.

A multidão tinha diminuído. Alguns garotos ainda estavam por ali, observando com os olhos arregalados. Darcy estava debruçado sobre o corpo, cobrindo-o com a própria jaqueta.

– Alguém fez um belo trabalho ao dar uma pancada horrível na parte de trás da cabeça do homem – afirmou ele, se endireitando. – Eu acho que não tem problema deixar todas as testemunhas irem embora. Nós sabemos onde todas estão hospedadas, se a polícia precisar de depoimentos.

Assenti. Eu estava morrendo de fome e queria muito ir para casa, mas não queria deixar Darcy sozinho nessa tarefa desagradável. Na verdade eu não queria sair de perto dele.

– Achei que você tinha dito que precisava ir embora – falei.

– Eu mudei de ideia.

– Fico feliz.

– Aconteceu mais alguma coisa que eu deva saber?

– Nada, só alguém atirando em mim quando estávamos cavalgando hoje de manhã.

– Georgie, eu achei que tinha falado para você se resguardar e ter cuidado.

– Eu estava com a princesa Elizabeth na propriedade de Balmoral. E havia policiais lá.

– A pessoa que está fazendo isso está ficando desesperada – disse ele.

– É, bem, eu tenho uma ideia de quem pode ser essa pessoa – falei. – Tentei encontrar sir Jeremy, mas não consegui localizá-lo.

– Você disse que tem uma ideia de quem está fazendo tudo isso?

– Só uma ideia. Eu acredito que pode ser o major Padgett.

– Padgett, aquele que trabalha na propriedade real? Pai da Ronny?

Fiz que sim com a cabeça.

– Parece estranho, não é? Mas ele se encaixa nessa conjuntura e teve a oportunidade.

– Mas ele está com a família real há anos – lembrou Darcy. – Por que ia querer machucar alguém?

– Eu achei que ele podia estar louco, sabe? Houve um escândalo com ele e alguém disse que Padgett teve um colapso nervoso, e que foi por isso que foi mandado para a Escócia. E ele estava lá na caçada, não estava? E tentou persuadir a polícia a parar com a investigação.

– É, mas... – Ele parou, depois assentiu. – Está bem. Vou passar a informação adiante, quando tiver oportunidade.

– Ah, e Darcy, você pode descobrir informações sobre uma pessoa chamada Maisie McPhee?

– O que tem ela? Cúmplice?

– Não. Está em um manicômio, mas tenho certeza de que está envolvida de alguma forma. Ela deve ter quase uns 50 anos. Você pode tentar descobrir se ela teve um filho mais ou menos trinta anos atrás? E também se ela foi casada?

– Esse é um pedido difícil – respondeu ele –, mas alguém vai saber verificar os registros em Edimburgo, imagino.

– Você devia ir para casa. Está tremendo – falei.

– Vou ter que ficar até a polícia chegar – explicou ele.

– Parece que tem um policial vindo para cá de bicicleta! – gritou vovô do carro.

Era o policial Herries, com o rosto vermelho e pedalando furiosamente. Ele já tinha chamado uma ambulância e ia ficar de guarda até que o veículo chegasse.

– Você notificou seus superiores? – perguntou Darcy.

– Não, senhor, geralmente não incomodamos os superiores por causa de um afogamento – disse o policial Herries. Eu vi Darcy franzir a testa. – O menino me disse que o corpo simplesmente apareceu no meio do lago.

– É verdade. Nós dois vimos isso – afirmei. – O Sr. O'Mara nadou até lá e arrastou o corpo para a margem.

– Pobre camarada. Há quanto tempo será que ele caiu e se afogou?

– Eu o vi vivo ontem – comentei.

O policial Herries franziu a testa.

– Isso é incomum. Geralmente eles ficam no fundo até o conteúdo do estômago começar a fermentar, e isso leva dias.

– Eu acho que ele não se afogou – disse Darcy. – Não parecia haver água nos pulmões.

– O que o senhor quer dizer?

– Acho que alguém o matou e depois o jogou no lago.

– O senhor está falando de assassinato?

– Esse seria o meu palpite.

– Ai, ai. – O policial Herries empurrou o capacete para trás e coçou a cabeça. – Alguém devia ser informado sobre isso.

– Não se preocupe, policial. Nós vamos telefonar do Castelo de Rannoch e relatar o acontecido – falei.

– Se assim milady preferir.

– Prefiro.

Eu me virei para Darcy. Os cachos escuros estavam grudados no rosto, e ele ainda pingava.

– E eu provavelmente devia levar o Sr. O'Mara para casa e fazê-lo vestir roupas secas, se o senhor não se importa.

– Claro, milady. Faça o que achar melhor.

Eu me virei para Darcy.

– É melhor você ir comigo até a casa e tirar essas roupas molhadas. Podemos lhe dar cobertores e pedir a alguém que seque suas roupas – falei.

– Obrigado pela oferta – agradeceu ele. – Acho que é a primeira vez que você me convida para tirar a roupa, mas infelizmente é melhor eu voltar direto para onde estou hospedado e depois começar a trabalhar, se você quiser que eu avise as pessoas sobre as suas suspeitas.

– Obrigada. Agradeço muito.

– Só estou fazendo meu trabalho, madame. – Ele tocou na cabeça, fazendo uma continência de brincadeira.

– Entre no carro, e eu levo você para casa.

– Os assentos vão ficar molhados.

– Vamos correr esse risco – falei. – De que outra forma você ia conseguir chegar lá?

– Bem, eu não gostaria de remar com esse vento – admitiu ele e foi em direção ao carro, deixando um rastro de gotas.

Vovô abriu a porta para Darcy entrar no banco de trás, então se sentou no banco do carona ao meu lado.

– Você traz seu motorista e fica dirigindo? – Darcy parecia se divertir.

– Ele não é meu motorista, é meu avô. – Eu ri. – Desculpe, eu esqueci que vocês dois ainda não tinham se conhecido.

– Santa mãe de Deus. Você é cheia de surpresas, não é? – Ele estendeu a mão. – Como vai, senhor? Darcy O'Mara. É um prazer conhecê-lo.

– Igualmente. Suponho que esse seja o seu jovem – disse vovô.

– Vovô… – comecei, e minhas bochechas ficaram vermelhas, mas Darcy interrompeu.

– O senhor supôs corretamente – afirmou ele.

Trinta e dois

Castelo de Rannoch
21 e 22 de agosto de 1932

Eu nem me lembro de dirigir até em casa. Só voltei à realidade quando entrei no Castelo de Rannoch e fui recebida por uma Fig irada.

– Onde diabos você esteve? – indagou ela. – Você está sumida há séculos. Simplesmente decidiu não aparecer para as refeições e eu tive que entreter e manter conversações sozinha.

– Sinto muito – falei. – Eu estava em Balmoral de novo. A princesa Elizabeth queria que eu fosse cavalgar com ela.

– Bem, nesse caso, acho que você não podia recusar, não é? – murmurou Fig, parecendo irritada.

Ela sempre se irritou com o fato de eu ser parente da família real por nascimento, enquanto ela só era parente por casamento.

– Eu estou muito atrasada para o chá? Estou morrendo de fome – confessei.

– Tomei chá com Podge no quarto dele hoje – respondeu ela. – Com tanta gente aqui, eu o tenho negligenciado demais. E não havia ninguém em casa para tomar chá, só o Binky. Siegfried saiu para algum lugar. Os Simpsons finalmente foram embora, a propósito.

– Foram mesmo? Que ótimo.

– Como você mesma disse, que ótimo. Achei que nós nunca íamos nos livrar deles, ainda mais quando decidiram ficar depois que os outros americanos foram embora. Mas acho que seus primos finalmente mostraram quanto são insuportáveis. E meio primitivos, não é?

– O que aconteceu?

– Nós estávamos no meio do jantar na noite passada quando Murdoch descreveu como ele desmembrou um cervo que ele tinha matado. O prato principal era carne de cervo, claro. Foi o suficiente para deixá-los sem vontade de comer.

Eu sorri.

– Bem, você finalmente conseguiu. Todos eles foram embora.

– Menos aqueles seus primos horríveis. Eles comem e bebem demais. Eu pedi ao Binky para expulsá-los, mas você sabe como ele é mole. Vamos comer só chá e torradas pelo resto do ano. – Ela me analisou de um jeito crítico. – O que tem de errado com você?

– Nada. Por quê?

– Você está com um sorrisinho bobo que simplesmente não sai do seu rosto.

Passamos uma noite sem ocorrências. Eu fiquei tensa e irrequieta durante todo o jantar, no qual Fig, eu e os dois primos estávamos posicionados ao longo de toda a extensão da enorme mesa de banquete, o que tornava quase impossível conversar sem gritar. Eu esperava que sir Jeremy telefonasse ou aparecesse pessoalmente a qualquer momento, mas ele não tinha entrado em contato comigo até a hora em que eu estava pronta para dormir. Isso devia significar que ele ainda não tinha retornado à estalagem ou que a palerma estava cuidando da recepção e havia se esquecido de dar o recado. Ou isso ou ela falou com tanto dialeto que ele não entendeu nada. Eu não sabia o que fazer em relação a isso. Além de telefonar para a estalagem de novo para ver se ele havia voltado, eu não tinha como entrar em contato com ele e temi que algo mais pudesse acontecer em Balmoral se o major Padgett continuasse à solta por muito tempo. Eu só esperava que Darcy tivesse conseguido entrar em contato com as pessoas certas e que tudo ficasse bem. De qualquer maneira, não tinha mais nada que eu pudesse ou devesse fazer. Seria uma tola se tentasse voltar a Balmoral. Em vez disso, eu ia tentar me divertir. Levaria vovô para fazer minhas caminhadas preferidas. Eu podia até ensiná-lo a pescar.

Na manhã seguinte, dormi até tarde e acordei com um sol glorioso entrando pela janela aberta. Tomei um belo café da manhã e estava indo visitar vovô quando ouvi uma voz do outro lado do parque.

– Hector. Saia agora mesmo de onde quer que você esteja. Isso já perdeu a graça.

A babá de Podge apareceu, olhando ao redor de um jeito ansioso.

– O que está acontecendo? – perguntei.

– Aquele menino travesso está se escondendo de mim – disse ela. – Eu o deixei sair do carrinho porque ele adora correr pela grama e agora não consigo encontrá-lo. – Ela parecia estar quase chorando.

– Não se preocupe, ele não pode ter ido longe – assegurei, mas senti um nó nas minhas entranhas.

Fiquei tentando me convencer de que era um caso simples de uma criança travessa de 3 anos, mas minha mente sussurrava outras possibilidades mais sombrias.

– Peça ao Graham que reúna os jardineiros e ajudantes para ajudar você na busca – instruí, apontando para um dos nossos jardineiros que estava trabalhando na horta. – Diga a ele que fui eu que pedi.

– Sim, milady.

– E eu também vou começar a procurar. Onde exatamente você o perdeu?

– Não muito longe daqui. Ele estava brincando com a bola naquele gramado, correndo muito feliz. Fui me sentar no banco e, quando me virei, ele tinha sumido. Claro que achei que ele estava só pregando uma peça boba na babá, então eu o chamei, mas ele não respondeu. Ah, o que pode ter acontecido com ele, milady?

– Não se preocupe. Nós vamos encontrá-lo. Você não ouviu o barulho de um motor, não é?

– O que milady quer dizer com isso?

Não fazia sentido alarmá-la sem necessidade.

– Nada importante. Vá chamar Graham. Pode ir. – Eu a empurrei na direção da horta e comecei a correr para o local que ela havia indicado.

Se ele tivesse fugido ou estivesse se escondendo, não podia ter ido longe demais. Afinal, as perninhas dele eram curtas. E se a babá não tinha ouvido nem percebido um automóvel, era improvável que alguém o tivesse levado embora.

Vasculhei os arbustos, chamando o nome dele, dizendo que a tia Georgie queria brincar, depois que o papai (a pessoa mais importante da vida dele) queria vê-lo. Nada se mexeu entre os arbustos. Talvez eu esteja exagerando, falei para mim mesma. Talvez ele tenha voltado para casa para buscar um brinquedo. Talvez ele esteja em segurança no quarto neste exato momento. Mas eu não conseguia me livrar do sentimento de pânico.

Tinha acabado de chegar à entrada de carros quando ouvi alguém chamando meu nome e vi meu avô acenando.

– Qual é a pressa, minha querida? – perguntou ele. – Você está treinando para uma corrida?

– Não, vovô. É o pequeno Podge, meu sobrinho. Ele está desaparecido, e minha preocupação é que... – Deixei o resto da frase cair no silêncio.

– Tem certeza de que ele não está só dando uma volta? As crianças fazem isso, sabia?

– Eu sei. Mas nós chamamos muito, e ele não está em lugar nenhum.

Meu avô colocou um braço ao meu redor.

– Não se preocupe, minha querida. Ele vai aparecer. Continue procurando, e eu vou ajudar. Mas ele não deve ter se afastado muito da casa sozinho, não acha?

– Eu acho que não, mas... espere! O que é aquilo lá embaixo?

Eu tinha visto o brilho de alguma coisa vermelha caída no cascalho claro não muito longe dos portões. Corri em direção a ela e me abaixei para pegá-la.

– É um dos soldadinhos de brinquedo de Podge! – gritei. – Vá contar a eles.

Comecei a correr o mais rápido que pude até chegar ao portão do castelo. Olhei para todos os lados na estrada. Não ouvi nenhum som de automóvel fugindo. Além do sopro do vento nos pinheiros e do suave bater das ondas na margem do lago só havia silêncio. Fiquei parada, hesitante, na beira da estrada, sem saber o que fazer. Eu não tinha como deduzir em que direção ele podia ter ido se tivesse mesmo saído sozinho pelo portão. Alguém devia alertar a polícia, é claro. Eu esperava que vovô fizesse isso.

Naquele momento, ouvi o som de um veículo se aproximando. Era um automóvel pequeno, um Morris, pela aparência. Saí para a estrada, acenei quando ele se aproximou e abri a porta do passageiro.

– Por acaso você viu um garotinho? – perguntei antes de reconhecer a motorista. – Ah, Ronny, é você.

– Ah, olá, Georgie – disse ela de um jeito agradável. – Um garotinho? Mais ou menos de que idade? Havia alguns garotos pescando a cerca de um quilômetro atrás.

– Ele só tem 3 anos. Meu sobrinho, Podge. Ele fugiu. A babá está fora de si.

– Ele não pode ter corrido muito com apenas 3 anos. Deve estar se escondendo em algum lugar. – Ela sorriu. – Eu costumava me esconder quando tinha essa idade. Meus pais ficavam muito assustados. Uma vez eu subi no sótão e não conseguia descer.

Levantei o soldadinho de brinquedo.

– Eu encontrei isso na entrada de carros, não muito longe do portão, então ele deve ter passado por aqui.

– Nesse caso, entre – sugeriu ela. – Posso ajudá-la a procurar, se você quiser.

– Muito obrigada.

Eu entrei e partimos devagar, examinando a margem do lago e a sebe enquanto ela dirigia, com as janelas abertas e chamando o nome dele o tempo todo. De repente, me ocorreu como essa situação seria irônica, se o pai dela fosse mesmo o sequestrador e Ronny estivesse me ajudando a persegui-lo.

Tínhamos andado quase um quilômetro quando alguma coisa chamou minha atenção.

– Espere. O que é aquilo ali?

Ronny pisou no freio. Eu saltei antes mesmo de o automóvel parar por completo e corri até uma velha casa de barcos empoleirada na beira do lago. Do lado de fora havia outro brilho vermelho. Mais um soldadinho de brinquedo. Ronny tinha se juntado a mim. Eu o mostrei a ela.

– Você acha que ele entrou aí? – indagou Ronny. Ela começou a abrir a porta apodrecida com muita cautela. – Ele deve ser um rapazinho aventureiro.

– Talvez alguém o tenha trazido até aqui – falei, com a voz tremendo de pavor.

– A porta não estava fechada direito – disse ela, abrindo-a bem. – Está muito escuro aqui dentro. – Ela olhou para mim. – Podge? Esse é o nome dele? – perguntou ela e depois chamou: – Podge, você está aqui? – Em seguida, ela se virou de novo. – Acho que eu tenho uma lanterna no carro.

Entrei, temendo o que eu podia estar prestes a encontrar. A única luz vinha do reflexo na água que batia muito abaixo de mim. Uma passarela percorria três lados. A parte de cima estava envolta em escuridão e tinha cheiro de umidade e mofo. Comecei a vasculhar em meio a sacos velhos e caixas podres, com o coração batendo forte toda vez que encostava em alguma coisa macia ou molhada. Percebi que Ronny estava atrás de mim.

– Parece que ele não está aqui – falei, olhando para ela.

– Não – respondeu Ronny. – Ele não está.

– Você o encontrou?

– Digamos que eu saiba onde ele está.

– Onde ele está?

– Em segurança. Por enquanto.

– O que você quer dizer? – Eu a encarei, tentando assimilar o que ela disse. – Seu pai o pegou?

– Meu pai? Meu pai está morto.

– O major Padgett está morto?

– Ele não é meu pai verdadeiro, mas você já sabe disso, não é? Hugo deve ter contado. Por que outro motivo você teria visitado o Castelo Craig ontem? Você sabe tudo sobre os meus pais verdadeiros.

– Imagino que Maisie McPhee seja sua mãe verdadeira – repliquei.

– Isso mesmo. Minha mãe verdadeira. Ela enlouqueceu. Nem me reconhece, mas eu a visito mesmo assim. Eu sinto que devo isso a ela.

Ronny olhou para mim e começou a rir.

– Você é mesmo muito ingênua e crédula, não é? Eu plantei os soldados ao longo do caminho e você, minha querida, mordeu a isca com muita facilidade… e agora eu a fisguei.

Foi aí que eu percebi que o que ela estava segurando não era uma lanterna. Era uma pistola.

– Você o sequestrou? Foi você?

– Sim – respondeu ela de um jeito displicente.

– Por quê? Por que fazer isso com um garotinho que não fez nenhum mal a você?

– Segurança, minha querida. Eu posso precisar de uma moeda de troca para sair do país em segurança. E você... – ela fez uma pausa, como se me examinasse – ... você estava se tornando um incômodo maldito. Hugo contou tudo a você, não foi?

Eu ainda estava tentando assimilar a situação.

– Foi você que atirou em mim ontem? Foi você que matou Hugo?

Ela riu de novo.

– Pobre Hugo. Inteligente demais para o próprio bem dele. E sensível demais também. Ele tinha descoberto tudo, mas cometeu o erro de me contar. Queria que eu bancasse a honrada e me entregasse. Não foi uma tolice?

– Eu fui lenta demais – falei. – Devia ter percebido. Eu sabia que tinha alguma coisa me preocupando. Você se entregou quando conversamos depois que Hugo morreu. Godfrey Beverley falou que alguém tinha levado um tiro. Ele não disse que Hugo estava morto, mas você falou dele no passado.

– Como você mesma disse, você foi muito lenta.

– E Godfrey Beverley – prossegui, enquanto as peças se encaixavam na minha cabeça. – Ele estava olhando diretamente para você quando questionou por que alguém precisaria de duas armas.

– Homenzinho idiota – disse ela. – Sempre metendo o nariz onde não era chamado. Eu percebi que ele devia ter me visto.

– E a sua criada? Você pegou a moto de Paolo e a atropelou?

– Ela estava bisbilhotando. Tinha que morrer.

Eu a encarei, notando a maneira tranquila como ela desdenhava desses assassinatos.

– O que você fez com Podge? – indaguei.

– Ele está em segurança. Você não precisa se preocupar com ele.

– Claro que eu me preocupo! Me leve até onde ele está.

– Ele está no meu Gypsy Moth, bem aqui no lago. Entre no barco e você vai poder remar até ele. – Ela apontou para um barquinho a remo amarrado ao pé dos degraus e fez sinal com a pistola para eu descer.

Eu estava tentando controlar meus pensamentos acelerados, imaginando que chances eu teria se mergulhasse na água e fosse buscar ajuda. Não havia nada mais próximo do que o Castelo de Rannoch e, até eu chegar lá, ela já poderia ter matado Podge ou fugido com ele. Fiquei pensando se conseguiria alcançar o avião primeiro se mergulhasse e nadasse até ele. Eu nadava bem, e ela teria que descer os degraus e desamarrar o barco a remo, o que me daria uma boa vantagem. Valia a pena tentar, e era melhor do que não fazer nada. Era óbvio que ela ia me matar e provavelmente também ia matar Podge. O que eu tinha a perder?

Respirei fundo e me lancei na água escura. Ouvi o tiro ecoando pelo ancoradouro. A qualquer segundo eu esperava sentir a dor da bala, mas bati na superfície e afundei. Eu ofeguei com o frio e tive que me controlar para não subir para respirar no mesmo instante. Em vez disso, saí batendo as pernas, rezando para estar na direção certa. Continuei nadando debaixo d'água até conseguir ver uma luz mais clara à minha frente. Prendi a respiração até meus pulmões arderem e subi ofegando para respirar. Ainda não havia nenhum sinal do barco a remo. Fui em direção ao avião com braçadas poderosas, nadando mais rápido do que nunca. Eu não tinha planejado o que faria quando chegasse ao avião. Ela ainda estava com a pistola, e eu era um alvo fácil, mas só ia pensar nessa parte quando chegasse a hora.

O avião balançava sobre os flutuadores amarrados a uma boia, a uma distância agora fácil. Eu o alcancei, puxei meu corpo para cima da boia e fiquei de pé, me segurando na parte inferior das asas duplas. Parecia frágil e inseguro. Até então, eu não tinha percebido que os aviões eram feitos de madeira, tecido e fios, como se fossem pipas grandes. O barco a remo tinha saído do ancoradouro, e Ronny estava remando com força na minha direção. Era uma boa notícia, já que ela não ia conseguir atirar e remar ao mesmo tempo. Se eu conseguisse pegar Podge e colocá-lo na água comigo, talvez conseguíssemos fugir de Ronny e do barco a remo.

Quando eu me levantei e olhei para dentro do avião, vi que ele tinha duas cabines abertas, uma atrás da outra. Olhei primeiro para o banco de trás. Nenhum sinal de Podge. Havia algumas coisas que pareciam mochilas meio empurradas para baixo do assento, mas eram pequenas demais para conter uma criança.

Contornei pela borda até chegar ao banco da frente e também não o vi ali. Joguei a perna por cima e entrei no avião, tateando o chão para ver se havia um compartimento secreto onde ele pudesse estar escondido. Mas não havia nada.

Eu não tinha tempo para decidir o que fazer em seguida. O avião começou a tremer, indicando que Ronny o havia alcançado e estava subindo a bordo. Era melhor eu começar a nadar de novo. Joguei uma perna por cima da lateral.

– Eu não faria isso, se fosse você – disse Ronny.

Ela estava a poucos centímetros de distância, com a pistola apontada para a minha cabeça.

– Ele não está aqui – falei como uma boba.

– É. Ele não está.

– Mas você disse…

– Georgie, você precisa parar de acreditar no que as pessoas falam para você. É uma característica muito patética.

– Onde ele está? – Eu estava com muita raiva, mesmo sabendo que ela tinha uma arma e provavelmente ia atirar em mim. – O que você fez com ele?

– Eu disse que ele estava em segurança, e ele está mesmo, por enquanto. Está amarrado no porta-malas do meu carro. Ele estava lá, atrás de você, o tempo todo. – Ela riu como se fosse uma ótima piada enquanto se movia com agilidade ao longo do flutuador e desamarrava a embarcação da boia.

– Então por que você se deu ao trabalho de me trazer aqui? Podia ter atirado em mim no ancoradouro e jogado meu corpo na água.

– Podia, mas eu decidi que você seria uma ótima refém. Você nadou até aqui por conta própria, e eu não vou ter que me dar ao trabalho de carregar seu sobrinho do automóvel até aqui e correr o risco de ser vista. Por favor, sente-se. Eu prometi levar você para voar, não foi? Bem, agora você vai ter a sua chance.

Percebi, pela primeira vez, que ela usava uma jaqueta de couro de aviadora. Parecia preparada. Eu já estava encharcada. Era bem provável que eu congelasse até a morte antes que Ronny atirasse em mim ou me jogasse do avião.

– Sente-se – ordenou ela, apontando para o banco da frente.

Eu não tinha escolha, então me sentei.

Ela remexeu em uma das mochilas no banco de trás e jogou alguma coisa para mim.

– Aqui. – Era um par de óculos de proteção. – Agora prenda o cinto.

– Por que você está fazendo isso? – perguntei. – O que nós fizemos para você?

– Roubaram minha condição de primogênita – disse ela. – Você sabe quem era meu pai, não sabe? Ele era herdeiro do trono. O duque de Clarence.

– O duque de Clarence? Ele era seu pai? Mas ele morreu muito antes de você nascer.

– Ele não morreu. Foi uma conspiração monstruosa – contou ela. – Eles o sequestraram e o trancaram aqui. Meu pai nunca recuperou a saúde e morreu quando eu era bebê, foi o que me disseram. Então, se formos analisar, eu sou a herdeira legítima do trono.

– Mesmo que isso seja verdade, tenho certeza de que ele não se casou com sua mãe, então você não é a herdeira legítima de nada.

– Ele se casou com ela – retrucou Ronny com raiva. – Ele se casou. Ela me contou.

– Ninguém jamais acreditaria em você – falei.

– Não. É por isso que essa era a única maneira de eu me vingar da estúpida família real. E devo dizer que gostei. Eu nunca tive a intenção de matar ninguém, sabe? Só de amedrontar. Fazê-los achar que nunca estiveram seguros. E eu consegui.

– Mas por quê? Por que desperdiçar sua energia com isso quando tem tanta coisa para viver? Você é uma mulher famosa. Bateu recordes. Vai ficar registrada nos livros de história.

– Nada é suficiente – disse ela simplesmente. – Nada é suficiente para preencher o vazio.

Ela subiu no banco traseiro.

– Se segure! – gritou ela.

A máquina rugiu e foi ligada. A engenhoca inteira começou a tremer.

Então, sem nenhum aviso, ela começou a se mover cada vez mais rápido, quicando na água até que de repente estava no ar. O lago e as montanhas ficaram sob nós. Lá estava o Castelo de Rannoch, aninhado entre as árvores. Lá estavam a casa de barcos e o carro estacionado ao lado, parecendo um brinquedo de criança. A Escócia se estendia sob nós – a vastidão desolada da Charneca de Rannoch e, além dela, o brilho do mar e as Ilhas Ocidentais.

– Para onde vamos? – Eu me virei para gritar.

De repente me ocorreu que ela ia tentar voar até a América e que nunca conseguiríamos e pousaríamos em algum lugar no meio do Atlântico. Eu estava tremendo muito, tanto pelo vento frio quanto de medo. Ronny estava sentada atrás de mim, então eu não conseguia ver o que ela fazia. Não que eu pudesse reagir. Eu estava no ar, amarrada em um assento.

Então senti o avião tremer. Eu me virei no banco para olhá-la e vi, para minha consternação, que ela estava de pé.

– O que você está fazendo? – gritei.

– Eu sempre quis voar – gritou ela em resposta. – Agora me parece uma boa hora para tentar. – E aí ela riu de novo. – Ah, não se preocupe comigo. Tem um paraquedas nas minhas costas. Você é que precisa se preocupar. Vai ficar aqui em cima sozinha. É perfeito, na verdade. Muito mais simples do que fazer você de refém. Ou vai parar no Atlântico ou vai acabar caindo em algum lugar. Se você fizer isso, o avião está cheio de combustível. Ele vai explodir, e você será queimada a ponto de ninguém conseguir reconhecê-la. Todo mundo vai achar que sou eu. Pobre Ronny Padgett. Que tristeza. Deem um funeral com honrarias a ela. E eu estarei na minha nova vida na América! A terra das oportunidades, como dizem por aí.

Eu estava tentando soltar meu cinto para detê-la, mas não fui rápida o suficiente. Ronny se lançou para o lado. Eu a vi cair de braços abertos em direção à terra.

Trinta e três

Por um longo instante, fiquei ali sentada, atordoada demais para fazer alguma coisa.

– Estou sozinha em um avião, a milhares de metros de altura – falei em voz alta e acrescentei, já que não tinha ninguém a quilômetros para me ouvir: – Que bosta.

(Achei que a ocasião justificava o uso de uma palavra chula. Eu só queria conhecer algumas mais pesadas. Teria usado todas elas. Em voz alta.)

Eu já estava achando difícil respirar, e não era só por causa do vento no rosto. Mesmo que eu soubesse pilotar um avião, não havia como fazer isso do meu compartimento, pois os instrumentos estavam no outro. E, de qualquer maneira, eu não sabia pilotar. Vamos ser sinceros: eu nunca tinha nem entrado em um avião. Mas não ia ficar sentada ali e aceitar meu destino.

– Faça alguma coisa – ordenei a mim mesma.

No momento, estávamos voando suavemente em direção ao Atlântico. Obriguei meus dedos gelados e trêmulos a desafivelarem o cinto, depois me virei e me ajoelhei no banco. O vento era tão forte que eu mal conseguia me mexer. Agarrei os suportes que sustentavam a asa superior, puxei meu corpo para cima e me ajoelhei no espaço entre os dois assentos. Havia um para-brisa dificultando meu avanço. Eu tive que mexer a perna aos poucos, me agarrando no para-brisa para salvar minha vida. O avião reagiu ao meu peso enquanto eu deslizava apressada para o banco de trás.

– Até agora, tudo bem – falei para me encorajar.

Então fiz uma análise da cabine. Encarei o painel de instrumentos na minha frente, na esperança de um vislumbre de inspiração. Agulhas se moviam nos mostradores, mas eu não tinha ideia do que aquilo significava. Havia também uma haste de metal saindo do chão entre as minhas pernas. Eu a movi hesitante para um lado e a máquina começou a se inclinar. Eu a coloquei rapidamente na posição anterior. Então eu podia fazer a máquina virar se quisesse, mas de que adiantaria isso? Achei que empurrar a alça para a frente podia fazer o avião descer, mas eu não tinha a menor ideia de como diminuir a velocidade o suficiente para pousar na água. Estávamos indo para oeste. Em pouco tempo, estaríamos sobre o Atlântico, e o acidente seria inevitável. Pensando bem, era inevitável de qualquer maneira. Eu sempre fui uma pessoa otimista e tenho o sangue de todos aqueles Rannochs incrivelmente valentes correndo nas veias, mas estava muito difícil ser corajosa no momento.

Fiquei pensando se eu teria coragem de tentar virar o avião antes que ele estivesse sobre o Atlântico. Depois fiquei me perguntando que chance de sobrevivência eu teria se fizesse o avião ficar muito baixo sobre a água e depois saltasse. Isso me fez questionar se a outra mochila continha mais um paraquedas. Eu a abri e encontrei uma muda de roupa e uma barra de chocolate Cadbury. Comecei a comer. Estava na metade quando percebi um barulho – um zumbido alto. Eu me virei e descobri que estava sendo seguida por outro avião. A esperança brotou. Eles tinham vindo me resgatar! Depois, claro, percebi que eles achavam que o avião era de Ronny e ninguém tinha ideia de que eu estava ali.

Esperei até a outra aeronave estar bem perto e me levantei, acenando com os braços.

– Sou eu. Socorro! – gritei.

Não fui muito informativa, mas era o melhor que eu conseguia fazer naquelas circunstâncias.

O outro avião fez um sinal para mim – um polegar para cima –, e eu considerei uma coisa boa. Consegui ver dois pilotos de capacete e óculos de proteção me encarando antes que a aeronave deles subisse e começasse a voar acima de mim. Pairava como uma libélula gigante, a forma obscurecendo o sol. Depois, alguma coisa desceu ao meu lado, quase me acertou na cabeça e balançou de novo. Percebi que era uma escada de corda. Eles estavam esperando que eu a agarrasse e subisse? Pensando bem, era uma opção melhor do que cair no mar.

Enquanto eu me inclinava para fora, tentando pegar a escada que balançava e dançava ao vento, percebi que alguém descia por ela. Em pouco tempo, a pessoa segurou a asa superior e ficou de pé na fuselagem de madeira bem na minha frente.

– Você acha que consegue subir a escada? – gritou ele.

– Não sei. – Olhei para o outro avião. – Minhas mãos estão congelando.

Naquele momento, a decisão foi tomada por mim. Uma grande nuvem surgiu na nossa frente.

– Tarde demais – retrucou o homem e soltou a escada. – Rápido. Vá para a frente. Eu preciso pilotar esse negócio. – Eu não tive tempo de pensar enquanto éramos engolidos pelas nuvens. – Cuidado – disse ele enquanto eu me levantava e o homem descia para a cabine ao meu lado.

Ele me segurou com firmeza enquanto eu fazia a manobra anterior ao contrário, avançando milimetricamente ao redor do para-brisa e indo para o banco da frente.

– Muito bem! – gritou ele. – Agora prenda o cinto.

Saímos das nuvens para o sol brilhante. Não havia nenhum sinal do outro avião.

– Eu não quero ter que fazer isso correndo de novo! – gritou meu visitante.

Finalmente reconheci a voz. Eu me virei e olhei para ele. Era Darcy.

– O que você está fazendo aqui em cima? – gritei em resposta.

– Que tal "Obrigada por vir me salvar"?

– Você sabe pilotar esse negócio?

– Não, mas estou com o livro de instruções aqui. Você pode ler para mim.

Ele colocou a mão dentro da jaqueta, então olhou para o meu rosto e riu.

– Na verdade, eu já pilotei um avião antes. Vamos pousar em segurança.

De repente, senti o estômago revirar quando o avião virou para a direita. Estávamos circulando, descendo cada vez mais. Havia um grande lago à nossa frente. Estávamos flutuando sobre a água brilhante. Em seguida, começamos a quicar loucamente até pararmos a poucos metros de um afloramento rochoso.

Darcy desabotoou o capacete e tirou os óculos de proteção.

– Ufa, essa foi por pouco – confessou ele, ficando de pé. – Eu nunca tinha pousado na água.

– Esse é um momento idiota para me dizer isso – retruquei e comecei a chorar na mesma hora.

– Georgie. – Ele estendeu a mão e me puxou para os seus braços enquanto o avião balançava perigosamente. – Está tudo bem. Nós conseguimos. Você está segura agora.

– Eu sei.

Tentei parar de chorar, mas não consegui. Eu me ajoelhei no banco com o rosto encostado na jaqueta de couro dele e fiquei soluçando.

– Eu me sinto uma tola – falei por fim. – E eu molhei a sua jaqueta de couro toda.

– Tudo bem. Até as vacas ficam molhadas de vez em quando, não é? – Ele sorriu e acariciou meu cabelo, que agora parecia um palheiro. – Mas você já está toda molhada. Como foi que isso aconteceu?

– Eu nadei até o avião. Ela me enganou. Achei que Podge estava no avião, mas ele não estava.

– Você teve uma manhã e tanto até agora. – Ele ainda estava sorrindo. – Pelo menos não pode dizer que foi um tédio.

– Achei que você tivesse ido embora de novo.

– Bem, felizmente eu entrei em contato com o seu sir Jeremy e por acaso tínhamos alguns amigos em comum, então não precisei ir a lugar nenhum.

– Como foi que você me achou? – indaguei.

– Pura sorte. Estávamos sentados do lado de fora da casa e vimos o avião decolar. No instante seguinte, eu recebi um telefonema dizendo que o rifle que matou Hugo Bubume-Bestialy tinha sido encontrado na casa dos Padgetts e que seu sobrinho tinha desaparecido. Então alguém disse que tinha visto duas pessoas no avião, e nós presumimos o pior. Por sorte, Paolo havia voltado de Londres com seu próprio hidroavião, então começamos a voar pouco depois de vocês. E a aeronave de Paolo é muito mais rápida, por isso conseguimos alcançá-la logo. Bem, acredito que Ronny *esteve* no avião em algum momento, não é? Você não decolou sozinha, certo?

– É claro que ela estava no avião.

– O que aconteceu com ela?

– Ela pulou – respondi. – Disse que usaria o paraquedas, mas eu não o vi abrindo. Acho que ela simplesmente caiu.

– Um fim adequado para ela. – Darcy assentiu com seriedade. – Eu odiaria ver alguém assim ser enforcado ou colocado em um manicômio.

– A mãe dela está em um manicômio – falei.

Eu estava quase dizendo que a mulher havia contraído sífilis, mas não ia conseguir discutir um assunto desses com Darcy.

– Maisie McPhee, certo? Os homens de sir Jeremy encontraram o nome dela no Cartório de Registros em Edimburgo, você deve ficar satisfeita em saber. Ela teve um bebê: uma menina sem nome com a mesma idade de Ronny.

– E o pai?

– Alguém chamado Eddy Axton, embora a certidão de nascimento pareça ter sido adulterada.

– Eddy Axton. Esse nome é muito comum por aqui. E ela não se casou com ele nem teve outros filhos?

– Não.

– Pobre Ronny, tantas ilusões grandiosas para nada.

– Como você diz, pobre Ronny. – Darcy passou a mão no meu rosto. – Você está congelando. Precisamos levá-la para casa o mais rápido possível.

– É, temos que voltar para Rannoch imediatamente – falei, com uma lembrança. – Eu sei onde meu sobrinho está escondido. Temos que salvá-lo.

Olhei ao redor. Nada além de colinas e charnecas, água batendo e gaivotas sobrevoando em círculos.

– Por que diabos você escolheu pousar aqui? Estamos a quilômetros de qualquer lugar.

– Eu não tenho a menor ideia de onde estamos, mas não ia me arriscar com um avião que eu nunca tinha pilotado. Escolhi a primeira área aquática aberta que vi, onde eu não iria espatifar o avião em uma montanha.

– Vamos embora. Não podemos perder mais tempo. Temos que chegar à margem e telefonar para a polícia.

– Seu desejo é uma ordem, milady. Suponho que você queira que eu nade até a margem.

– É raso. Você pode andar – falei.

Então, quando ele foi descer do avião, toquei na mão dele.

– Darcy. Obrigada por vir me salvar. Você foi muito corajoso e pousou muito bem, dadas as circunstâncias.

Ele riu e desceu para a água.

– Está um gelo! – gritou para mim. – As coisas que eu tenho que fazer por você!

Trinta e quatro

Em pouco tempo, Darcy encontrou um telefone, chamou um policial local e pegou um carro emprestado. Enquanto estávamos voltando para o Castelo de Rannoch, sentados juntos, eu me aninhei nele para me aquecer, pela primeira vez exultante de felicidade. Ao passarmos pelo desfiladeiro que dava no Castelo de Rannoch, vimos Paolo e o americano parados no cais, pulando e agitando os braços no ar e apontando para algum lugar.

– O que está acontecendo ali? – perguntou Darcy. Ele fez o motorista parar o carro, e nós dois saltamos. – O que está acontecendo? – gritou Darcy, correndo na direção de Paolo.

– Ela pegou o meu barco sem a minha permissão – gritou Paolo em resposta.

– Quem?

– Ronny, é claro.

– Ronny? Mas eu achei que ela estava morta. Ela saltou de um avião – falei.

– Ela devia estar com um paraquedas – disse Paolo –, porque de repente eu ouvi o motor do meu barco ligar e ela estava dentro dele.

– Onde ela está agora? – perguntou Darcy.

– Olhe lá, no ponto mais distante do lago. Você sabe o que ela vai fazer, não é? Vai tentar o recorde de velocidade, mas o barco ainda não está pronto. Maldita idiota. Ela vai estragar tudo.

– Podge não está com ela, não é? – gritei. – Precisamos detê-la.

Mal eu disse isso, uma forma azul veio correndo pelo lago, com o motor gritando. Ela seguiu cada vez mais rápido até passar por nós como um borrão. Alguém gritou:

– Olhe!

E outra pessoa exclamou:

– É o monstro!

O vento estava agitando a água, formando uma grande onda que se enrodilhava no meio do lago, parecendo uma serpente gigante em espiral. O barco atingiu a onda em cheio. E subiu para o ar. Durante o que parecia uma eternidade, ele voou sobre a superfície da água, depois subiu direto, virou, quicou e se partiu, com pedaços voando em todas as direções. A onda diminuiu. Houve um silêncio. Pedacinhos azuis flutuavam na superfície oleosa do lago.

De repente eu me vi correndo ao longo da margem, gritando:

– Podge! Podge, não!

Darcy me alcançou.

– Georgie! Venha, eu vou levar você para casa. Não tem nada que possa fazer aqui.

– Mas ele ainda pode estar vivo!

– Se ele estava naquele barco, não há chance. Mas você disse a eles onde encontrá-lo. Tenho certeza de que ele está em segurança.

Percebi que eu estava prendendo a respiração durante todo o caminho até o Castelo de Rannoch. Quando o carro parou em frente aos degraus da frente, a porta se abriu e Fig veio correndo ao meu encontro, com Binky atrás dela, mancando de muletas.

– Georgiana, graças a Deus você está em segurança – disse ela.

– Não se preocupem comigo. E Podge?

– Na cama dele, dormindo – respondeu ela.

– Eles o encontraram a tempo, então?

– Graças a seu avô maravilhoso. Ele viu você saindo de carro e foi sensato o suficiente para anotar o número da placa. A polícia encontrou o veículo em pouco tempo e descobriu meu garotinho no porta-malas. Imagine fazer isso com uma criança. Aquela mulher é um monstro. Espero que eles consigam pegá-la.

– Ela está morta – falei.

– Ela sempre foi imprudente. – O major Padgett olhou para a esposa, que estava sentada em silêncio e de luto na sala de estar fria e lúgubre. – Quando era pequena, já se arriscava e não respeitava limites. Muito parecida com o pai dela, infelizmente.

– Ela me disse que o pai dela é o duque de Clarence – contei.

– Ela falou isso?

Assenti.

– Mas a certidão de nascimento dela diz que o nome do pai é Eddy Axton. Nem perto da realeza.

– Eddy Avon – disse ele. – Eu tentei adulterar.

– Por quê? Quem é Eddy Avon?

– O duque de Clarence também era conhecido como conde de Avonlea e, entre a família, ele sempre foi conhecido como Eddy. – O major Padgett suspirou. – Eu sabia que em algum momento isso ia vir à tona. Como é que um segredo tão monstruoso poderia ficar escondido? Isso me corroeu durante todos esses anos.

– Então é verdade que ele foi sequestrado e mantido vivo? Ele não morreu de gripe?

O major Padgett suspirou.

– Infelizmente, é verdade.

– O senhor foi uma das pessoas que o sequestraram? Que o mantiveram prisioneiro em um manicômio? – Olhei para ele sem conseguir disfarçar a repulsa.

– Fui, sim, que Deus me perdoe. – Ele encarou os sapatos muito bem polidos. – Eu fui afastado de uma promissora carreira militar para atuar como escudeiro de Sua Alteza Real, o duque de Clarence, herdeiro do trono. Tudo que eu descobri sobre ele me afligiu e me enojou. O comportamento sexual depravado com homens e mulheres, o uso de drogas, os erros de julgamento… Eu esperava que ele nunca chegasse ao trono. Teria sido a ruína da monarquia. Quando o médico dele me confidenciou que o duque tinha contraído sífilis de uma prostituta, achei que eu ia morrer de vergonha.

Ele suspirou e prosseguiu:

– Então aconteceu um milagre: uma cepa muito virulenta de gripe varreu o país. Ela derrubou o príncipe. Ele estava à beira da morte, em coma. Alguns personagens poderosos na corte viram isso como uma chance de garantir que ele nunca se recuperasse. Queriam que eu acabasse com ele, mas eu não podia concordar com um assassinato deliberado. Mas então aconteceu um segundo milagre. Naquele mesmo dia, um jovem lacaio sucumbiu à doença. Ele tinha a estatura e a cor parecidas com as do príncipe. Um pequeno grupo de conspiradores conseguiu substituir o príncipe em coma pelo lacaio morto. A família real foi mantida afastada do corpo por causa do risco de contrair a doença. O lacaio foi enterrado com pompa real, e seu suposto caixão continha várias pedras grandes no lugar de um corpo.

Ele nos fitou com olhos desesperados.

– O duque de Clarence foi levado para a propriedade rural de um dos conspiradores. Contrariando todas as probabilidades, ele se recuperou, pelo menos em parte. A febre alta danificou o cérebro e o coração e também acelerou a progressão da sífilis. Ele continuou acamado, às vezes violento e nem sempre coerente. Um médico nos disse que não era esperado que vivesse por muito tempo, então decidiram escondê-lo bem longe, aqui na Escócia.

– Os membros da família real sabiam disso? – perguntou Darcy.

Padgett balançou a cabeça.

– Claro que não. E nunca devem saber. Ninguém jamais deve saber. Isso já saiu desta sala?

– Sir Jeremy Danville sabe das minhas suspeitas – falei.

– Mas ele é o chefe da polícia especial – disse Darcy rapidamente. – Eles não divulgam segredos. E você pode confiar em Georgie e em mim.

O major Padgett fez que sim com a cabeça.

– É um fardo muito grande há muitos anos. Eu recebi a tarefa de ser guardião dele, sabia? Nem sei dizer o quanto eu desprezava essa tarefa… quanto tudo isso era moralmente errado.

– Por que você aceitou, se era tão repugnante? – questionou Darcy.

– Eu sou militar – disse Padgett. – Eu obedeço às ordens, coloco meu país à frente de minhas vontades, e minha palavra é meu distintivo de honra. Eu estava presente na primeira reunião dos conspiradores, quando todos fizeram um voto de silêncio. Eu não quebro votos, sejam quais forem as consequências, mas eu me arrependi disso todos os dias desde então. Essa situação foi o fim da minha carreira. Baniu minha pobre esposa para uma vida de solidão e isolamento social.

– Eu não me importei, querido – disse ela do outro lado da sala. – Eu me casei com você para enfrentar todas as circunstâncias, você sabe. Ver você afundar no desespero foi o mais difícil. E tivemos Ronny por um curto período.

– Então ele se recuperou o suficiente para ter uma filha? – perguntei.

O major Padgett assentiu.

– Mesmo em seu estado incapacitado, ele não conseguia manter as mãos longe das criadas. Nós ficamos de olho nele, mas a jovem Maisie McPhee era a enfermeira noturna, e ele nem sempre dormia. Minha esposa sempre quis ter um filho, então decidimos adotar a menina e garantir que ela fosse criada em um bom lar. O coração do duque de Clarence finalmente cedeu logo depois do nascimento de Veronica. Nós a criamos como se fosse nossa. Éramos como duas galinhas-d'angola tentando criar um filhote de águia.

– Vocês contaram a ela quem eram os pais verdadeiros? – perguntei.

– Claro que não. Só um punhado de homens importantes sabia desse segredo. Achamos que só seria correto dizer a Veronica que ela havia sido adotada quando ela tivesse idade suficiente. Como eu disse, ela sempre buscou o perigo e o proibido. Um dia entrou no meu escritório sem permissão. Vasculhou meus arquivos particulares e encontrou pagamentos regulares para Maisie McPhee e foi visitar essa mulher, que já estava ficando louca. Aparentemente, Maisie contou à nossa filha uma história grandiosa sobre a ascendência real e alegou que eles tinham se casado, o que não era verdade. Veronica me chantageou e me obrigou a confirmar quem era o pai dela. Depois disso, ela começou a ter ideias grandiosas sobre ser membro da família real. Nós tentamos colocar juízo na cabeça ela. Ficamos felizes quando decidiu voar e começou a se destacar como aviadora. Mas isso obviamente não foi suficiente para ela.

– Antes de pular do avião, ela me disse que nada era suficiente para preencher o vazio.

– Que Deus receba a alma dela – disse a Sra. Padgett.

Darcy fez o sinal da cruz.

A LUZ DO DIA ESTAVA DESAPARECENDO QUANDO Darcy e eu finalmente seguimos de carro pela estrada sinuosa até o Castelo de Rannoch. O céu brilhava em tons de rosa e dourado. Um bando de patos selvagens circulava pelo lago. Parecia que o mundo finalmente estava em paz.

– Darcy – falei depois de um longo silêncio –, por que você não desistiu de mim? O que vê em mim? Eu não sou seu tipo de garota. Para começar, não tenho um tostão. Eu não tenho glamour. Não sou sexy. E não sou bonita.

– É verdade – disse ele com aquela terrível franqueza irlandesa. – Eu tenho que confessar que, no início, foi pelo desafio. Você era inacreditavelmente arrogante e virginal, e foi intrigante tentar conseguir levar uma neta da rainha Vitória para a cama.

– Bisneta – corrigi.

– Bisneta, então. Depois de um tempo, comecei a pensar: "Sabe, eu acho que alguém poderia dar uma boa rolada no feno com ela, depois que ela se soltasse um pouco."

Ele me olhou, e eu corei.

– E agora? – perguntei.

Acho que eu esperava que ele dissesse que me amava.

– Eu nunca gosto de desistir de um desafio – disse ele em tom de chacota –, ainda mais quando o objetivo está à vista.

Não era a resposta que eu queria. Dirigimos em silêncio por um tempo.

– Esse é o único motivo? – perguntei. – Eu sou um desafio para você? E, quando você finalmente atingir seu objetivo, vai logo perder o interesse?

– Não exatamente – respondeu ele. – O problema, Georgie, é que eu não consigo tirar você da cabeça. Sei que eu devia estar atrás de uma herdeira rica que poderia me manter no estilo ao qual eu gostaria de me acostumar. Mas fico voltando para você. E não sei o motivo.

Ele estendeu a mão e cobriu a minha com a dele.

– Mas aqui estou eu – afirmou. – E aqui está você. Vamos começar daqui e ver para onde vamos, está bem?

– Está bem. – Virei o rosto para ser beijada. Mas então gritei: – Cuidado! – Enquanto várias ovelhas atravessavam a estrada.

Nota histórica

Ronny Padgett é inspirada na famosa aviadora Amy Johnson, que quebrou muitos recordes na década de 1930, incluindo voar sozinha para a Austrália no seu Gypsy Moth. Ela morreu na Segunda Guerra Mundial.

O príncipe Alberto Vítor, duque de Clarence e Avondale, 1864–1892, é objeto de boatos e especulações há muito tempo. Ele era o filho mais velho do rei Eduardo VII e, portanto, herdeiro do trono. Embora haja poucas evidências sólidas, ele tinha uma reputação de comportamento libertino. Dizem que visitava garotos e garotas de programa, que foi tirado às pressas de um bordel homossexual por causa de uma batida policial e até mesmo que era Jack, o Estripador. Então, quando ele morreu de gripe aos 28 anos, deixando o caminho para o trono livre para o irmão mais novo, prudente e confiável, que depois se tornou Jorge V, surgiram rumores de que sua morte havia sido facilitada ou até mesmo que ele fora sequestrado e era mantido preso em um manicômio.

Nenhum desses boatos foi comprovado, mas eles certamente valem uma boa história!

A futura noiva dele, a princesa May de Teck, se casou depois com seu irmão, Jorge, e dizem que o casal real foi muito feliz.

A atividade no lago escocês, tanto a lancha quanto o monstro, estão de acordo com a época. Havia tentativas de quebrar o recorde de velocidade na água, algumas com resultados fatais, e o Monstro do Lago Ness estava prestes a ganhar as manchetes e encantar leitores do mundo todo.

CONHEÇA OUTROS LIVROS DA COLEÇÃO MISTÉRIOS EM SÉRIE

Natureza-morta
Louise Penny
SÉRIE INSPETOR GAMACHE

O experiente inspetor-chefe Armand Gamache e sua equipe de investigadores da Sûreté du Québec são chamados a uma cena de crime suspeita em Three Pines, um bucólico vilarejo ao sul de Montreal. Jane Neal, uma pacata professora de 76 anos, foi encontrada morta, atingida por uma flecha no bosque.

Os moradores acreditam que a tragédia não passa de um infeliz acidente, já que é temporada de caça, mas Gamache pressente que há algo bem mais sombrio acontecendo. Ele só não imagina por que alguém iria querer matar uma senhora que era querida por todos.

Porém, o inspetor-chefe sabe que o mal espreita por trás das belas casas e das cercas imaculadas e que, se observar bem de perto, a pequena comunidade começará a revelar seus segredos.

Natureza-morta dá início à série policial de grande sucesso de Louise Penny, que conquistou leitores no mundo todo graças ao cativante retrato da cidadezinha, ao carisma de seus personagens e ao seu estilo perspicaz de escrita.

Graça fatal
Louise Penny
SÉRIE INSPETOR GAMACHE

Sejam bem-vindos a Three Pines, um vilarejo pitoresco do Québec, onde os moradores fazem os últimos arranjos para o Natal... e alguém se prepara para matar.

Ninguém gostava de CC de Poitiers: nem o marido patético, nem a filha apática e muito menos os moradores de Three Pines. Ela conseguiu se indispor com todos à sua volta até o dia em que foi morta.

O inspetor-chefe Armand Gamache, uma lenda na polícia do Québec, é chamado de volta ao vilarejo para investigar esse novo homicídio.

Ele logo percebe que está lidando com um crime quase impossível: CC foi eletrocutada no meio de um lago congelado, na frente de toda a cidade, durante um torneio esportivo local. E ninguém parece ter visto algo que ajude a esclarecer o caso.

Quem teria sido insano o suficiente para tentar algo tão arriscado e macabro – e brilhante o suficiente para conseguir executar o plano?

Com seu estilo compassivo e observador, Gamache escava sob a superfície idílica da comunidade para descobrir segredos perigosos há muito enterrados, enquanto fantasmas do próprio passado ameaçam voltar para assombrá-lo.

Maisie Dobbs
Jacqueline Winspear
SÉRIE MAISIE DOBBS

Aos 13 anos, Maisie Dobbs começa a trabalhar como criada em uma residência da aristocracia londrina. Sua patroa, a sufragista lady Rowan Compton, logo descobre a sede de conhecimento da menina e resolve patrocinar seus estudos.

Seu tutor é o famoso investigador Maurice Blanche, que percebe os dons intuitivos da moça e a ajuda a ser admitida na prestigiosa Girton College, em Cambridge.

O início da Primeira Guerra acaba mudando seus planos. Maisie se alista como enfermeira e parte para a França, servindo no front, onde perde – e também encontra – uma parte importante de si mesma.

Anos depois, na primavera de 1929, ela abre seu escritório como investigadora particular, seguindo os passos de Maurice, que lhe ensinou que coincidências são sempre significativas e a verdade, ilusória. Seu primeiro caso parece apenas uma trivial questão de infidelidade, mas acaba se revelando algo muito diferente, que a obrigará a enfrentar o fantasma que a assombra há mais de uma década.

CONHEÇA OS LIVROS DE RHYS BOWEN

A ESPIÃ DA REALEZA

A espiã da realeza
O caso da princesa da Baviera
A caçada real

Para saber mais sobre os títulos e autores da Editora Arqueiro,
visite o nosso site e siga as nossas redes sociais.
Além de informações sobre os próximos lançamentos,
você terá acesso a conteúdos exclusivos
e poderá participar de promoções e sorteios.

editoraarqueiro.com.br